아름다운 추락

이종태

1960년 충북 보은에서 태어난 이종태는
건국대학교 독문과를 졸업 했다.
2003년 4월 '문학세계〈단편〉「아름다운 추락」으로
문학세계 신인상'을 수상했고
〈단편〉「카오스를 꿈꾸며」, 〈중편〉「곰을 찾아서」등을 발표했다.
2003년 12월 화백문학에 〈단편〉「누가 문을 닫았는가」를 발표하고
eBook21에 전자책을 만들기도 했다.
2004년 4월부터 1년간 '건강소식'에 콩트를 연재하고 있다.

아름다운 추락

2004년 9월 9일 발행
2004년 9월 17일 1쇄

지 은 이 / **이 종 태**
펴 낸 이 / **윤 현 호**
펴 낸 곳 / **뿌리출판사**
홈페이지 / **www.rootgo.com** / E-mail : rootgo@dreamwiz.com
주   소 / 서울시 성동구 성수 2가 3동 317-10 2층 우편번호 / 133-835
전   화 / (代)2247-1115, 466-4516, 팩 스 / 466-4517
출판등록 / 서울시 등록(카) 제 1-551호 1987.11.23

값 / 9,000원
ISBN 89-85622-44-7

아름다운 추락

이 종 태 소설집

뿌리출판사

아 름 다 운
추락
이 종 태 소설집

차 례

계절이 또 바뀌었다.
호수에는 다시 물이 채워질 것이고,
황토 흙먼지가 날리던 산의 아랫도리는
차분히 물 속으로 가라앉을 것이다.
모든 일상을 정리하고
소설 쓰기에 빠져든 뒤로 네 번째 맞는 여름이다.
시간을 돌이켜 생각해 보니
나는 스스로 만들어놓은 또 하나의 세상에서
한 번도 빠져나온 적이 없었던 것 같다.
뒤를 돌아보면 끝이라는 생각으로 앞만 보며 걸었다.
본시 타고난 재주가 빈약한 몸이니 당연한 일일 것이다.
때로는 한 걸음 옮기는 데 며칠씩 걸리기도 했고,
때로는 발걸음이 가벼워 달리듯이 걸을 때도 있었다.
어떤 때는 이해와 오해가 내 몸을 겹겹이 둘러싸기도 했다.
나의 글쓰기는 문에서 시작되었다.
어느 날 문득 사람들마다 문을 가지고 있다는 생각이 들었다.
시간을 갖고 세심하게 문을 관찰해 보니
문이란 것은 개인에 따라서 열리기도 하고
닫히기도 한다는 사실을 알게 되었다.

열린 문은 소통이고 닫힌 문은 단절이라는 것도 알았다.
그리고 그 문이란 것이 개인에게 국한된 문제가 아니라는 것도 알
게 되었다.
소설은 나에게 문의 안쪽과 바깥쪽 모두를 구경시켜준 안내자였
다.
부끄러운 마음으로 엮은 이 책 속의 이야기들은
그동안 나름대로 문에 대해 살펴본 일종의 관찰보고서이다.

글을 엮어가는 내 바늘이 아직은 무딘 탓일까.
나를, 그리고 책을 세상에 내놓기에는 아직 기쁨보다 걱정이 앞선
다.
그렇지만 어쩌겠는가.
고사에 등장하는 鐵杵磨繡針(철저마수침)처럼
무쇠 절구공이를 갈아서
바늘을 만들기 위한 작업은 멈출 수가 없는 것을.

2004년 8월, 29일, 충주호에서
이 종 태

뿌리출판사

칼리의 유혹

사막의 폭풍은 다시 일어나는 것인가.

내가 이 바람을 피하고 싶어하는 것은 어차피 당사자가 될 수밖에 없는 두 사람의 지도자에 관심이 있어서가 아니다. 들끓는 여론을 무시하고 힘으로 밀어붙이려는 쪽이나, 소수민족을 비인간적으로 수천 명씩 몰살시킨 쪽이나 모두 관심 밖의 일이다. 거창하게 세계평화를 부르짖거나 힘에만 의지한 논리를 비도덕적이라고 외치고 싶은 생각도 없다. 다만, 몇 달 전부터 내 머릿속을 점령군처럼 차지하고 있는 지극히 현실적인 문제들 때문인 것이다. 십여 년 전 사막의 폭풍이 나에게 남긴 것은 무엇이 있었던가.

어제는 수개월째 불온함이 계속되는 토요일 오후였다. 사무실에서나 퇴근 후 집에서나 특별히 할 일을 찾지 못하고 계속 서성거리고 있었다. 아내는 오전 통화에서 평창동에 다녀오겠다고 했다.

"엄마가 애들이 보고 싶은지 한번 다녀가라고 해서……."

아내는 장모님의 부름을 받았다면서 내게 다시 물어왔다.

"그런데 이번에 당신 회사는 어떻게 되나요?"

아내의 걱정스런 물음인데도 나는 왠지 불안해했다. 그녀의 말 속에는 마디마다 보이지 않는 가시가 돋아나 있었고, 안 그래도 복잡한 머릿속을 콕 콕 찔러대는 느낌이었다. 십여 년 전 그때도 그런 말을 들은 적이 있었다. 미연의 말투는 믿음과 못 믿음의 중간쯤에 자리하고 있었다. 아니, 어쩌면 두 곳 모두에 양다리를 걸치고 있었는지도 모르겠다.

"이번에 자기 사무실은 어떻게 되나요?"

그것은 뒤따라 이어진 일련의 행위에 대한 발단이었다.

나는 아내의 물음에 제대로 대답을 하지 못하고 "괜찮겠지"라는 말만 되풀이했다. 기다림 때문이었을까, 유난히도 경쾌하게 울리는 초인종 소리였다. 거꾸로 침잠하던 갖가지 생각들이 다시 희망이라는 머리를 쳐들기 시작했다.

"여보 미안해요, 엄마가 애들을 붙잡고 있어서……. 못 갈 것 같아요."

아내는 오늘밤도 분명히 처가에서 묵는다고 했는데.

"당신이야?"

하지만 문밖에는 낯선 얼굴의 사내가 서 있었다.

"사장님, 선물 하나 드릴려고 찾아뵈었습니다."

"무슨 선물이요?"

사내는 버들가지처럼 유연한 허리를 연신 굽실거렸다. 자기네 신문을 일년간 구독하면 최신형 전화기와 선착순 삼십 명에게 어린이용 자전거를 주겠다고 했다. 그의 표정이 너무나 진지해서 나는 순간적으로 엉뚱한 상상을 떠올렸다. 이 사람의 속마음은 나를 어떻게 생각하고 있을까. 겉으로 드러난 진지한 모습일까 아니면 악을 쓰며 욕지거리로 가득 차 있는 것일까.

그는 무반응으로 일관하는 내 모습을 간파했는지 이번에는 아예 살려달라며 매달리기 시작했다. 진지함을 넘어서 꽤나 심각한 표정이었지만 나는 정중히 거절했다. 사실 신문은 두 달 전에 일부러 구독을 중단했었다. 아내에게는 편파보도나 광고덩어리라는 그럴듯한 구실을 둘러댔지만 나의 속사정은 다른 곳에 있었다. 뉴스 보기가 두려웠던 것이다.

사내는 미련을 버리지 못하고 한 차례 더 나를 설득했지만, 닫히는 현관문 사이로 서비스용 신문을 던져넣는 것으로 만족해야 했다. 날짜가 지난 스포츠 신문이었는데, 바닥에 떨어지면서 접혀 있던 부분을 비막처럼 펼치고 있었다. 내가 그것을 집으려고 손을 내밀었을 때 지면의 한쪽 구석에서 미모의 여인 하나가 튀어오르는가 싶더니 순식간에 두 눈 속으로 빨려들었다. 그것은 의문에 휩싸인 색다른 충격이었다.

기사의 내용인즉, 삼십대 중반의 미혼여성이 십대 소년 두 명을 데리고 투신자살을 했다는 것이었다. 세 사람이 하나의 줄에 굴비처럼 묶여 있는 것도 특이했지만, 더욱 놀라운 것은 그들이 죽는 순간까지 손에서 놓지 않았던 사진 속의 인물이었다.

십 면(十面), 십 수(十手), 십 족(十足)에 붉은 혓바닥이 길게 늘어져 조각난 사람의 몸통으로 향해 있고, 사람의 머리를 구슬처럼 꿰어 목에다 걸고 있는 괴기스럽고 엽기적인 여인의 모습, 그녀는 바로 힌두교 삼대 주신 중 하나인 '시바'의 부인이면서 죽음을 관장하는 여신 '칼리'였다.

그 섬뜩함이란, 독일 여행 중에 뮌헨 시립 박물관에서 마주쳤던 '아돌프 히틀러'의 실물사진을 연상시켰다. 소름을 돋게 하는 음산한 분위기도 그랬지만 매혹적인 카리스마로 사람들을 빨아들이는 것 또한 두 개의 사진이 갖고 있는 공통점이었다.

내가 처음으로 칼리를 만난 곳은 지난해인 이천 이년 하계 세미나가 열렸던 싱가포르에서였다. 독일 함부르크에 본사를 두고 있는 '뮐러 중전기'의 동아시아권 세미나가 그곳에서 열렸던 것이다. 한국지사를 법인으로 운영하고 있는 입장에서 세미나 참석은 당연한 의무였고, 한편으로는 본사의 신제품이나 영업전략에 대한 최신정보를 접할 수 있는 좋은 기회였다.

공항은 이른 아침부터 해외 여행객들로 북적거렸고, 하늘에서는 팔월의 불볕더위를 식혀주려는 듯 간간이 안개 같은 이슬비가 내리고 있었다.

탑승을 시작한 싱가포르 항공은 몰려드는 인파로 인해 삼십 분이나 늦은 오전 열 시가 돼서야 이륙이 가능했다. 업무상 해외출장이 잦은 몸이다 보니 여름철마다 겪어야 하는 일종의 홍역 같은 것이었다. 노소의 구분 없이 웬 사람들이 그렇게도 많았던지, 구제금융이란 말은 이미 전설처럼 되어 있었다.

날개를 펼친 기체는 파란 천 위에 공깃돌처럼 흩어져 있는 크고 작은 섬들 위를 한동안 날아갔다. 그리고 얼마 지나지 않아 섬들은 점의 모습으로 하나 둘 줄어들더니 그마저도 서서히 희미해지면서 완전히 사라졌다.

내가 잠에서 다시 깨어난 것은 안전장구를 점검해 달라는 착륙 안내방송을 듣고서였다. 시간은 이미 오후로 넘어가 두 시가 되어 있었다. 싱가포르 시간이 한 시간 늦으니까 다섯 시간 가까이 잠에 빠져 있었던 것이다.

옆좌석의 이지적인 젊은 여자가 말을 걸어왔다.

"싱가포르는 처음이세요?"

"예, 처음입니다."

"저는 자주 오는 편인데 올 때마다 새로운 느낌이에요."

"……."

잠시 후 긴 시간을 쉬지 않고 날아온 비행기는 창이 공항에 지친 날개를 접었다. 공항은 그린과 크린의 대명사답게 잘 정돈된 하나의 녹색 공원처럼 느껴졌다. 꽃과 새 모양의 대형 그림들이 자주 눈에 띄었고 각종 조명도 파스텔 톤으로 차분하면서 은은했다. 사람들 또한 출발할 때와는 대조적으로 서두르지 않았고 대체적으로 넉넉한 분위기였다.

간단한 입국절차를 마친 발걸음이 버스터미널로 향했다. 그곳에는 서울에 있는 싱가포르 관광청에서 알려준 대로 예약된 숙소까지 연결되는 버스가 있었다. 앞면에 붙어 있는 번호까지 확인하고 나자 버스는 거스름돈이 없다는 관광청 직원의 말이 생각났다.

남은 돈을 거슬러주지 않는 것 외에도 답답한 것은 또 있었다. 당연히 붙어 있어야 할 노선표도 없었고, 승객을 위한 안내방송도 없었다. 버스를 구분짓는 것은 앞면에만 유일하게 붙어 있는 번호표시가 전부였다. 차내의 청결상태나, 기사의 친절한 모습은 모두 최고의 수준이었지만 초행길인 나로서는 불편하기 짝이 없는 노릇이었다.

버스가 지하 터미널을 벗어나자 시가지가 눈앞에 펼쳐졌다. 싱가포르의 첫인상은 한마디로 감탄사의 연발이었다. 꽃과 야자수로 잘 단장된 깨끗한 도로와 건물들이 남국의 햇살 아래서 환상처럼 빛나고 있었다. 그때 나는 이유를 알 수 없는 어떤 운명 같은 예감에 이끌리고 있었다. 그 느낌이란 것이, 집을 떠나 낯선 곳에 머물 때 잠시 담배연기처럼 피어올랐다가 이내 사라지는 그런 유의 것과는 사뭇 달랐다. 그것은 예감이라기보다는 기대감이었는지도 모르겠다. 누군가를 만날 것 같기도 하고 무엇인가 내 일상에 끼어들 것 같기도 한, 아주 희망적이면서도 한편으로는 무덤덤한 그런 것이었다.

나는 그 이상한 예감의 진원이 될 만한 것들을 열심히 찾아보았다. 그러나 그것은 형체도 없고 색깔도 없이 시간과 공간을 넘어선, 그야말로 막연한 느낌일 뿐이었다. 눈부신 햇살 속을 질주하는 버스 속에서 내내 그 생각에 사로잡혀 있었지만 별 소득이 없었다.

버스는 최대 번화가인 '오차드 로드'로 들어섰다. 그곳은 말 그대로 과수원 길이었는데 오래 전 도시개발이 본격화되면서 시내의 중심가로 자리를 잡은 곳이었다. 최근에는 도시를 떠받드는 중추기관들이 모두 몰리면서 싱가포르 최대의 번화가로 손색이 없었다.

버스는 빌딩 숲을 헤치며 지하철역과 파크몰 쇼핑센터 사이에 정확히 멈추어섰고 기사는 호텔의 위치까지 친절하게 안내해 주었다. 시종 여유 있는 미소로 최선을 다하는 모습이 감사의 차원을 넘어서 존경스러움까지 느껴지게 했다. 하지만 그때까지도 막연하게 다가온 예감의 바탕이나 진원지를 찾는 데는 실패했다.

　호텔은 파크몰 오른쪽에 있었다. 프런트에서 체크인을 마치고 서둘러 본사에서 예약해 놓은 십 층으로 올라갔다. 방은 넓고 깨끗했다. 무엇보다도 둥근 모양의 유리창으로 쏟아져 들어오는 오후의 햇살이 인상적이었다. 나는 창가에 앉아 가방 속의 서류뭉치를 끄집어냈다. 신제품 설명회, 지속적인 제품혁신, 다양한 범위의 솔루션 등 여러 가지 내용들이 눈앞을 스쳐갔다. 각종 자료들을 점검하는 동안에도 햇살은 조금도 수그러들지 않고 여전히 강렬했다. 잠시 서류뭉치를 덮고 예약되어 있는 무엇인가를 기다리는 것처럼 눈을 감아보았다.

　그때 내 나이는 삼십대 초반으로 이른바 비전 있는 젊은이였다. 외국인 회사에서 몇 년을 근무한 뒤에 한참 허덕이던 '뮐러 중전기'의 한국지사를 큰 무리 없이 인수할 수 있었다. 영업전략은 모두 적중했고 손익 분기점을 넘어서는 데도 그다지 오랜 시간이 걸리지 않았다. 처음에는 불신의 눈빛으로 바라보던 주변 사람들도 젊은 나이에 성공했다며 한결같이 추켜올리기에 바빴다. 미연의 집안에서 결혼 재촉이 심해진 것도 그 무렵이었다.

　강렬하고 투명한 남국의 햇살이 눈을 감고 있는 얼굴로 내려와

춤을 추는 듯했다. 세미나가 열리는 시간은 다섯 시간 이상 남아 있었다. 기내에서 충분한 수면을 취했으니 침대에 누워본들 사라진 잠이 다시 올 리가 없었다. 그림자처럼 붙어다니던 이상한 예감 때문이었을까, 누워 있어도 불편하기는 마찬가지였다.

창문 너머 멀리 바다를 보면서 시간 때울 일을 고민하고 있을 때, 갑자기 뱃속에서 파도소리가 들려왔다. 그러고 보니 기내식을 포기했던 일과 호텔 입구에서 얼핏 보았던 한강이라는 간판이 동시에 떠올랐다.

한강은 주로 한국인 관광객들을 대상으로 하는 음식점이면서 가이드 역할도 톡톡히 해내고 있었다. 종업원들과 인테리어 분위기가 완전히 한국풍이었고 메뉴 역시 그러했다. 메뉴판에는 삼겹살 같은 고기종류에서 각종 탕류, 면류에 심지어 수제비국까지 골고루 적혀 있었다.

이국 땅에서 한국음식 메뉴판을 접하고 보니 아무래도 신기해 보였다. 국내에서는 하찮게 보였던 것들이 마치 세계적인 음식으로 변해 있는 느낌이었다. 게다가 옆자리에 있는 싱가포리언들은 쩝 쩝 소리를 내며 아주 만족스런 표정을 짓고 있었다. 나는 뿌듯해진 가슴을 쓸어내리며 그들이 맛있게 먹고 있는 음식을 주문했다.

그렇지만 잠시 후 종업원이 내 앞에 갖다놓은 육개장은 그들을 다시 한번 쳐다보게 만들었다. 현지인들의 입맛을 따라간 것인지 느끼한 기름기 때문에 도저히 입에 맞지가 않았다. 음식점의 분위기는 사람들의 입맛을 돋우며 끌어들이기에 충분했지만 실상 음식의 맛은 딴판이었다. 몇 번인가 억지로 숟가락을 들고 나서 주변을 다시 돌아보았다. 처음과 달리 자세히 살펴보니 다른 손님들의 음식도 하나같이 기름기가 번들거렸다. 그것들에 비하면 내 앞에 놓인 것은 아주 양호한 편이었다.

아무리 그렇다 해도 내 입맛으로는 절반도 먹을 수 없었고, 입 안을 씻어내듯 냉수만 들이켜야 했다. 나오는 길에 기름기가 너무 많은 것 아니냐고 항의하듯이 물었지만, 카운터에서는 전혀 문제될 것이 없다는 반응이었다.

문밖의 거리는 '오차드 로드'의 한 구역이었다. 서울에서 만났던 관광청 직원의 말에 의하면, 현재 싱가포르에는 다수 민족이 거주하고 있으며 그중 절반 이상이 중국계라고 했다. 다민족이 공존하고 있으니 언어와 종교도 각기 다르고 음식이나 풍습도 서로 다를 수밖에 없었다. 그래서였을까, 어느새 그린과 크린의 이미지는 사라지고 느글거리는 속을 따라서 도시 전체가 느끼하게 보였다.

처음부터 따라붙은 알 수 없는 예감이 더해진 탓인지 뱃속의 불편함은 점차 머릿속까지 흔들어대기 시작했다. 느끼한 기분이 몸 전체로 퍼지면서 아무 생각 없이 담배를 입에 물었다. 등뒤에서 부드러운 손길 하나가 다가온 것은 바로 그때였다.

아차, 하는 생각이 들면서 안내책자의 한 구절이 생각났다. '벌금의 나라 싱가포르'. 길바닥에 침을 뱉거나 껌을 버려도 벌금이 부과되고, 심지어 화장실에서 물을 내리지 않고 나와도 벌금이 부과된다고 했다. 하물며 전 세계적으로 금연 열풍이 불고 있는 시기에 담배는 두말할 필요가 없었던 것이다.

놀란 가슴은 순간적으로 어깨를 한번 움츠리고는 동상처럼 굳어버렸다. 그때의 내 모습은 오른팔을 들어올린 채 입술에는 담배를 물고 있었으니 얼마나 우스운 모습이었을까. 하지만 그것은 운명적인 것 같으면서도 막연했던 어떤 예감의 실체가 희미하게 드러나는 순간이었다.

"안녕하세요? 저쪽에선 혹시나 했는데 가까이 와보니 맞네요."

목소리의 주인공은 비행기의 옆좌석에 앉아 있던 긴 생머리의 이지적인 여인이었다. 잠시 굳어버렸던 몸이 다시 풀어지면서 현기증을 일으켰다. 그녀의 차림새는 정장에서 자연미가 물씬 풍기는 파격적인 모습으로 바뀌어 있었다. 양쪽 어깨는 위태롭게 끈이 하나씩 걸린 채로 모두 드러나 있었고, 짧은 반바지에 샌들을 신고 있었다. 선글라스의 푸른색은 얼마나 진했던지 그녀가 스스로 벗겨내기 전에는 알아볼 수도 없었다.

"아, 옆좌석에 있던 분이군요."

그때 나의 표정은 참으로 어정쩡했다. 입에서는 분명 반가운 말투였는데 얼굴은 화들짝 놀란 표정이었다. 단속경찰인 줄 알고 놀랐던 가슴이 진정되기도 전에 그녀의 반라에 가까운 옷차림에 또 한번 놀랐던 것이다. 그녀의 변화는 외모에만 그치지 않았다. 말과 행동도 적극적으로 바뀌어 있었다. 같은 사람이 그렇게까지 변할 수 있다는 사실이 놀라웠다. 어느 곳에도 지적이고 정숙했던 본래의 모습은 남아 있지 않았다. 내가 흐릿하게나마 어떤 숙명적인 예감이 시작되었다고 느낀 것은 바로 그 다음이었다. 그건 정말 놀라운 일이었다.

"어디를……?"

"차이나타운에……."

질문과 답변이 동시에 이루어졌던 것이다. 전혀 모르는 남녀가 그것도 머나먼 이국 땅에서 어떻게 그런 일이 벌어질 수 있단 말인가. 그것은 어떤 식으로도 이해될 수 없는 일이었다. 사전에 무엇인가에 의해서 결정지어진 두 사람의 운명적인 만남이라고 할 수밖에 없었다. 나는 어디를 가느냐고 물을 참이었고, 그녀는 차이나타운에 가는 길이라는 말이 자신도 모르게 튀어나왔던 것이다.

그녀와 나는 마치 약속이라도 한 것처럼 한동안 소리내어 웃었다. 각자 하늘을 쳐다보며 웃다가 잠시 상대방의 얼굴을 확인하고는 또 웃었다. 지나가는 사람들이 힐끔거리며 쳐다보았지만 조금도 신경쓰지 않았다. 우리는 서로가 보이지 않는 어떤 인연의 끈으로 단단히 묶여 있다고 생각했다. 그리고 처음으로 전생의 인연이 어떻고, 사후의 세계가 어떻고 하는 식의 운명론적인 종교 얘기가 나왔던 것 같다.

어느새 나는 그녀의 뒤를 따르고 있었다. 그녀는 잘 가라는 말도, 같이 가자는 말도 꺼낸 적이 없었다. 그런데도 나는 그녀의 뒤를 보면서 걷고 있었다. 마치 최면에 걸린 듯이 조금도 어색함을 느끼지 못했다. 왜 그랬을까. 그동안 내 몸을 지치게 했던 숙명적인 예감 때문이었을까.

어쩌면 그녀의 뛰어난 능력도 한몫을 했을 것이다. 그녀는 싱가포르에 관해서는 모르는 것이 없어 보였다. 언어와 지리는 기본이었고 민족마다 제각각인 종교에 대해서도 능통했다. 특히 불교나 힌두교에 대한 지식은 전문가를 뛰어넘는 수준이었다. 그녀가 차이나타운으로 향하는 것도 사실은 힌두교 사원 때문이라고 했다. 남는 시간 때문에 고민하던 나로서는 더없이 좋은 길잡이를 만난 셈이었다.

앞서 가던 그녀가 걸음을 멈추더니 빨리 오라고 손짓을 했다.

나는 아무 말 없이 그녀의 옆으로 갔다. 그녀는 다시 손을 쳐들어 길가에 있는 작은 조형물을 가리켰다.

"저곳이 도비곳 역이에요."

"아, 그래요."

"차이나타운을 가려면 저곳에서 지하철을 타야 해요."

"……."

난 말없이 고개만 끄덕이고 있었다.

그녀는 이곳에선 지하철이 가장 좋은 교통수단이라며 이것저것 몇 가지 설명을 덧붙였다. 싱가포르의 날씨와 음식에 대해서도 많은 이야기를 했는데, 갑자기 무슨 생각이 났는지 나를 쳐다보았다.

"아까 그 식당에 들르셨나요?"

"한식집이라서 들렀는데……."

"가능하면 호텔 음식이 좋아요."

"……."

영혼은 이미 그녀의 이끌림에 따르고 있었다. 내 몸은 아무런 의사표현도 없이 그녀의 뒤를 따라 역으로 들어섰다. 듣던 대로 지하로 향하는 에스컬레이터는 길이 때문인지 속도가 무척이나 빨랐다. 우리는 버스와 지하철 겸용인 트랜짓카드를 한쪽 구석에서 구입했고, 개찰구를 통해서 승강장으로 내려갔다. 특이한 것은 승강장을 따라서 길게 설치된 투명한 안전판이었다. 그것은 도착한 열차의 출입문이 열린 뒤에야 따라서 열리게 되어 있었다.

전동차의 내부는 냉방시설에 비해 승객들이 많지 않아 쾌적했다. 나는 자리에 앉자마자 지하철에 대해서 궁금한 것들을 물어보았다.

"지하철 노선은 복잡하게 구성돼 있나요?"

"아뇨, 아주 단순해요. 전체적으론 열십자 모양을 하고 있는데, 시청 역 부근에서 사방으로 뻗어 있어요."

"그럼 우리가 내려야 할 역은 어디쯤이죠?"

"시청 역에서 서쪽으로 두 정거장만 가면 될 거예요."

열차는 몇 번 속도를 내는가 싶더니 곧바로 오트람 파크 역에 도착했다. 지상으로 올라오니 안내책자의 많은 부분을 차지하는 건물들이 소개내용에 비해서는 대체적으로 실망스러웠다. 거리의 햇살은 아직도 열기가 가시지 않고 있었다. 그녀는 주위를 두리번거리다가 저쪽으로 가자며 손짓을 했다. 그녀가 가리킨 곳은 커피전문점이었다. 우리는 그곳에서 더위도 식힐 겸 아이스 카페라떼를 주문했다. 그녀는 홀짝거리며 잘도 마셨건만 이것 또한 나에게는 유지방이 너무 많았다. 아이스 커피인데도 왜 그리 느끼했던지 나로서는 정말 알 수 없는 일이었다.

느끼한 커피를 마시는 일은 또 하나의 고역이었다. 도망치듯 커피 전문점을 나와 걷기 시작한 지 십 분쯤 되었을까. 차이나타운의 입구가 나타났다. 그쯤에서 나는 불교나 힌두교에 관련된 것을 볼려면 '리틀인디아' 거리로 가야지 왜 '차이나타운'이냐고 물었던 것 같다. 그녀는 가보면 알게 된다며 더 이상 아무 말도 하지 않았다.

의문은 첫 만남부터 계속되고 있었다. 그녀의 외모는 십여 년 전 미연의 모습을 판박이 한 듯 닮아 있었다. 사실 기내에서 처음 마주했을 때에도 내 눈은 미연을 만난 것으로 착각했었다. 그녀는 아주 가까운 사람처럼 느껴지다가도 순간 순간 속내를 감추며 호기심만을 증폭시켰다. 나는 그때까지도 그녀에 대해서는 아는 것이 전혀 없었다. 어디서 무슨 일을 하고 있는지, 결혼은 했는지……. 내가 물을 때마다 그녀는 "그런 것이 뭐가 중요해요, 모두가 껍데기일 뿐인걸요." 하고는 모든 것을 초월한 사람처럼 소리 없이 한번 웃는 것이 전부였다. 그녀가 툭툭 던지는 알 수 없는 말들은 나를 더욱 혼란스럽게 만들었다.

그것은 오래 전 미연의 습관이기도 했다.

"나는 무엇이든 끝이 있다고 생각해요. 물질이나, 생각이나 분명히 끝은 있어요. 그래서 사람들은 두려워하지요, 사랑이나 생명도 끝이 있으니까요. 그렇지만 끝은 또 다른 시작을 의미하잖아요. 저는 만남과 헤어짐에 연연할 필요는 없다고 생각해요. 모든 것이 반복될 뿐이에요."

어떤 종교적인 사고의 바탕이 있었는지 그건 알 수 없지만, 그때 나는 미연의 정신세계에 꽤 흥미를 가지고 있었다.

차이나타운은 입구부터 각국에서 몰려든 관광객들로 북적거렸다. 수많은 건물이나 간판들이 중국식으로 모두 붉은색이었고, 늘어선 음식점과 한약방들은 제각각 고유한 냄새를 지니고 있었다. 그녀는 여러 인종들이 뒤섞여 왁자지껄한 분위기 속으로 나를 끌고 들어갔다. 처음 듣는 여러 나라 언어들이 사방에서 귀를 괴롭혔다.

"이것을 먹어봐야 싱가포르에 왔다고 할 수가 있어요."

그녀가 노점상에서 집어든 것은 '두리안' 이라는 과일이었다. 겉표면에 굵은 가시 같은 것이 붙어 있었는데 작은 도끼로 쪼개서 먹는 것이라고 했다. 길가에는 많은 사람들이 의자에 앉거나 선채로 두리안 조각을 하나씩 들고 있었다. 가게주인은 계속 "베리굿"을 외치며 손님들을 불러댔다.

나는 그때까지만 해도 옆에 있던 물통의 용도를 알지 못했다. 하지만 그건 잠시였고, 주인으로부터 두리안 조각을 건네받는 순간 저절로 깨달을 수 있었다. 두리안 표면의 냄새가 너무 지독했던 것이다. 그것은 화장실과 시궁창의 냄새를 섞어놓은 것 같았는데 그 자체만으로도 구역질을 일으키기에 충분했다.

난 아무 생각 없이 그냥 버리고 싶었다. 하지만 버리더라도 맛이나 보고 버리라는 그녀의 말에 따라 한 조각을 입에 넣어보았다. 옆에서 살며시 미소를 띠고 있던 그녀가 다시 입을 열었다.

"맛이 어때요?"

그때 나는 할 말을 잃었다. 천국과 지옥을 동시에 경험했다는 것은 아마도 그런 경우를 두고 하는 말일 것이다. 지금까지 어디에서도 경험하지 못했던 특이한 맛이었다. 겉으로 풍기는 역겨운 냄새와는 정말 딴판이었다. 두리안의 속살은 부드러우면서도 달콤한 맛이 나는 일종의 아이스크림과도 같았다.

"싱가포리언들은 이것을 일컬어 과일의 왕이며 천상의 맛이라고들 하지요."

굳이 설명을 들을 필요도 없었다. 누가 봐도 그것의 겉모습은 지옥의 냄새였고 속내용은 천국의 맛이었다.

"그러고 보면 인간들은 참 어리석어요."

"무엇이 어리석다는 것이죠?"

"매사를 두리안 대하듯 하잖아요. 어찌 보면 불행한 일이지요."

그때 미연도 그런 생각이었을까. 중동지역에서 사막의 폭풍 조짐이 보이기 시작하자 모든 거래처는 숨을 죽이고 엎드렸다. 그래도 그 무렵까지는 한 가닥 희망을 가지고 있었다. 하지만 폭풍은 마침내 일어났고 전 세계를 동시에 강타했다. 사무실의 모든 업무가 정지되면서 폭풍이 가라앉기를 기다릴 수밖에 없었다. 일방적으로 이어지는 일련의 사건들을 속수무책으로 기다린다는 것은 참으로 무서운 일이었다.

폭풍은 생각했던 것보다 빨리 지나갔다. 그렇지만 나에게 남은 것은 아무것도 없었다. 본사도, 거래처도, 사무실 직원들도 모두 떠난 뒤였다. 그들은 일기예보 전문가들이 되어 있었다. 사무실은 누구를 원망할 겨를도 없이 스스로 무너지기 시작했다. 그때 결혼을 앞두고 있던 미연이 반복해서 한 말은 "만남과 헤어짐에 큰 의미를 두지 말아요"였다.

그녀와 나는 물통에서 손을 깨끗이 씻고 다시 인파 속으로 휩쓸려 들어갔다. 나를 안내하며 앞서 나가던 그녀의 발길이 멈춘 곳은 차이나타운 중간쯤에 자리잡은 거대한 건축물 앞이었다. 안쪽으로 들어서니 거리의 인파보다 더 많은 관광객들이 몰려 있었고, 그들은 눈앞의 풍경이 생경한 듯 연신 카메라 셔터를 눌러대면서 주변을 두리번거리고 있었다.

"이곳은 '스리마리암만'이라는 힌두교 사원입니다."

"힌두교 사원이라구요?"

"예, '리틀인디아' 거리에도 있긴 하지만 이곳만 못해요. 싱가포르에선 역사나 규모로 봐서 이곳만한 곳이 없지요."

그녀의 말을 듣고 주변을 둘러보니 벽면에 수많은 조각상들이 붙어 있는 웅장한 건물이 여러 개 보였고, 곳곳에 불상처럼 모셔진 신들의 모습도 여러 개가 눈길을 끌었다. 수많은 신상들은 지붕이 있는 곳과 없는 곳의 구분 없이 골고루 분포되어 있었다.

어느 곳이든 신상 앞에는 많은 사람들이 몰려 있었고, 각종 꽃과 향으로 장식되어 신비로움을 더해 주고 있었다. 그녀는 본당 안으로 들어서며 나에게도 따라오라는 손짓을 했다.

그곳의 분위기는 묘한 것이었다. 무엇인가 막연한 것 같으면서도 확연히 드러나는 것 같았고, 음산한 공포를 느끼면서도 오랫동안 기다려왔던 것처럼 마음이 차분히 가라앉았다. 나는 보이지 않는 손길에 의해 이끌리듯이 그녀의 뒤를 따라 수많은 신들을 향해 걸어나갔다. 그리고 내 몸에 붙어 있던 알 수 없는 예감이 실행중이라는 사실을 어렴풋이나마 느끼고 있었다.

사원 안의 사람들은 대부분 이마 중간에 '빈디' 라는 붉은 점이 붙어 있었다. 아름다움을 위한 것이라고 했지만, 내 시각으로는 마치 피가 뭉쳐 있는 것처럼 끔찍하고 징그럽게 보일 뿐이었다. 우연이었는지 마침 그날은 힌두교 의식이 있는 날이었다. 향로에서 피어오르는 자욱한 연기와 나지막한 기도소리들이 본당 안을 어지럽게 채우고 있었다.

제사장은 '사리' 라는 녹색 천을 허리와 어깨에 두르고 신도들에게 하얀 분가루를 발라주고 있었다. 그녀의 말에 의하면 자기가 믿는 신의 형상을 얼굴에 그리는 것이라고 했다. 내가 놀란 눈빛으로 두리번거리는 것처럼 본당 안의 사람들 역시 우리 두 사람을 낯설어 하기는 마찬가지였다.

그녀는 내 영혼을 인도하듯이 천천히 걸었다. 오래 전 공작왕이라는 만화에서 볼 수 있었던 다양한 힌두신들이 곳곳에 자리잡고 있었다. 원숭이 대장 '하누만'이 지키고 있는 라마신전을 비롯해서 힌두교 3대 주신인 창조신 '브라흐마', 유지신 '비슈누', 파괴신 '시바'가 있었고 그 외에도 갖가지 신들이 계속 이어졌다.

어느 신이든 신상 앞에는 기도하는 신도들로 넘쳐나고 있었다. 그녀는 각종 꽃과 향 내음 그리고 신도들의 기도소리에 둘러싸인 채 영혼을 잃어버린 것처럼 서 있었다. 옆에서 자세히 보니 눈을 감고 나지막한 목소리로 기도를 올리고 있었다. 나는 어쩔 수 없이 그녀의 기도가 끝날 때까지 기다려야 했다.

얼마나 시간이 흘렀을까, 그녀는 본당을 나서며 힌두신에 대한 얘기를 꺼냈다.

"힌두교에는 신이 워낙 많아서 이곳에 모셔진 신들은 일부분에 지나지 않아요. 어쩌면 그리스, 로마 신화에 나오는 신들보다 더 많을지도 모르지요. 그리고 힌두신 중에도 호칭만 다를 뿐 같은 역할을 하는 신들이 있답니다."

"그건 또 무슨 얘기죠?"

"예를 들면, 천공의 신이며 신들의 아버지격인 '디아우스'는 '제우스'와, 애욕의 신 '카마'는 '큐피드'와, 미의 여신 '라크슈미'는 '아프로디테'와 서로 상응되는 존재입니다. 그 외에도 바람의 신 '마루트', 쾌락의 신 '라티', 대지의 신 '프리티비' ……."

힌두신에 대한 얘기는 본당 건물의 모서리를 돌아 옆면을 걸어갈 때까지 계속되었다. 그중에서도 애욕의 신 '카마'의 이야기는 누구에게나 관심을 끌기에 충분했다. 힌두교 신화 속에서 '카마' 신은 거미줄 시위로 만들어진 활을 들고 있는 미남청년으로 묘사되고 있었는데, 그리스, 로마 신화에 등장하는 큐피드와 전혀 다른 점을 찾을 수가 없었다. 굳이 다르다면 '카마'라는 이름 하나가 다를 뿐이었다.

그녀는 대륙별로 여러 가지 신화들이 존재하지만 그 내면 속으로 들어가 보면 서로 상통하는 부분이 많이 있다며, 다시 모퉁이를 돌아 본당의 뒤편으로 접어들었다. 그때 그야말로 기괴한 모습의 신이 모습을 드러냈다. 언뜻 보면 손, 발, 머리가 모두 열 개씩으로 불교 사찰의 천수천안 관음보살처럼 보이기도 했지만, 자세히 살펴보니 언젠가 영화 속에서 보았던 귀신의 모습처럼 붉은 혓바닥이 토막난 사람의 몸통으로 향해 있었다. 그리고 열 개의 손에는 각기 창, 칼, 종, 어린아이, 지팡이 등이 쥐어져 있었고, 무릎 위에는 제물인 듯한 여인이 축 늘어져 있었다.

그 모습은 아무리 공포스런 괴기영화라도 감히 흉내낼 수 없는 엽기적인 것이었다. 나는 눈앞의 현실이 너무나도 끔찍해서 잠시 걸음을 멈칫거리며 조심스럽게 정체를 물어보았다.

　"이 신이 바로 파괴의 신 '시바'의 부인이면서 코끼리 신 '가네샤'의 어머니입니다."

　그녀는 붉은 혓바닥이 뱀처럼 길게 늘어져 있던 그 주인공이 바로 죽음의 여신 '칼리'라고 했다. 처음부터 희미하게 나를 따라다니며 괴롭혔던 알 수 없었던 이상한 느낌은 그렇게 죽음과 공포의 모습으로 내 앞에 나타났던 것이다.

　그런데 내가 정말 이해할 수 없는 것은 따로 있었다. 죽음을 관장하며 공포스럽기 그지없는 칼리여신 앞에 수많은 신도들이 몰려들어 절을 하며 기도를 올리고 있다는 사실이었다. 앞서 지나쳤던 여러 신상 앞에도 많은 신도들이 몰려 있었지만 '칼리'를 숭배하는 신도들만큼은 아니었다. 특히 갓 태어난 어린아이를 눕혀놓고 기도를 올리는 신도들의 모습은 아무리 생각을 해봐도 이해할 수 없는 기이한 일이었다. 새로운 생명의 탄생과 죽음의 여신과는 어떤 식으로든 연결되어질 수 없는 문제였다.

　나로서는 모든 것이 불확실하고 의문스러웠지만, 그녀는 이곳을 찾은 이유가 '칼리'와의 만남 때문이라고 했다. 그녀는 '칼리'의 절대적인 신봉자였던 것이다.

"전 처음부터 이해할 수 없는 부분이 많았지만, 특히 칼리 신앙에 대해서는 정말 혼란스럽군요. 인간이라면 누구나 두려워하는 것이 죽음인데 이토록 많은 신도들이 그것도 갓난아이까지 데리고 몰려드는 이유는 도대체 무엇입니까?"

 "그건 칼리신앙에 대해 무지한 분들이 겉모습만 보고 오해를 하는 것입니다. 힌두교의 세계관은 생성과 소멸 다시 말해 삶과 죽음을 반복하는 윤회사상입니다. 따라서 '칼리'라는 여신은 죽음의 신인 동시에 또 다른 생성 즉 생명과 양육의 신도 되는 것이지요. 끝남과 시작이 별개가 아니라는 것입니다. 또한 길게 늘어뜨린 붉은 혓바닥과 칼을 들고 사람의 피를 받고 있는 혐오스런 모습은 악을 물리치려는 벽사(酸邪)용이기 때문에 수호신의 역할도 갖고 있습니다. 죽음의 신이 곧 생명과 수호의 신이 되는 것, 이것이 바로 힌두교의 정신세계입니다."

 "그렇지만 보통사람들은 단순히 죽음으로만 받아들이지 않을까요?"

 "일부 무지한 사람들이 '칼리'의 내면에 숨겨져 있는 깊은 의미를 이해하지 못하고 단지 겉으로 드러난 죽음만을 의식하는 경우가 더러 있습니다. 그것은 죽음의 이름으로 빛나는 칼리의 유혹에 넘어간 것이라고 할 수 있겠지요. 아니, 어쩌면 본질을 알면서도 모르는 척 시치미를 떼고 그 유혹을 받아들이는 사람들도 있을 겁니다."

"그러니까 본질을 벗어난 죽음의 유혹만을 생각한다는 것이군요."

"그렇습니다. 경우에 따라서는 알면서도 모르는 것처럼 꾸미기도 하구요."

싱가포르에서 알 수 없는 희미한 예감으로 나에게 다가왔던 죽음의 여신 '칼리'는 그렇게 우연한 사건을 계기로 내 기억 속에서 잠시 머물렀다가 곧 사라졌다. 그때 나에게 '칼리' 신앙의 본질을 알려주었던 그 젊은 여인은 며칠 전 십대 소년 두 명과 투신자살을 택했다. 그리고 십여 년 전 미연이 선택했던 것처럼 내 기억 속을 영원히 떠났다.

경찰조사에 따르면 그녀는 함께 투신한 십대 소년 두 명에게 죽음의 유혹을 가르쳐왔다고 한다. 그들은 칼리의 겉모습만 보고 그 속에 담긴 힌두교의 정신세계를 알지 못했으며, 무지에서 비롯된 비극은 세 명의 고귀한 목숨을 앗아간 것이라고 했다. 그렇다면 그녀는 본질을 알고 있으면서 왜 죽음의 유혹만을 가르쳤던 것일까. 두 손에 들려 있던 신문 속의 그녀가 힘없이 방바닥에 드러눕는다.

때맞추어 신문에 가려 있던 텔레비전이 오랜만에 환한 얼굴을

드러냈지만 그것도 잠시였다. 밝은 얼굴에 조각하듯이 한참 동안
글자가 새겨지기 시작했다.

"이 제 유 엔 결 의 안 은……. 따 라 서……. 철 회 한 다…….
최 후 통 첩 을……."

　또다시 예감인지 기대감인지 알 수 없는 이상한 느낌이 온몸을
휘어감는다. 그것은 형체나 빛깔도 없는 것으로 희망적인 것 같으
면서도 한편으론 막연하고, 캄캄한 어둠 속인 것 같으면서도 환하
게 빛나고 있는 것 같다. 다시 유혹이 시작된 것일까. 아내는 아직
도 돌아오지 않고 있다.

날개 만들기

　뻐꾹— 뻐꾹—. 뻐꾸기 울음소리는 방 안 구석구석을 깨우기 시작한다. 창가에 붙어 있는 3평형 에어컨부터 1인용 소파 겸용 침대, 최신형 컴퓨터, 90ℓ짜리 삼각형 냉장고, 3kg대 소형 세탁기, 2인용 전기밥솥 그리고 어젯밤 주머니에 넣어둔 감기약까지. 잠이 반쯤 달아난 알몸이 기다렸다는 듯 이불 속에서 숫자세기를 시작한다. 하나, 둘, 셋, 넷…….

　잔뜩 웅크린 알몸이 누에고치 속의 번데기와 흡사하다. 그랬다. 언제부터인가 사람들이 몰려들면서 가늘고 질긴 실을 뿜어대기 시작했고 부드러우면서도 견고한 그들만의 집을 만들었다. 그리고 그들은 모두 번데기가 되었다. 언젠가 이루어질 나방으로의 부활을 꿈꾸며 죽은 듯 잠들어 있는 번데기들. 숫자세기는 정확하게 열둘에서 멈춘다. 낮 12시, 기상시간이다. 평상시와 달리 몸에는 윤기가 없다. 겉과 속이 모두 거칠어져 푸석거린다. 미세한 공기의 이동에도 흙먼지가 날아오를 것 같다.

세월의 옷을 모두 벗어버린 알몸이 가볍게 이불 속을 빠져나온다. 너무도 쉽고 자연스러운 이 동작은 단지 습관일 뿐이다. 무의식적인 발걸음이 구석에 맞추어 있는 삼각형 냉장고로 향한다. 왼손이 시원한 치커리차를 병째로 들어내는 것과 동시에 오른손은 메뉴를 짚어나간다. 라면, 칼국수, 설렁탕을 지나 콩나물해장국과 백미밥을 한 봉지씩 끄집어낸다. 그것들은 곧바로 그들만의 찜질방으로 들어간다. 콩나물해장국은 굳어 있는 내장기능을 풀어주는 데 없어서는 안 될 중요한 메뉴이다. 전자레인지의 웅웅거리는 소리를 들으며 눈동자는 현관으로 향한다.

이제 그동안 가둬놓은 세상으로부터 하루 치 산소를 훔쳐내야 한다. 잠겼던 문을 열자 갇혀서 몸부림치던 세상 속의 찬 공기가 두더지처럼 밑으로 파고든다. 11월로 접어들면서 이 시간만 되면 속이 불편하다. 어디서 끼어들었는지 알 수 없는 냄새가 건구역질을 일으킨다. 느끼하면서도 비린 듯한 이 냄새는 사골 끓이는 냄새 같기도 하고 겨울의 입구에서 더러 경험하는 물비린내 같기도 하다. 벌써 4일째 반복되는 괴로움이다. 당장이라도 옆방 문을 두드려서 냄새의 진원지를 확인하고 싶은 충동이 솟아오른다. 하지만 그럴 수는 없다. 그때마다 건물주인과의 약속이 발목을 붙잡는다. 그는 첫 대면부터 사무적이고 계산적이었다. 마치 판결문을 읽어나가는 판사의 모습과 흡사했다.

"우리는 선택 사양이 없습니다. 각 방마다 에어컨과 컴퓨터는 물론이고 심지어 면도기까지 모든 생활용품이 최신형으로 갖춰져 있습니다. 몸만 들어가면 바로 생활이 가능합니다. 물론 사용료는 따로 계산합니다. 그리고 열쇠는 보증금과 월세가 입금되는 즉시 전해 드립니다."

그의 건조한 말투는 방 열쇠와 무통장 입금표를 교환한 뒤에도 한동안 이어졌다.

"방은 310호입니다. 아참 그리고 깜빡했는데 여기서는 꼭 알아 둬야 할 것이 있습니다. 이곳은 나름대로 이유 있는 사람들이 자기만의 둥지를 틀고 있는 공간입니다. 어디서 만나더라도 이웃 간에 아는 척 안 하기를 꼭 지켜야 합니다. 사무실에서도 거주자의 허락 없이는 방 번호를 알려주지 않습니다. 설사 부자간의 관계라 해도 말입니다."

그는 빠르면서도 정확한 음성으로 긴장을 고조시킨 뒤에 내 앞에 종이 한 장을 내밀었다. 약속을 어길 때에는 소정의 위약금을 지불하고 방을 비워주겠다는 서약서, 그것은 완전무결한 불간섭주의와 무제한의 자유공간을 추구한다는 의미였다.

삐— 삐—. 데우기 작업이 끝난 모양이다. 뜨거워진 봉지 속의 밥과 국이 식탁 위의 그릇으로 옮겨진다. 김이 모락모락 피어오르는 국물은 메마르고 거칠어진 식도를 촉촉하게 적셔준다. 뜨거운 국물인데도 식도를 타고 내려가는 느낌은 시원하다. 시원한 느낌이 계속되면서 피부는 일제히 문을 열고 지난 일들을 배설하기 시작한다. 한 방울, 두 방울 무게를 지탱하기 어려운 것들이 눈을 향해 모여든다. 눈을 끔뻑거려본다. 크고 작은 방울들이 기다렸다는 듯이 두 볼을 지나 빠른 속도로 흘러내린다. 그들이 흘러내릴 때마다 황량하게 푸석거리던 껍질은 이내 윤기를 되찾는다.

제법 한기가 느껴진다. 이제 하루 치 산소는 충분히 훔쳐냈으니 다시 세상을 가둘 시간이다. 현관을 쳐다본다. 문은 아직도 열려 있다. 다시 한번 문밖의 네모난 하늘을 본다. 회색빛 하늘 멀리서 작은 비행체 하나가 보인다. 새인지 비행기인지 알 수가 없다. 그것은 네모난 하늘의 오른쪽 모서리를 향해 서서히 움직인다. 비행체를 따라 자리에서 일어서는 순간 예고 없는 초인종이 급하게 울어댄다.

"문 열렸습니다."

"……"

"문 열렸다니까요."

"저— 세탁소에서 왔는데요. 옷 때문에……"

"옷 갖고 왔으면 들어오세요."

"아저씨 옷 때문에……"

도대체 옷이 어쨌단 말인가. 성급한 발걸음이 현관으로 달려나간다.

"어머!"

세탁소 여자는 입을 벌린 채로 넋이 나간 표정이다. 그녀는 눈길 둘 곳을 찾지 못하고 슬그머니 돌아선다. 뒷모습에서도 놀란 표정이 역력하다. 그때서야 문의 안쪽과 바깥쪽을 혼동한 스스로에게 덜컥 놀란다. 아버지의 호주머니에서 지폐를 훔치다 들킨 아이처럼 온몸이 순식간에 굳어버린다. 꼼짝을 할 수가 없다.

"지난번 맡긴 쥐색 양복이에요."

긴 팔이 뒤로 뻗어온다. 일회용 옷걸이가 내 손에 걸리기 무섭게 그녀는 재빨리 걸음을 내딛는다.

"세탁비 받아가세요."

하지만 그녀의 걸음은 달아나듯 빨라진다.

매주 금요일은 세탁물의 수거와 배달이 동시에 이루어지는 날이다. 어째서 금요일을 생각하지 못했을까. 오늘은 시작부터 일진이 사나운 날이다. 홧김에 다시 세상을 가두어버린다. 문 닫히는 소리가 유난히 크게 울린다.

알몸 생활은 편리한 점이 많았다. 물론 처음부터 그런 것은 아니었다. 처음에는 혼자 있으면서도 어딘지 어색하고 불안한 마음을 떨쳐버릴 수가 없었다. 그렇지만 알몸 생활이란 인간의 본래

모습이 아니었던가. 무엇인가 걸친다는 것은 그만큼 숨길 것이 많아졌다는 것이다. 이곳은 매일 생성과 소멸이 반복되는 나만의 작은 왕국이다. 이제는 무엇이든 몸에 걸친다는 것 자체가 곤혹스럽다. 처음 시도했을 때 몇 번인가 느꼈던 것처럼 이제는 옷을 입을 때마다 그때의 불안감이 느껴진다. 그런 것을 보면 인간의 몸은 적응이 빠르다.

샤워실은 혼자 사용하기에 알맞은 공간이다. 적당하게 달구어진 샤워기의 물줄기가 머리부터 발끝까지 구석구석 노폐물을 찾아다니며 한참을 닦아낸다. 온몸이 날아갈 듯 가벼워진다. 검은색으로 꽉 차 있던 머릿속도 따라서 맑고 투명해진다. 컴퓨터가 검은색 긴 잠에서 깨어날 때의 모습이다. 컴퓨터는 오래 전 내 몸의 일부가 되었다. 내가 잠들면 검은색으로 잠이 들었고 깨어나서 머릿속이 맑아지기 시작하면 그것 또한 활동을 시작했다.

샤워실을 빠져나온 알몸이 맨손체조를 시작한다. 끝없이 펼쳐진 정보의 바다를 항해하기 위한 준비운동이다. 몸의 물기가 완전히 사라지기도 전에 항해는 시작된다. 오늘의 항해는 라디오 청취에서 출발한다. 마침 뉴스시간이다. 매일 그래왔듯이 새로운 소식에 대한 기대로 귀를 세워본다.

"총선을 앞두고 폭로전이 계속되고 있습니다. 현장에 나가 있는 취재기자 연결합니다."

오른손에 쥐어진 마우스가 급하게 움직이면서 여러 개의 사이트가 계속 넘어간다. 하지만 모두 관심 밖의 일들뿐이다. 방송뿐만 아니라 신문들도 모두 곪아터진 정치얘기가 대부분이다. 더러 일상생활에 필요한 소소한 얘기가 있지만 모두 침울하고 답답한 내용뿐이다.

마우스가 다시 움직인다. 이번에는 게임 사이트다. 중, 고생들이 많이 이용한다고 알려진 이 게임은 폭탄을 쏘아서 상대방 캐릭터를 모두 파괴한 사람이 승리하며 끝나는 방식이다. 그러나 알려진 것과는 달리 학생을 가장한 성인들이 대부분이다. 폭탄이 터질 때마다 어른들의 스트레스도 시원스럽게 터지기 때문이다. 그래서 이곳을 항해하는 성인들은 모두 신분이 바뀐다. 나의 신분도 15년 전 고등학생으로 바뀌어진다.

아이디와 비밀번호를 입력하라는 명령어가 떠오른다. 뻐꾸기와 비밀번호를 입력하자 화면은 재빨리 넘어간다. 혹시나 하는 마음에 마우스를 이리저리 끌고 다니지만 때까치는 없다. 어젯밤 과음 탓일까.

그녀는 일주일 전 게임 사이트에서 처음 만났다. 만남의 과정은 의외로 간단했다. 나는 게임 중에도 집요하게 답변을 유도했고 그녀 역시 고등학생이라고 자신을 소개했다. 그리고 친구가 되었다. 우리는 날마다 같은 시간에 만나서 벌거벗은 채로 게임 사이트를 헤엄치고 다녔다. 고교시절의 신바람이 시간 가는 줄도 모르고 계속 일어났다. 그런데 어제 오후 그녀는 정색을 하고 나에게 물었다.

"뻐꾸기님 정말 학생 맞나요? 미안하지만 저는 학생이 아닌데요."

그녀의 말은 사이버 공간에서 흔히 있는 거짓말에 대한 것이 아니었다. 당신도 혹시 일반성인이 아닌지를 묻고 있었다. 어쩌면 30대 남자이기를 간절히 바랐는지도 모르겠다.

"때까치님 저도 학생 아닙니다."

"그럼 몇 살?"

"30대 초반. 님은?"

"저는 30세."

뻐꾸기와 때까치가 10대 후반에서 30대 초반의 친구로 바뀌는 순간이었다.

"때까치님 갑자기 10년이 흘러간 느낌이네요."

"맞아요. 우리 10년 지기가 되었는데 오프에서 술이라도 한잔해야 되는 것 아닌가요?"

화면은 본래의 모습으로 돌아온다. 마우스는 참여 가능한 등급 중에서 하나를 선택한다. 곧이어 상대방들의 아이디가 드러난다. 공주와 후세인 그리고 뻐꾸기가 싸우는 개인전이다. 스타트를 누르자 박진감 넘치는 경음악이 깔리고 게임은 시작된다. 여기저기서 스트레스가 펑펑 터진다. 접전지역마다 긴장이 팽팽하다. 후세인이 균형을 깨고 유리한 고지를 점령해 나간다. 후세인의 공세에 공주는 기가 죽은 듯하다.

"저님 고수다."

"누구?"

"누구는 후세인이지."

"고수는 무슨 고수. 혼자 잘난 척하는 거지. 엥―."

글씨 입력하는 사이에 후세인의 반칙플레이로 내 캐릭터는 파괴된다. 후세인은 나를 보고 히죽거린다.

"밥오, 뻐꾸기 날개가 박살났네. 키키키."

그러고 보니 오늘은 날개를 확인하지 못했다. 궁금한 마음에 엉덩이가 용수철처럼 튀어오른다. 어디서부터 잘못된 것일까. 선 채로 잠시 생각에 잠긴다. 그렇다, 젊은 여자와의 황당한 만남이 일상의 균형을 깨면서부터였다.

출입문 옆 신발장 위에서 변함없이 서 있는 뻐꾸기. 가슴과 배를 장식한 수십 개의 흰줄이 아름답다. 고개를 바짝 쳐들고 회색 날개를 펼친 모습은 금방이라도 날아오를 것 같다. 하지만 왼쪽 날개는 이미 바닥에 누워 있다. 나는 기다렸던 작업을 시작한다. 먼저 접합부분의 먼지나 이물질을 제거하고 강력 접착제를 바른다. 그리고 떨어진 날개를 몸통에다 접붙이듯 들이댄다. 그 다음은 모든 동작을 멈추고 기도를 한다. 이번만은 제발 붙어다오. 접착제가 굳으면서 뻐꾸기는 작은 신발장 위의 자기자리로 돌아간다. 접착제와 브러시도 내일의 예정된 작업을 기다리며 날개 밑에 숨는다. 지금까지 날개 만들기 작업은 계속 실패했다. 언제 봐도 아름답고 매끈한 이 뻐꾸기 박제는 어머니 것이었다. 정확히 말하자면 아버지에게 받은 유일한 선물이었다.

아버지는 전국을 떠도는 밀렵꾼이었다. 한번 사냥을 떠나면 일주일이나 열흘쯤 지나야 돌아왔다. 한 달 이상 걸릴 때도 있었지만 흔치는 않았다. 어머니에게 겨울밤은 길고도 멀었다. 어머니는 밤마다 한숨 대신 이 뻐꾸기 박제를 품에 안고 날이 새기만을 기다렸다. 길손처럼 스쳐가는 아버지였지만 어머니는 늘 반갑게 맞아주었다.

아버지는 집에 들를 때마다 사냥터의 무용담을 펼쳐놓았는데, 어디에서 노루를 잡았고 어디에서 멧돼지를 잡았고 또 어느 곳에서는 하루에 꿩을 열 마리 잡은 적도 있다며 끊임없이 자랑을 늘어놓았다. 고기는 거래처에 넘기고 껍질은 모두 박제상에 맡겼다며 커다란 돈 뭉치를 내보이기도 했다. 내가 여섯 살 되던 해 그 날은 술에 취한 아버지가 작은 주머니 같은 것을 어머니 앞에 내밀었다.

"이게 뭐예요?"

"웅담에 버금간다는 멧돼지 쓸개야."

그날 밤 어머니 얼굴에는 오랜만에 미소가 가득했다. 나는 그 미소를 바라보며 잠이 들었다. 얼마나 지났을까, 잠 속으로 빠져 드는 나를 다시 깨운 것은 뜻밖에도 어머니의 흐느낌이었다. 어머니는 쓸개주머니와 돈 다발을 앞에 놓고 울고 있었다. 아버지는 말없이 한참을 앉아 있다가 밖으로 나가버렸다.

"내가 언제 돈타령 한 적 있어!"

어머니는 돈 다발과 쓸개주머니를 집어던졌다. 그리고 이것도 가져가라며 뻐꾸기 박제도 방문을 향해 집어던졌다. 난 그때 처음 으로 날개 잃은 뻐꾸기를 보았다. 그 후 어머니는 부러진 날개를 붙여보려고 무진 애를 썼지만 결국은 성공하지 못했다. 교통 사고 로 세상을 떠나던 날까지도 날개 만들기에 집착했지만 비참한 실 패만을 남겼다.

'강퇴당했습니다' 로 화면은 정지되어 있다. 마우스와 함께 화면 이 다시 움직인다. 별로 신통한 것이 없다. 가슴이 답답해진다. 새 로 출시된 음반, 서적, 영화를 꼼꼼히 훑어본다. 책 한 권과 극장 표를 구입하고 카드결제를 위해 번호를 입력한다. 카드를 꺼낸 김 에 복권도 구입한다. 당첨금이 국내 최고액이다. 마우스는 다시 항해를 시작한다. 이번에 도착한 곳은 24시간 음악채널이다.

"올 겨울엔 모든 사랑이 이루어졌으면 좋겠습니다. 끊임없이 갈구하는 사랑 말고 부담 없이 모든 것을 줄 수 있는 그런 사랑 말입니다. 사랑이란 공기처럼 꼭 필요하지만 보이는 것도 아니고 그렇다고 묶어둘 수 있는 것은 더욱 아니겠지요. 이태원에서 소녀라고만 써주셨습니다. 지금 시간이 오후 5시 35분, 그러니까 방금 전에 들어온 메일이네요."

오늘따라 낭랑했던 진행자의 목소리가 탁하게 들린다.

"내가 체력이 약해졌나 감기가 다 걸리고. 하여튼 목소리가 엉망이라 많이 죄송하네요. 어제 저녁에 좀 무리했거든요."

진행자의 목소리는 점점 빨라진다. 탁한 목소리의 껍질을 벗기려는 시도일 것이다.

"날씨가 쌀쌀해지고 있습니다. 여러분들도 감기 조심하세요. 소녀님이 신청하신 노래 보내드립니다. 다섯 명의 젊은 전사들이 부릅니다."

「내가 가는 이 길이 어디로 가는지
어디로 날 데려가는지 그곳은 어딘지
알 수 없지만~ 알 수 없지만~ 알 수 없지만~
오늘도 난 걸어가고 있네」

사람들은 알 수 없는 길을 간다고 한다. 하지만 아버지와 어머니 그리고 나 우리는 모두 각자의 길이 정해져 있었다. 앞이 훤하게 보이는 길이었다. 내가 대학을 졸업하고 첫 직장에 출근하던 날 어머니는 이제 죽어도 여한이 없다고 했다. 난 그날 처음으로 어머니 앞에서 아버지를 원망했다.

"기다리지 말거라. 우린 이대로도 행복하잖니. 그분은 그분의 길을 가는 것이고 우리는 우리의 길을 가면 되는 것이다. 각자 가는 길이 다른 것을 어쩌겠니."

어머니는 뻐꾸기 박제를 만지작거리며 아버지를 생각했다. 볼 수도 없고 잡을 수도 없는 바람 같은 아버지. 탁란(托卵)하듯이 자식 하나 던져놓고 홀연히 사라진 아버지였다. 어머니의 삶은 원망과 분노 그리고 그리움이 언제나 바닥을 채우고 있었다. 그러면서도 뻐꾸기를 아끼는 마음은 변함이 없었다. 어머니는 날마다 날개 만들기를 시도했다. 안 된다는 것을 알면서도 끝까지 포기하지 않았다. 아들이 직장인으로 첫발을 내딛던 날 어머니의 원망과 분노 그리고 그리움은 해물탕거리와 함께 횡단보도 중간에서 모두 사라졌다.

"지금까지 다섯 전사와 함께 길을 걸어보았습니다. 사실은 제가 어젯밤에 술을 좀 했거든요. 솔로들이 주로 찾는 공간이었는데 분위기가 참 좋았어요. 아무래도 조만간 또 찾아갈 것 같네요. 이세상의 솔로들을 위해서 제가 노래 한 곡 선물할게요. 아이 빌리브(I Believe)."

음악소리가 애원하듯 올라갔다 내려오기를 여러 차례 반복한다.

솔로 생활의 시작은 전세방이었다. 어머니가 떠나고 혼자 남은 나에게 작은 주택은 짐이 될 뿐이었다. 나는 모든 것을 정리하고 직장 근처에 전세방을 구했다. 한동안 편리한 생활이 이어졌지만 그리 오래가진 못했다. 좀더 조용하고 은밀한 나만의 공간이 필요했다. 이러한 나의 욕구를 채워준 것은 갑자기 찾아온 경제위기였다.

구제금융 시대가 끝났는데도 직장은 냉동창고로 변해 갔다. 얼마 지나지 않아 명예퇴직 신청서가 사무실 책상 위에서 춤을 추기 시작했다. 직원들은 서로 눈치만 보고 있을 뿐 선뜻 일어서는 사람이 없었다. 모두 서로를 향해 보이지 않는 날을 세우고 있었던 것이다. 뒤따라 벌어진 개별면담 역시 날을 세우기는 마찬가지였다. 그것은 설득이란 탈을 쓴 협박이었다. 처음부터 나에게는 미혼이고 부양가족이 없다는 꼬리표가 붙어 있었다. 그들은 애원과 협박을 번갈아 사용하며 나에게 칼을 겨누었다. 결국 한 달도 버티지 못하고 내 몸에서 돋아난 칼날은 스스로 부러졌다. 그리고 세상에서 나라는 존재는 사라졌다.

진행자의 목소리가 맑아지면서 빠른 템포의 팝송이 흘러나온다. 가벼워진 발걸음이 수건과 속옷을 들고 세탁기로 향한다. 휴대용 가방처럼 생긴 초소형 세탁기는 볼 때마다 앙증스럽다. 크기에 비해서 뛰어난 세탁능력은 가끔 나를 놀라게 한다. 그저 신통할 뿐이다.

"크다고 다 좋은 것은 아니야."

어젯밤의 첫 만남에서 때까치도 그런 말을 했었다.

시간과 장소는 그녀에 의해서 정해졌다. 그녀는 신촌 로터리에서 자정에 만나길 원했다. 나는 마다할 이유가 없었다. 나 또한 근처에서 둥지를 틀고 있으니 오히려 반가운 제안이었다. 우리는 서로에게 몇 가지 약속을 하고 10년 지기가 되어 만났다.

"맥주 한잔해야지?"

그녀는 처음부터 어색함이 전혀 없었다. 작은 체구의 소녀 같은 얼굴에서 어떻게 그런 당당함이 나오는지 그 모습은 누가 봐도 오래된 친구 사이였다.

컴퓨터는 음악채널에 고정되어 있다. 진행자의 목소리는 이제 본래의 모습으로 완전히 돌아왔다. 여리고 낭랑한 목소리다. 노래는 영화음악 시리즈로 길게 이어진다. 갑자기 분위기가 가라앉으면서 방 안이 썰렁해진다. 오른손이 20도에 맞춰져 있는 온도조절기를 25도로 올려본다. 그사이 세탁기가 삐— 소리를 내며 옷 주인을 부른다. 그래 느낌일 뿐이야. 스위치를 다시 제자리로 돌려놓고 세탁기로 향한다. 탈수까지 끝낸 세탁물은 물기가 거의 없다. 팍— 팍—, 두 손을 높이 쳐들고 이물질을 털어낸다. 세탁물의 구겨진 부분이 어느 정도 펴지면 마른 세탁물을 밀어내고 건조대로 올라간다. 베란다 천장에 고정된 건조대는 외봉이다.

음악은 계속 가라앉는다. 알 수 없는 것들이 빛처럼 알몸을 스쳐간다. 외로움이었을까. 아니다, 아닐 것이다. 마음속으로 몇 번인가 부정을 한다. 그래도 무엇인가 스치는 것은 사실이다. 살갗에 소름이 돋아나면서 의식 없는 발걸음이 옷장을 향한다. 어제 입었던 황토색 양복에서 소지품을 꺼내 세탁소에서 돌아온 쥐색 양복으로 옮겨넣는다. 소지품이래야 지갑과 열쇠가 전부이다. 그런데 낯설은 명함이 손에 잡힌다. 외부와의 소통에 민감한 나로서는 특별한 경우다. 명함을 빼어들고 인쇄된 글씨를 읽어본다. 최고의 호프 맛이라는 작은 글씨 아래 '히키코모리'라는 큰 글씨가 눈길을 붙잡는다.

때까치는 큰길을 벗어나 작은 골목길을 여러 번 바꿔가며 나를 안내했다. 그녀가 마지막으로 도착한 곳은 빨간색 글씨로 이루어진 큰 발광체 아래였다. 난 그때까지도 번쩍이는 빨간 글씨가 '히키코모리'라는 것을 알지 못했다. 아니 알 필요가 없었다. 사실 술집 이름은 나의 관심사항에서 벗어난 지 오래다. 어디 그것뿐인가. 이제 관심사항 속에 남아 있는 것은 없다. 그저 오늘이 있을 뿐이다.

실내는 세 가지 색의 맥주 바로 나뉘어 있었다. 바닥은 땅색이었고 천장에는 하늘색 바탕에 크고 작은 별들이 삼색의 빛을 뿌리고 있었다. 무엇보다도 경이로운 것은 벽면을 채워나간 춘화도였다. 그림은 울타리처럼 사방의 벽면을 모두 채우고 있었는데 가끔 칼과 기모노 차림이 등장하는 것으로 봐서 일본 것이 분명했다. 춘화도에 둘러싸여 술잔을 들고 있는 젊은 남녀들. 자정을 넘긴 시간인데도 생각보다 손님은 많았다. 레드 바와 블루 바는 빈자리를 찾기가 어려웠다. 그런데 이상하게도 옐로우 바는 대부분의 자리가 빈 채로 한산했다.

"어느 쪽이 좋을까."

"어디긴 옐로우지. 레드나 블루는 솔로들만 가는 곳이야."

"그럼 나도 솔로인데. 참 너두잖아."

"바보 같긴, 지금 우리에겐 서로가 있잖아."

삼색의 별빛은 위에만 있는 것이 아니었다. 땅색의 유리알 같은 대리석 속에도 별빛은 빛나고 있었다. 그녀는 대리석 속의 별들을 건너뛰며 앞서 나갔다. 레드 바와 블루 바의 젊은 남녀들 사이에서 시끄러운 소리가 들렸다.

무슨 소리였을까. 현관을 응시하며 다시 귀를 세워본다. 잠시 후 웅성거리는 소리와 함께 분명한 발자국 소리가 들린다. 하나 둘이 아닌 것 같다. 문밖에 사람들이 모여든 것은 분명하다. 세상과 격리된 이곳에 떼를 지어 몰려든 저 사람들은 누구일까. 궁금한 발길이 자꾸 현관으로 향한다.

문밖 세상에는 언제나 냄새나고 시끄러운 일들이 많은 법이지, 이미 겪어보지 않았던가. 스스로를 위로해 보지만 궁금증은 가라앉지 않는다. 문을 열어볼까. 손이 문을 향해 나간다. 하지만 손잡이에 닿는 순간 온몸으로 불길한 예감이 스며든다. 놀란 손이 헉— 소리와 함께 다시 돌아온다.

잠시 동작을 멈추고 기다려본다. 발자국 소리와 함께 웅성거림이 사라진다. 휴우— 이유 없는 한숨이 길게 쏟아져나온다. 돌아서는 두 다리도 맥이 풀린다. 몸은 그 자리에 벌렁 누워버린다. 무제한의 자유가 누워 있는 모습은 스스로 생각해도 웃음이 나온다. 소리 없는 웃음이 끝나기도 전에 이번에는 초인종이 울린다. 흠칫 놀란 알몸이 세탁소 여자를 생각하며 옷장으로 달려간다.

"사무실에서 나왔습니다. 문 좀 열어보세요."

손은 분주하게 움직이지만 잡히는 것은 모두 속옷과 정장뿐이다.

"경찰입니다. 빨리 문 좀 열어요."

경찰이 무슨 일로 왔을까. 난 단지 세상이 싫어서 가둬버린 것뿐이다. 그것도 죄가 되는 것일까. 샤워실로 세탁기로 그리고 건조대로 정신없이 쫓아다니지만 급한 마음에 아무것도 보이질 않는다. 어쩔 수 없이 손에 잡히는 대로 쥐색 양복을 걸친다.

"죄송합니다. 경찰에서 조사할 일이 있다고 해서 같이 왔습니다."

50대 초반의 건물주인은 잔뜩 굳은 표정이다. 동행한 경찰에게 빨리 끝내달라고 부탁을 하면서도 그는 무언가 불만으로 가득 차 있다.

"신고가 접수돼서 나왔습니다. 옆에 살던 노인분 아시죠?"

"잘 모르는데요."

"아니 옆집 사람도 몰라요. 311호에 살던 할아버지 말입니다."

"정말 모르는데요."

"그럼 뭐 이상하다고 느낀 점은 없었습니까?"

"며칠 전부터 아주 불쾌한 냄새가 났어요."

"그렇다면 사무실에는 왜 연락을 안 했죠?"

"내가 문 닫으면 그만인데 솔직히 귀찮거든요. 옆방에 무슨 일이 생겼나요?"

"노인이 사망했습니다."

"죽었다구요! 원인이 뭐죠?"

"조사를 해봐야 알겠지만 굶주림으로 추정됩니다."

경찰은 서둘러 자리를 뜬다. 그제서야 건물주인의 얼굴이 풀어진다. 시멘트 바닥을 울리던 경찰의 구두소리가 갑자기 멈춘다.

"선생 옷차림 말인데요. 유행인지는 몰라도 참 특이하네요."

적선하듯 한마디 던지고 구두소리는 점점 멀어진다. 쥐색 양복에 여름용 반바지라니. 오늘은 이래저래 일진이 사나운 날이다. 나에게 어제와 내일은 없다. 하지만 어쩔 수 없이 또 비교하게 된다. 어제와 비교한 오늘은 정말 지워버리고 싶다.

세상을 지워버린 영혼들이 모여드는 곳, '히키코모리'는 바로 그런 공간이었다.

"어서 오십시오."

종업원은 20대 초반의 젊은 아가씨였다. 때까치는 생맥주와 사우나오징어를 주문했다. 난 각자의 병맥주를 원했지만 그녀는 끝까지 생맥주를 고집했다.

"때까치는 무슨 의미지?"

"그냥 느낌이 마음에 들었어. 그럼 뻐꾸기는……?"

"처음엔 날개를 생각했지. 그런데 날개는 내 몫이 없더라고, 심지어 부러진 날개까지도."

"넌 아직도 꿈을 꾸고 있구나."

"글쎄, 모두 포기했다고 생각했는데……."

술이 나왔다. 유리잔과 함께 놓여진 호프 용기는 아주 고급스러워 보였다. 양쪽에 손잡이가 달리고 옆면에 섬세한 문양을 새겨 넣은 은백의 용기. 그것은 품격 있는 중세의 장식품들을 연상시켰다.

"거품이 사라지기 전에 드세요. 탄산가스가 방출되면 고유의 맛과 향도 따라서 사라진답니다."

종업원은 유리잔을 모두 채우고 전화벨이 울리는 자기자리로 돌아갔다.

그녀가 말없이 잔을 들어올렸다. 기다리던 내 잔이 따라서 올라갔다. 그리고 거품 속의 맥주가 두 사람의 갈증 속으로 스며들었다. 식도를 흐르는 상쾌함이 답답한 가슴을 조금씩 열기 시작했다.

"박제 만드는 취미가 있었니?"

"아니, 어머니가 아버지에게 받은 유일한 선물이야."

아버지는 어디로 갔을까. 아마도 전국의 산과 들을 누비며 또 금지된 사냥을 하고 있을 것이다. 일주일씩, 열흘씩, 어떤 때는 한 달 이상 집을 비우면서 산짐승들을 닥치는 대로 잡을 것이고, 돌아올 때마다 고기와 가죽을 따로 판 돈이라며 뭉칫돈을 내놓겠지. 그리고 돈 다발이 점점 커지고 멧돼지 쓸개와 만나는 날 또다시 다른 둥지를 찾아 날아갈 것이다. 나는 아버지를 생각할 때마다 결혼 같은 것은 하지 않겠다고 수없이 다짐했다. 그것만이 내 몸에 흐르는 아버지의 유전인자를 종식시키는 길이고 나 같은 쾌락 본능의 부산물을 방지하는 길이라고 생각했다.

그녀의 유리잔은 계속 올라갔고 내 잔의 허리 맞추기도 계속됐다. 울타리처럼 둘러선 벽면의 춘화도가 엔카의 선율을 타고 움직이기 시작했다. 남자무사를 가운데 앉혀놓고, 요염한 여인들이 갖가지 기괴한 포즈를 그려내고 있었다.

"너는 사랑이 있다고 생각하니?"

"사랑? 본능적인 배설욕구를 교묘하게 포장해 놓은 것이지."

"그런 사랑이 아니라 어미와 새끼의 사랑 말이야."

"그것도 이기적인 욕구를 포장한 것이 아닐까."

"나 사실은 혼자가 아냐. 엄마가 있어."

"엄마가 있다?"

"있으면 뭘 해, 분노의 대상일 뿐이야. 순진한 물뱀을 독사로 만들었거든. 엄마는 내가 원하면 뭐든 들어주었어. 적어도 내가 여고를 졸업할 때까지는 그랬던 것 같아. 그런데 놈팡이 하나가 끼어들면서 모든 것이 엉망이 돼버렸어."

그녀는 유리잔을 들더니 내 잔이 올라가기도 전에 벌컥벌컥 마셔버렸다.

"어쩌면 내 탓일 수도 있어."

"그건 또 무슨 소리야?"

"말동무를 만들어보라고 했으니까."

"그랬는데?"

"그 말이 끝나기 무섭게 그 작자를 데려온 거야."

사람들의 웃음소리와 유리잔들이 부딪치는 소리가 흐르는 음악을 타고 곳곳에서 떠올랐다. 두번째 통화를 끝낸 종업원이 맞은편으로 와 조용히 앉았다. 별빛 조명을 받은 그녀의 표정이 어두워 보였다. 살며시 말을 건네보았다.

"이곳은 분위기도 그렇지만 맥주 맛도 특이한 것 같네요."

"주석용기를 사용하기 때문에 그런 거예요."

"그럼 주석으로……?"

"맞아요. 여기서는 냉동시킨 주석용기를 사용하기 때문에 최상의 맛과 향을 유지시켜 준답니다."

맞은편에 붙어 있는 노란색 원형시계는 새벽 3시를 넘어서고 있었다. 다시 전화벨이 울렸고 종업원은 자기자리로 돌아갔다. 그리고 우리는 맥주를 가득 채운 유리잔을 또 부딪쳤다. 빈 잔이 내려오는 것과 동시에 종업원은 다시 돌아왔다. 어쩐지 표정이 심상치 않았다.

"죄송하지만 저도 한잔만 주세요."

손에는 어느새 유리잔이 들려 있었다. 난 우승컵을 수여하듯 주석용기를 높이 들어 유리잔을 채워주었다. 종업원은 500cc를 단숨에 들이켰다. 그래도 열이 식지 않았는지 이번에는 묻지도 않는 말을 털어놓기 시작했다.

"지네들이 좋아서 만나놓고 이제 와서 어쩌라는 거야. 제가 블루 바에서 근무할 때 독신남녀의 만남을 주선해 준 적이 있거든요. 그런데 그 남자가 자꾸 전화를 하잖아요. 여자의 남자관계 때문이래요. 이곳에 오는 사람들이 언제 그런 것 따지나요. 여기는 평범한 사람들의 휴식공간이 아니거든요. '히키코모리'라는 이름부터 그렇잖아요."

"그 이름은 무슨 뜻이죠?"

"저도 주인언니한테 들었는데 평범한 외부세계와 단절하고 자기만의 방 속에 틀어박힌 상태를 말한다고 하더군요. 몇 년 전부터 일본 젊은이들 사이에서 유행병처럼 퍼졌던 현상이랍니다."

술기운은 온몸으로 급속히 퍼졌다. 곳곳에서 솟아오른 유리잔 소리와 사람들의 웃음소리는 여전히 음악을 타고 떠다녔다. 다시 춘화도의 여인들이 몰려나왔다. 그리고 이번에는 무사가 아니라 내 몸을 둘러쌌다. 요염한 여인들의 율동과 포즈가 다양했다. 갑자기 옷을 벗어버리고 싶은 충동이 뜨겁게 일어났다. 그것은 욕정인지 습관인지 구분되지 않았다. 두 팔이 문어발처럼 그녀의 몸을 휘감으며 서서히 끌어당겼다. 그녀는 못 이기는 척 다가와 건조해진 내 입술을 가볍게 훔쳐갔다.

"뻐꾹아, 오늘은 어느 둥지로……?"

갈구하는 그녀의 눈빛이 휘청거렸다. 그녀는 먼저 자리에서 일어섰다. 서두르는 표정이 역력했다. 떠다니는 웃음소리 술잔소리가 길을 비켜주었고, 춘화도 여인들도 모두 벽면으로 돌아갔다. 그녀의 뒤를 따르면서도 머릿속에는 아버지에 대한 생각으로 가득 차 있었다.

"들어와, 여기는 나만의 작은 왕국이야. 이곳에는 침 흘리는 놈팡이도 없고 그 놈팡이에 미쳐서 새끼를 버린 어미도 없어. 여기서는 내가 왕이고 법이야."

방 안은 전혀 낯설지 않았다. 한눈에 둘러봐도 내 방과 별 차이가 없어 보였고, 마치 내 방에 들어온 것처럼 편안했다. 그녀는 컴퓨터를 켜고 CD를 밀어넣었다. 베토벤의 제5교향곡 운명이었다.

"내 몸에는 엄마의 피가 흐르고 있나 봐. 엄마가 싫다고 뛰쳐나왔는데 참 우습지."

그녀는 볼륨을 적당히 올리고 허물벗기를 시작했다. 귀걸이와 목걸이를 풀어내고 몸 전체를 덮고 있는 허물을 하나씩 벗겨내렸다. 마침내 허물벗기를 끝낸 피부가 부끄러운 모습으로 연주자를 기다리고 있었다.

피부의 현은 강하면서도 부드러웠다. 맥주냄새가 섞여 있는 뜨거운 입김이 온몸을 구석구석 찾아다니며 연주를 시작했다. 연주는 완급을 바꿔가며 계속되었다. 그녀의 음은 현의 위치에 따라서 색깔이 바뀌어갔다. 연주가 빨라지면 그녀의 음도 따라서 빨라졌다. 현의 떨림이 시작되자 음은 동물의 울음으로 변해 갔다. 팽팽하게 긴장한 현의 안쪽에 연주의 정점이 보였다. 그리고 현의 한 가닥이 끊어지는 소리가 들렸다. 운명 교향곡은 끊임없이 흘러나오고 있었다. 눈을 감고 꼼짝도 하지 않던 그녀가 엉뚱한 질문을 했다.

"너에게 섹스는 어떤 의미니?"

"분노와 연민의 배출행위."

짧은 대답을 마치고 주섬주섬 옷을 걸치기 시작했다. 그녀가 황급히 몸을 일으켰다.

"벌써 갈려고?"

"날 새기 전에 잠자리에 들어야지."

방 안의 분위기는 살아나지 않는다. 컴퓨터의 음악채널을 꺼버린다. 옷장에서 쥐색 양복을 꺼내 다시 입는다. 이번에는 상의와 하의가 구색을 맞춘다. 극장 예매시간을 확인하며 지난번 일이 떠오른다. 어둠 속에서 울려퍼졌던 앙칼진 여자의 목소리. 나는 스크린의 광고화면을 바꾸려고 옆자리의 허벅지에서 마우스를 움직이고 있었던 것이다.

이제 문을 열고 가두어놓은 세상 속으로 들어갈 시간이다. 신발장 위의 뻐꾸기는 양 날개를 활짝 펴고 수호신처럼 서 있다. 날개는 모두 정상적이다. 그러나 내일을 장담할 수 없다. 어머니가 그랬던 것처럼 나에게도 하루 치 이상 존재한 적이 없었다. 어제와 내일이 없는 오늘만의 날개였다.

잠겼던 문이 열리고 나는 세상 속으로 들어선다. 311호에서는 아직도 냄새가 나오는 것 같다. 노인은 무슨 사연으로 홀로 굶주리다가 끝내 아사한 것일까. 뻐꾸기처럼 남의 둥지만 떠돌다가 말년에 혼자 남은 것은 아니었을까. 발걸음이 309호 앞에서 잠시 머뭇거린다. 오늘은 초저녁부터 운명 교향곡이 흘러나온다. 때까치와 헤어지면서 마지막으로 한 말이 떠오른다.

"뻐꾸기는 단 한번도 집을 짓지 않아, 단지 탁란(托卵)을 할 뿐이라고."

그런데도 왠지 심란하다. 나는 새로운 만남을 기대하면서 세상 속으로 발걸음을 재촉한다. 오늘은 정말로 일진이 사나운 날이다.

누가 문을 닫았는가

검은색과 푸른색이 조화롭게 잘 섞여 있는 어둠 속이었다. 언제나 그랬듯이 두 색은 얽히고 설키어 마치 꽈배기처럼 서로 꼬여 있었다. 그리고 절망과 희망의 두 가지 모습으로 넓은 혓바닥을 출렁거리며 나에게로 접근해 왔다.

이번에도 예고 없는 단전은 한순간에 이루어졌다. 황량하리만큼 드넓은 공장 내부의 크고 작은 모든 불빛들은 구렁이의 아가리 속에 물려 있던 개구리처럼 어둠의 뱃속으로 모두 사라져갔다. 출렁이는 어둠의 혓바닥 사이로 대형 철제문 하나가 힘겹게 가는 빛을 토해 내고 있는 것이 보였다. 한 개의 출입문이 남았다는 사실보다는 마지막이라는 강박감이 숨통을 조여왔다. 유일한 탈출구, 그렇다 이 서늘하고 공포스러운 어둠 속을 벗어나 문밖의 밝은 세상으로 향할 수 있는 마지막 출구인 것이다.

사방으로 자리잡은 대형 철제문 중에서 이제 열려 있는 것은 오직 하나뿐이다. 저 문마저도 닫혀버리면 검푸른 어둠 속의 넓고 긴 혓바닥은 모든 것을 단숨에 삼켜버릴 것이고 나 또한 흔적도 없이 사라질 것이다. 그동안 철제문이 하나씩 닫힐 때마다 광인처럼 얼마나 발악을 했던가.

견고하게 자리잡은 철제문은 다가설 때마다 빠른 속도로 닫히었다. 문밖에는 누군가 역광(逆光)을 받으며 내부를 들여다보고 있었는데 실루엣만이 희미할 뿐 얼굴은 전혀 드러나지 않았다. 몸은 속임수에 지쳤다. 그러나 살아 있는 한 이곳을 벗어나야 한다. 아니 살기 위해서 이곳을 벗어나야 한다. 아무런 의식도 없는 발걸음이 본능적으로 마지막 문을 향해서 움직인다.

철제문은 약간의 빛마저 야금야금 먹어치우며 죽음처럼 서서히 내려온다. 발걸음을 멈추어본다. 내려오던 문이 움직임을 멈춘다. 이번에도 예외 없이 문밖에는 희미한 인간의 모습이 내부를 들여다보고 있다. 나는 항공모함에서 발진하는 전투기처럼 남아 있는 약간의 빛을 향해 전속력으로 돌진한다. 그러나 바깥의 윤곽을 어둠 속으로 사라지게 만들면서 철문은 차갑게 닫혀버린다. 순간 고막을 찢는 듯한 금속성 소리만이 튕겨져나온다.

온몸은 땀으로 축축해졌고 극심한 현기증은 벽면을 심하게 흔들어댄다. 나를 바닥으로 떨어뜨린 소파를 다시 붙잡고 풀어진 동공에 힘을 모아본다. 버들가지처럼 온몸이 휘청거린다. 떠오를 듯

하면서 떠오르지 않는 그 모습들은 누구였을까.

죽음과도 같은 어둠의 공포, 기약도 없이 갇힌다는 것은 생각만 해도 몸서리가 쳐지는 일이다. 가슴이 답답해지면서 목구멍으로 갈증이 올라온다. 거실 바닥에는 안주도 없이 병째로 들이킨 소주병이 비틀거리는 나를 보고 빙그레 웃는다. 나도 따라서 허탈한 웃음을 지어본다.

가전제품들은 모조리 부서져서 운명을 달리했지만 냉장고는 유일하게 살아 있었다. 인숙을 찾는 사람들은 밀물처럼 몰려와서 며칠씩 진을 치고 있다가 냉장고가 빈속을 드러내면 썰물처럼 빠져나갔다. 그런 일이 반복되면서 냉장고는 더 이상 채워지지 않았다.

문을 열자 배고픈 아이처럼 웅웅거리며 냉장고가 텅 빈 뱃속을 드러낸다. 남아 있는 것이라고는 아이가 과자 대용품으로 먹다 남긴 라면 반 봉지와 배추김치 한 포기뿐이다. 얼마나 갇혀 있었는지 시큼한 냄새는 재빨리 콧 속으로 스며들면서 목구멍에서 구역질을 만든다. 들어간 것이 없으니 당연히 나올 것도 없는 헛구역질, 우욱— 할 때마다 뜨거운 목을 타고 넘어오는 것은 지난날의 기억을 등에 업은 갈증뿐이다.

아이는 틀림없이 돌아올 것이다. 아이의 얼굴을 그리며 쌀자루에 나일론 바가지를 집어넣지만 바닥이 긁히는 소리만 나올 뿐 자루는 힘없이 주저앉는다. 벌써 때가 되었나. 하긴 오래도 되었지, 쌀 두 말로 벌써 몇 개월째인가.

"쌀 떨어지기 전에 꼭 전화하거라. 그리고 너도 너지만 아이도 원치 않는 일이다. 이제 그만 모든 걸 포기하고 시골로 내려와서 하루라도 맘 편히 살자."

어머니는 예나 지금이나 수심이 가득했다. 나는 그때마다 조금만 더, 조금만 더 하면서 제대로 대답을 한 적이 없었다.

베란다에서 밖을 내려다보니 다리가 흐느적거리며 가라앉았던 현기증이 다시 일어선다. 아무래도 이십 층 베란다는 나에게 너무 높은 위치였다. 인숙은 꼭대기 층을 병적으로 좋아했다. 일층을 선호했던 나는 산 사람 소원 한번 들어달라는 그녀의 간청에 결국 무릎을 꿇었다. 그녀는 세상 사람들을 모두 자신의 발 아래 두고 싶어했다.

결혼한 지 오 년 만에 서울 변두리에 위치한 십 오평짜리 서민 아파트를 장만했을 때 그녀는 자신의 날개라도 돋아난 것처럼 매우 흥분되어 있었다. 그리고 꼭대기 층인 이십 층을 끝까지 고집했다.

"이곳에서 세상을 내려다보면 내가 선녀처럼 느껴져. 두레박을 타고 하늘로 올라가는 선녀 말이야. 답답한 가슴이 뻥 뚫리고 온몸이 새털처럼 가벼워지는 이 짜릿한 쾌감, 당신도 느껴봐."

그녀는 이곳에 올라서면 오줌을 지릴 정도로 쾌감을 느낀다고 했다. 그리고 나 또한 같은 느낌이기를 강요했다. 떠오르는 태양을 마주하고 서 있는 그녀의 모습은 언제나 하얀 잠옷 차림이었고 강렬한 햇살이 한번 스치면 벌거벗은 욕정으로 변하면서 모든 것을 침실로 빨아들이는 마력이 있었다.

한번 더 힘껏 눈을 감았다가 다시 뜨면서 초점을 맞추어본다. 시선은 아파트 울타리를 따라서 이어진 도로 위를 바쁘게 쫓아다니다가 왼쪽 끝부분에 고정된다. 고정된 시선이 오른쪽으로 이동을 시작한다. 길 건너편에는 대패로 밀어놓은 듯 고층건물을 찾아볼 수 없는 주택단지가 멀리까지 펼쳐 있다. 그녀는 탁 트인 이 광경을 보면서 자기가 떠다니는 구름 속에 파묻혀 있는 것으로 착각하곤 했다.

그다지 폭도 넓지 않고 차량통행도 별로 없는 이 도로는 아파트단지와 주택단지를 분리하는 경계선이면서 한편으로는 두 지역을 하나로 묶어주는 연결고리였다. IMF라는 서양귀신이 한바탕 굿판을 벌인 뒤부터는 노점상들이 하나 둘 몰려들면서 이제는 웬만한 물건들을 모두 갖춘 소규모 시장이 매일 형성되었다. 가끔 형식적인 노점상 단속이 관할구청에서 있었지만 생계형이라는 이름하에 대부분 그냥 넘어갔다.

작은 슈퍼마켓에서 시작된 갖가지 파라솔들은 조금의 틈도 없이 도로를 따라서 계속 이어진다. 어물, 의류, 야채, 과일 등으로 이어지던 노점상들의 일자행렬이 잠시 끊어진다. 그리고 몇 그루의 단풍나무가 어린이 놀이터를 감싸고 있는 작은 공원이 나타난다.

시선은 이동을 멈추고 다시 고정된다. 놀이터에는 혼자 놀고 있는 아이가 보인다. 아이는 위태롭게 사다리를 올라간다. 한 칸 한 칸 오를 때마다 손바닥에서 땀이 묻어난다. 베란다 난간에 걸쳐 있는 알루미늄 봉에서 손바닥이 밀리며 입 안이 다시 건조해진다. 아이는 불안한 걸음을 끝내고 마침내 미끄럼틀 꼭대기에 올라선다. 그리고 바닥에 걸터앉아 두 손을 높이 쳐드는가 싶더니 바람을 일으키며 쏜살같이 내려온다. 눈알이 충혈되도록 팽팽했던 긴장이 풀리며 안도의 한숨이 길게 이어진다. 그러나 그것도 잠시뿐 아이의 위태로운 사다리오르기는 계속된다. 결국 초조한 마음에 더 이상 지켜보지 못하고 밥냄새의 부름에 시선을 거둔다. 압력밥솥은 오랜만에 절규하고 있었다.

그래, 밥솥의 절규는 내가 들어준다지만 문을 열어달라는 나의 절규는 누가 들어준단 말인가. 아무도 없다. 사실 아파트의 출입문이 이상징후를 보인 것은 어제 저녁부터였다. 늘 부드럽게 작동되던 잠금장치가 갑자기 빡빡한 느낌을 주면서 손가락에 잔뜩 힘을 주어야만 간신히 움직였다. 그렇게 하룻밤을 지나고 잠금장치는 점점 더 손가락 힘을 요구하더니 오늘 아침에는 한번 돌아간 스위치가 아예 움직이지를 않았던 것이다. 집 안을 이 잡듯 뒤져 보았지만 마땅한 연장은 없었다. 급한 마음에 손에 잡히는 대로 들고 와서 두드려보기도 하고 돌려보기도 했지만 굳게 닫힌 철문은 요지부동이었다.

목구멍이 터지도록 고래고래 소리쳐 보기도 했지만 아파트 구조상 아무런 소용이 없었다. 베란다 역시 도로 위의 사람들에게 나의 사정을 알리기에는 이십 층이 너무 높았다. 간혹 쳐다보는 사람들이 있어도 그들은 모두 자기들끼리 귀 옆에다 동그라미를 몇 번 그리고는 킥킥거리며 사라져갔다. 마지막으로 유일하게 남은 방법은 열쇠가게의 기술자를 불러서 문을 고치는 것뿐이었다. 그러나 절망적인 처지를 남에게 일일이 설명하기 싫은 마음에 통신수단인 전화기를 없애버린 지금 외부세계와 연락할 수 있는 방법은 애초부터 존재하지 않았다. 가끔씩 들르는 어머니를 비롯해서 편하게 만날 수 있는 몇몇 지인들도, 전화가 불통상태인 지금 빈집인 줄 알고 아무도 찾는 사람이 없을 것이다. 그렇다면 십오 평 공간 속에 이대로 갇히고 마는 것인가.

"톡"하는 소리와 함께 밥솥의 김 빠지는 구멍이 밑으로 내려앉는다. 뚜껑을 열고 작은 주걱으로 흰콩과 밥알이 골고루 섞이도록 이리저리 뒤적인다. 아이는 처음부터 콩을 싫어했다. 인숙은 억지로 먹이려 했고 식사 때마다 아이는 콩과의 전쟁을 벌였다. 아이는 입 안에 콩이 들어가면 몇 분씩이고 물고만 있었다. 그리고는 곧바로 구역질을 해대며 뱃속의 음식물까지 토해 냈다. 그런 중에도 가끔 콩밥을 무사히 삼키는 경우가 있었다. 그러면 아이는 대단한 일을 해낸 것처럼 손가락 네 개를 펼치고 큰소리로 외쳤다.

"아빠, 나 콩 먹었다. 세 살 때는 못 먹었는데 이제 네 살이 되어서 콩 먹을 수 있다."

주걱이 움직일 때마다 뜨거운 수증기가 밥냄새와 함께 얼굴로 올라온다. 느낌이 따뜻하다. 다시 뚜껑을 닫고 돌아서니 왼쪽에 육중한 출입문이 버티고 있다. 출구가 막혀버린 아파트 내부는 더욱 좁아 보인다. 말이 열다섯 평이지 실평수는 열두세 평에 불과했다. 그야말로 분통 같다는 표현이 실감나는 공간이었다. 조금 과장해서 말하자면 돌아서면 주방이고 돌아서면 화장실이었다.

혹시나 하는 마음에 다시 출입문 손잡이로 눈길이 모아진다. 그러나 손잡이를 잡은 두 손에 아무리 힘을 써보아도, 발길질을 하고 온몸으로 부딪쳐보아도 출입문은 요지부동이다. 닫혀 있기는 아버지의 문도 마찬가지였다.

"제발 문 좀 열어주세요. 제가 잘못했습니다."

매번 한 시간을 넘게 애원을 했지만 아버지의 문은 일 년이 넘도록 열리지 않았다. 아버지는 장남인 형만을 편애하였고, 어머니는 화풀이 상대쯤으로 생각했다. 장남의 대학공부를 위해서 차남인 나와 여동생은 철저하게 희생당해야 했다.

형이 서울에서 고등학교를 졸업하고 대학생이 되었을 때, 우리 두 사람은 시골 중학교 졸업식을 끝으로 구로동 공장지대를 전전해야 했다. 형에 대한 아버지의 모든 기대가 일시에 무너진 것은 지금의 형수를 만나면서부터였다. 형은 핑계를 바꿔가며 시골집에서 계속 멀어져갔고 결혼 후에는 쟁쟁한 처갓집 그늘에 파묻혀 아예 남의 집 식구가 되어버렸다. 아버지는 술만 들어가면 살림살이의 위치를 모두 바꿔놓았다. 그리고 화살은 항상 어머니에게로 향했다.

지난해 어머니의 생일상을 차려놓은 자리에서, 연거푸 술잔을 들이킨 아버지는 형에 대한 화풀이로 어머니에게 화살을 쏘아대기 시작했다. 그것은 술만 들어가면 벌어지는 중독에 가까운 습관이었다. 아버지는 눈가에 불빛이 이글거렸고 곧바로 방문을 닫아걸었다. 형은 나름대로 사회생활의 어려움에 대해서 가족들을 설득하려 무진 애를 썼으나 번번이 실패했고 결국 자기 방으로 가서 문을 닫았다. 그리고 어머니와 동생도 각자의 방으로 돌아가서 문을 닫았다. 그러나 모두가 문을 닫기만 한 것은 아니었다. 어머니의 부탁에 의해 시골로 보내어진 아이는 아버지의 닫힌 문을 여는 재주가 있었다. 적어도 아이의 앞에서 열리지 않는 문은 없었다.

다시 밥솥을 열어본다. 콩이 골고루 섞여 있다. 배가 고픈데 혼자서 밥을 먹어볼까. 아니다, 지금껏 기다렸는데 아이가 오면 같이 먹어야지. 그래 아이가 먹기 좋게 콩이나 가려내자. 젓가락은 밥 속에 숨어 있는 콩을 하나씩 집어낸다. 허기진 뱃속으로부터 젓가락을 잡은 오른손 끝까지 떨림이 전해 온다. 그런데 끝내 아이가 돌아오지 않는다면…….

불길한 예감에 발걸음이 급하게 베란다로 향한다. 눈을 몇 차례 감았다가 뜬 뒤에야 빨간 단풍잎으로 둘러싸인 놀이터가 드러난다. 철봉, 미끄럼틀, 그네 등으로 시선은 바쁘게 움직인다. 아이는 어떤 놀이기구에도 보이지 않는다. 잠긴 문을 열 수 있는 유일한 희망인데 아이는 어디로 갔을까. 불안한 눈빛이 급하게 초점을 잃는다. 아이가 돌아오지 않는다면 이제 외부세계와 소통될 수 있는 공간은 베란다 외에는 아무 곳도 없다. 그러나 이십 층은 나에게 너무 높다. 그런데도 큰놈은 그곳을 택했다. 그것은 선택의 문제가 아니라 일종의 생존본능이었다.

눈앞이 다시 흐려진다. 놀이터를 감싸고 있는 단풍잎들이 심하게 흔들리면서 사방으로 붉은 피를 뿌리기 시작한다. 땅바닥은 온통 핏빛으로 채워진다. 마침내 고통스런 두 눈에 뜨거운 물기가 흐르면서 놀이터의 핏빛을 깨끗이 씻어낸다. 이제 놀이터는 뿌옇게 깔려 있던 안개도 걷히고 진홍색 핏자국도 말끔히 지워진다.

하지만 아직도 아이는 보이지 않는다. 시선은 애써 놀이터를 외면하면서 돌아선다.

출입문이 열리며 인숙이 들어온다. 입은 열렸지만 말이 나오질 않는다. 수많은 말들이 입 안에서만 뒤죽박죽 섞일 뿐 밖으로 나오질 않는다. 벙어리처럼 가슴이 답답하다. 집 안으로 한 걸음 들어선 그녀는 가벼운 미소를 지으며 쇠말뚝처럼 움직이지 않는다.

"당신에게 미안하다는 말을 전하러 왔어."

순간 입 안을 채우고 있던 수많은 말들이 끝없이 밖으로 쏟아져 나온다.

"당신 하늘이 두렵지도 않아! 아이들 봐서라도 다시 생각해!"

그녀는 표정 하나 변하지 않고 볼일이 끝났다며 차갑게 돌아선다. 온몸의 피가 거꾸로 흘러 머리로 모여든다. 머리가 무거워지면서 숨이 막힐 듯 가슴이 고통스럽다. 오른손에는 이미 싱크대 서랍에서 꺼낸 식칼이 들려 있다. 출입문이 닫히는 것과 동시에 시퍼런 칼날이 그녀의 좁은 등판을 향해서 날아간다. 짜—앙, 온몸에 소름을 돋게 하는 쇳소리에 스스로 놀란다. 출입문은 여전히 요지부동이다.

인숙을 처음 만난 것은 십여 년 전인 이십대 중반이었다. 시골에서 중학교를 졸업하고 공단을 전전하던 나는 뒤늦게 야간공고 기계과에 입학했다. 주경야독으로 날마다 몸은 파김치가 되었지만 타고난 건강체질을 바탕으로 두 개의 기계관련 기능사 자격증을 취득하게 되었고, 그것을 바탕으로 큰 건설회사에 취직도 할 수 있었다. 그러나 직장생활은 계속되지 못했다. 군입대 문제로 몇 개월이 지나기도 전에 휴직을 해야 했다.

제일건설은 해외현장을 제외한 국내 건설현장만도 수백여 곳에 이르는 굴지의 대기업이었다. 내가 회사에 복직했을 때 그녀는 본사 경리부서에 근무하고 있었다. 이때까지만 해도 그녀와 나는 전혀 모르는 사이였다. 그녀는 본사에 근무했고 나는 공사현장을 따라서 여러 지방을 옮겨다니는 현장 근로자였다. 그런데 현장근무가 일 년쯤 지나 떠돌이 숙식에 대해서 어느 정도 적응이 되어갈 무렵 회사에선 중요한 계획을 발표했다. 방대한 양의 건설자재를 체계적이고 과학적으로 공급하기 위해서 자회사를 하나 설립하는데, 현장 직원들 중에서 분야별로 근무 지원자를 모집한다는 것이었다. 나에게는 떠돌이 생활을 청산할 수 있는 절호의 기회였다. 나는 설레이는 마음으로 지원서를 작성했다. 이때 인숙도 지원서를 작성했고 우리의 인연은 그렇게 시작되었다.

시퍼렇게 날이 선 칼날은 단단한 철문 앞에서 작은 흔적 하나 내지 못하고 맥없이 떨어졌다. 다시 칼을 집어들고 천천히 목으로 가져간다. 날이 움직일 때마다 빛이 번쩍인다. 목에 닿은 칼날의 느낌은 얼음처럼 차갑고 핏줄은 팔딱거리며 튀어나온다. 이대로 모든 것을 끝내버릴까.

"얘야, 지난번 상처가 다 아물기도 전에 너 또 왜 그러냐."

지난번 병원에서 만난 어머니의 흐느낌이 떠오른다. 눈을 감아도 어머니의 모습은 더욱 또렷이 떠오른다. 칼날은 주방의 자기 집을 찾아 서둘러 들어가고 두 다리는 체중을 지탱하지 못한 채 주저앉는다. 또다시 사방으로 막아선 벽면이 흔들린다. 결국 어지러움을 이기지 못하고 상체마저 바닥에 쓰러진다. 빈 술병이 귓가로 다가와 나란히 눕는다.

서울 외곽에 자리잡은 자회사의 이름은 (주)JSC로 정해졌다. 제일 철근 콘크리트의 영문 표기에서 앞글자를 한 자씩 따다가 조합한 것이었다. 회사 측의 설명에 의하면 (주)JSC는 크게 철근가공 사업 팀과 조립식 아파트의 전 부분을 생산해 낼 콘크리트 사업 팀으로 나누어 작업이 진행될 것이라고 했다. 그중에서 내 근무처는 앞으로 각종 철근의 절단과 절곡을 책임져야 할 철근 가공 공장이었다. 공장은 삼천 평이 넘는 실내공간에 수십 대의 최첨단 기계시설이 갖추어져 있었고, 대형트럭과 지게차 전용도로가 구비되어 있는 등 초현대식 완전자동화 시스템이었다. 공장장과 직원들은 기대에 부풀어 있었다. 나는 대표로 선발된 다른 사람들과 한 조를 이루어 기계 제작업체에서 파견된 독일인 기술자로부터 각종 기계의 전반적인 운용방법과 고장수리에 대해서 집중적인 교육을 받았다.

공장장은 일차로 제일건설의 모든 현장에 각종 철근의 절단과 절곡 제품을 온라인 시스템으로 주문받아 전량 공급할 것이라고 했다. 그런 다음 타 회사의 현장과도 거래를 추진해 나가면, 시장 규모는 예측불허로 커질 것이라며 흥분을 감추지 못했다. 회사의 예상은 적중했다. 절기가 초여름으로 접어들면서 수요는 폭발적으로 늘어났다. 공장을 삼교대로 이십사 시간 가동시켜도 제때에 맞추어 제품 출고가 어려웠다. 시간이 점차 흐르면서 정비 팀에 속해 있던 나의 몸도 바빠지기 시작했다. 기계들마다 수십 가지의 소모품이 교체를 요구하며 시위하듯 나를 불렀다. 각각의 공정은 모두 연결작업으로 이루어져야 하기 때문에 한 곳이라도 문제가 생기면 그 라인은 전 구간이 기계를 멈춰야 했다.

나에게 시간은 중요했다. 문제가 생길 수 있는 부분을 매일 체크해서 미리 대처하는 것이 나의 책임이었다. 한 곳이라도 기계가 멈추면 그 손실은 실로 엄청나게 발생했다. 상황이 이러한데도 사무실의 사정은 전혀 달랐다. 출장증을 들고 비용청구를 위해 경리 부서에 올라가면 여직원들은 전화통을 붙잡고 수다떨기에 바빴고, 결국 수개월을 참아왔던 감정이 인숙에게 폭발하고 말았다. 사실 그녀는 나에게 가장 우호적이었다. 마침 그날은 기계가 급작스럽게 멈추는 바람에 다급한 마음을 억제하지 못했던 것이다. 며칠이 지난 후에 나는 사과하는 의미로 저녁식사를 제의했고 그녀는 술자리까지 요구하는 것으로 자신의 의사를 대신했다.

빈속에 들이킨 술기운이 몸에서 빠져나가자 바닥의 한기가 등으로 스며든다. 온몸이 으스스 떨리면서 콧물과 재채기가 반복된다. 화장실로 가서 세수를 하고 고개를 들어본다. 거울 속의 얼굴이 아주 낯설어 보인다. 거울 아래쪽에 있는 칫솔통에는 아이와 인숙의 것이 어깨동무하듯 나란히 꽂혀 있다. 양치질을 끝낸 칫솔이 사이에 끼어들자 세 개의 칫솔이 갈라지면서 비스듬히 누워버린다.

바닥의 한기가 뱃속까지 스며들었는지 아랫배 역시 조금씩 불쾌해진다. 민첩한 손놀림으로 변기의 덮개를 들어올리고 엉덩이를 들이민다. 몸과 마음이 동시에 편안해진다. 이 기분 때문이었을까, 인숙은 변기에 걸터앉으면 땅내 맡은 식물처럼 일어설 줄을 몰랐다. 그녀는 현실에 대해서 한이 맺혀 있었다. 틈만 나면 가난은 죄가 아니라는 말을 비웃었다.

"배부른 자들이 안줏거리로 떠들어대는 말이야. 가난은 죄가 아니라고? 가난은 죄악이야. 그것도 아주 큰 죄악이야. 못 먹고, 못 입고, 집 없는 설움도 죄악이고 못 배우고 기죽어 살아야 하는 것도 죄악이지. 난 친구들 중에서 제일 먼저 내 집을 만들 거야."

인숙에게 붙들린 돈들은 절대로 도망갈 수 없었다. 그녀는 출구를 막고 입구만 열어놓은 지 꼭 오 년 만에 변두리의 작은 아파트를 분양받을 수 있었다. 자신의 고집에 따라 이십 층으로 입주하던 날 그녀는 하루 종일 베란다에서 자신의 발 아래 펼쳐 있는 주택가를 내려다보며 감격의 눈물을 흘렸다. 그리고 아침마다 떠오르는 태양을 마주하고 베란다에 섰다.

"난 이곳에 서면 가슴이 부풀어오르고 온몸이 뜨거워져서 미칠 것 같아. 나 좀 어떻게 해줘. 나 뛰어내릴 것 같아."

그녀는 베란다에 설 때마다 떠오르는 자신을 붙잡아달라고 했다. 그리고는 두 팔을 뻗어 등나무 줄기처럼 내 허리를 휘어감았다. 처음에는 솟구치는 욕정이라고 생각했다. 하지만 풍선처럼 날아가 버릴지도 모른다는 막연한 생각이 들기도 했다.

변기의 물 내려가는 소리에 속이 후련하다. 아이의 배변은 순조롭지 못했다. 의사는 고개를 갸우뚱거리며 변비의 원인은 스트레스라고 했다. 인숙은 오진이라며 음식물 섭취에 문제가 있다고 주장했다. 나는 의사의 진단이 일리가 있다며 당분간이라도 영어과외와 학습지를 모두 끊어보자고 했다. 그러나 그녀는 경쟁사회에서 이기려면 어쩔 수 없는 일이라며 막무가내였다.

수시로 말을 바꿔가며 버티기로 일관해 온 형수와는 달리 인숙은 결혼 이 년 만에 차일피일 미루어오던 직장과 피임을 동시에 포기했다. 그리고 온 가족의 축복 속에 태어난 아이는 우리 부부뿐만 아니라 가족 모두에게 새로운 희망이었다. 아이의 순수한 눈빛은 사람들 사이에 이물질처럼 끼어 있는 오해와 불신을 녹여서 없애기에 충분했다.

아이에 대한 인숙의 집착은 보통 엄마들의 관심도에 자신의 저학력 콤플렉스가 더해져 특별한 것이었다. 못 배운 한으로 치자면 뼛속까지 사무친 내 입장에서도 그녀의 관심은 지나침이 많았다. 태교 때부터 외국어 공부를 접해야 했던 아이는 비록 작은 평수의 아파트였지만 내 집 마련의 꿈이 이루어질 때까지는 그녀의 관심 밖에 있었다. 그러나 꿈이 이루어지고 아이가 네 살이 되었을 때 그녀의 모든 관심은 아이의 공부문제로 집중되었다. 영어, 한글, 산수 등 과목이 늘어나면서 월수입의 상당부분이 아이의 교육비로 지출되어야 했다.

가계는 수입과 지출의 균형이 깨지면서 적자의 선을 넘나들기 시작했고, 생활은 갈수록 건조해지면서 다툼이 잦아졌다. 결국 남편과 과외공부 중에서 하나를 택하라는 배수진을 쳐야 했다. 그러나 그녀의 대답은 전혀 뜻밖이었다.

인숙이 전자상거래니 네트워크마케팅이니 하면서 다단계 사업에 손을 댄 것도 이때부터였다. 물론 처음부터 이 일을 시작한 것은 아니었다. 처음에는 아이를 데리고 다니며 정수기나 건강식품 등을 바꿔가며 주변 사람들과 친인척을 찾아서 다리품을 팔았지만 실적과 수입은 보잘것없이 미미했다. 희망과 좌절이 교차하는 하루 하루가 계속 흘러갔다. 하늘 높이 치솟던 모든 의욕이 모래성처럼 무너지고 있을 때 그녀에게 접근한 사람이 바로 다단계 영업사원이었던 것이다. 그런데 이 회사는 다른 유사업체와 달리 금융상품을 파는 것이 주요 업무였는데 그 내용은 사설 펀드를 조성해서 투자자들에게 높은 이자를 지급한다는 것이었다.

"아빠, 나 응가 안 나와."

아이는 짧은 다리를 변기통에 걸치고 앉아서 고통스런 자기 몸의 출구를 열어달라고 애원했다. 아이의 출구가 막혀 있기는 아파트도 마찬가지였다. 처음에는 집에서 전화영업을 주로 하던 그녀였다. 그러나 밖에서의 일처리가 늘어나면서 우는 아이를 밖에서 잠그는 횟수도 따라서 늘어갔다. 결국 아이는 공부에 대한 스트레스로 자기 몸의 출구를 막았고 인숙은 그 비용을 벌기 위해 아파트의 출구를 막았던 것이다.

"아빠, 문 열어줘 놀이터에 가고 싶어. 미끄럼틀도 타보고 싶고 엎드려서 그네도 타고 싶어."

두 손으로 귀를 막아도 아이의 애원은 계속된다. 할 수 없이 화장실 문을 닫고 돌아선다. 충혈된 두 눈에서 또다시 아픔이 흘러내린다. 출입구 쪽의 작은 기척에 눈이 번쩍 뜨이며 고개를 돌려본다. 아이가 제일 좋아했던 피카츄 인형이 신발장 위에서 떨어지는 소리다. 피카츄는 곧바로 거북이 인형 옆에 다시 자리를 잡는다. 신발장 주변에는 아직도 각종 고지서가 어지럽게 널려 있다. 가슴 한구석에서 분함인지 억울함인지 알 수 없는 것이 치밀고 올라온다.

출구를 열어달라는 아이의 흐느낌을 뒤로하고 인숙의 영업은 날로 발전을 거듭했다. 구제금융 시대로 접어들었을 때에도 그녀의 활동은 조금도 위축되지 않았다. 오히려 자금시장이 경색되면서 사설 펀드 회원모집은 최고의 호황기를 맞이했다. 그야말로 없어서 못 팔고 부르는 게 값이었다.

IMF라는 서양귀신은 구석구석을 돌아다니며 매일 크고 작은 굿판을 벌였다. 가는 곳마다 두껍게 덮여 있던 거품들이 사라지고 허약하기 그지없는 알몸들이 속속 드러났다. 제일건설 역시 예외가 아니었다. 반세기 동안 장막에 가려 있던 본모습이 백일하에 드러났다. 한때 월남과 중동에서 달러를 긁어모았던 제일건설이지만 몸 관리에 실패한 현재의 모습은 비참하기 그지없었다. 자력으로는 일어서는 것 자체가 불가능했다.

회사 측은 동요하지 말고 각자의 책임을 다해 달라고 했다. 사람들은 국내 건설업계의 거목이 넘어가진 않을 것으로 믿고 있었다. 그리고 일부 직원들은 수백 개의 납품, 협력 업체를 거느린 제일건설이 무너지는 일은 절대로 있을 수 없다고 주장했다. 날마다 신문지상에는 전국적으로 거품 빠지는 소리가 요란했고 놀라운 내용들은 계속 이어졌다. 수백 억을 들여서 설치해 놓은 공장 내부의 첨단기계들은 대부분 흉물스런 고철 덩어리로 변해 갔다.

사람들의 예상을 비웃기라도 하듯이 제일건설의 내리막길은 곧바로 시작되었고 매스컴에서는 연일 황 회장의 기사가 첫머리로 떠올랐다. 처음에는 간단한 의혹으로 시작되었지만 그것은 계속 확대되고 재생산되었다. 마침내 관계기관이 조사에 나섰고 담당자의 입이 열릴 때마다 천문학적인 숫자가 세인들의 가슴속을 뜨겁게 달구었다.

가슴 한편에서 불덩어리 같은 것이 계속 치밀고 올라온다. 부들부들 떨리는 손으로 각종 고지서를 한 움큼 집어들고 문을 향해 날려보낸다. 다 가져가라. 입으로 뜨거운 기운이 쏟아져나온다. 크고 작은 종이쪽지들은 낙엽처럼 살랑살랑 내려앉는다. 힘없는 손길이 종이쪽지들을 다시 줍는다. 던졌다가 다시 줍기를 수없이 반복한 탓에 구겨질 대로 구겨진 고지서들은 이제 글씨조차도 식별하기 어렵다.

인숙은 할부구입을 좋아했다. 공장의 가동률이 절반 이하로 떨어졌을 때에도 복잡한 나의 심사는 안중에도 없이 그녀는 열 개도 넘는 카드를 경쟁적으로 사용하기에 바빴다. 처음에는 아이를 위한 지능발달형 책 종류가 대부분이었지만, 나중에는 투자금을 만든다며 카드사로부터 돈까지 할부로 샀다.

무언가 불안정한 기쁨이 계속되었다. 인숙은 자신의 주변에 높은 담을 쌓기 시작했고 타인의 접근을 막는 견고한 대문을 설치했다. 아이 공부시킬 정도는 되었으니 예전의 모습으로 돌아가자는 나의 주장은 부탁을 거쳐 간청으로 변해 갔지만 번번이 무시되었고 그녀의 문은 나뿐 아니라 아이에게도 열리지 않았다.

공장 내의 일부 직원들은 퇴직금이라도 챙겨야 한다며 회사를 떠나기 시작했고 일부는 회장의 능력을 믿고 기다려보자고 했다. 공장가동은 이미 중단되었고 일년보다도 더 길게 느껴지는 하루하루가 무의미하게 흘러갔다. 몸은 이미 지쳐 있었다. 그런데 나를 더욱 힘들게 하는 것은 눈물자국이 말라붙은 채 아무렇게나 잠들어 있는 아이의 모습이었고, 아이를 그렇게 가두어놓고 나가버린 인숙이었다.

이제 겨우 네 살, 아이는 열리지 않는 문을 붙잡고 얼마나 울었을까? 그리고 무슨 생각을 했을까? 아이는 언제나 공부에 시달렸고 외로움에 치를 떨었을 것이다.

"아빠 나 놀이터에 한번만 가보면 안 돼?"

"지금은 캄캄한 밤이니까 내일 낮에 엄마하고 같이 가."

아이는 풀이 죽어서 돌아선다. 그러나 언제 그랬냐는 듯이 금방 웃으며 다시 돌아온다. 그리고는 양손에 인형을 들고 신나게 일인

극을 펼친다.

"꼬부기 물대포 공격 꼬북 꼬북. 피카츄 전기 공격 피카 피카."

얼마나 지났을까. 아이는 수학 학습지를 가져와서 연필로 숫자를 적어간다. 나는 슬며시 다가가서 말을 걸어본다.

"산수 공부하니?"

"아빠, 공부하는데 말 시키지 마."

순간 아이의 치켜뜬 두 눈에서 불꽃이 튀면서 대문 잠그는 소리가 요란하게 울린다. 차마 그 문에 손을 대지도 못하고 돌아서 자리를 피한다.

밥과 옷 그리고 따뜻한 잠자리가 준비되었는데 유일한 희망은 왜 아직도 돌아오지 않는가. 난 벌떡 일어나 베란다로 달려간다. 단풍나무로 둘러싸인 놀이터에는 사람 그림자도 보이지 않는다. 시선은 도로를 따라 바삐 움직인다. 아직도 아이는 보이지 않는다.

황 회장은 풀려난 지 일주일도 되기 전에 재소환되면서 곧바로 구속되었다. 그런데 수사가 진행되면서 놀라운 사실이 밝혀졌다. 바로 내가 속해 있던 공장이 그의 비자금 조달본부였던 것이다. 그는 첨단기계들을 수입하면서 실제 가격보다 많게는 열 배까지 부풀리는 수법으로 서류를 조작했고 그 차액으로 수많은 비자금을 조성했다는 것이다.

밀실의 뒷거래로 거대한 거품을 일으키며 고도성장을 주도해 왔던 황 회장의 마지막 작품인 (주)JSC가 간판을 내리던 날 사방으로 뚫려 있는 대형 철제문은 하나 하나 모두 닫히었다. 황량한 공장 안에는 최첨단 기계에서 이제는 수사기관의 증거물로 명칭이 바뀌어진 쇳덩이들이 검푸른 어둠 속에서 잠들어 있었다.

그날 밤 나는 땀과 정성이 고스란히 배어 있는 공장을 떠났다. 그리고 인숙은 자기회사 사장과 동시에 사라졌다. 그것이 공모를 뜻하는 것인지, 우연의 일치였는지는 알 수가 없었다. 인숙의 고객들은 성난 파도처럼 나를 향해 몰려들었다. 그날 밤부터 나는 칼 갈기를 시작했고 시퍼렇게 날이 서면 사정없이 그녀를 난도질했다. 나의 주체할 수 없는 분노는 바로 아이 때문이었다.

인숙은 아침마다 그날 공부할 내용을 닭 모이 주듯이 던져놓고는 밖에서 문을 닫았고 아이는 날마다 이십 층 베란다에서 탈출을 꿈꾸었다. 그때 우리의 곁을 떠나고 있는 아이를 나는 왜 보지 못했을까. 아이의 그림공부는 모두 놀이터로 향해 있었다. 그림 속의 놀이터는 언제나 멀리 있었고, 그 앞에는 예외 없이 큰문이 버티고 있었다. 출구가 막혀버려 고통스런 뱃속의 음식물처럼 아이는 고통을 벗어나기 위해 막혀버린 아파트의 출구를 찾았을 것이다.

그녀의 모습은 낮과 밤이 서로 달랐다. 저녁에는 얼음장처럼 차가운 뒷모습이 떠올랐고, 아침 햇살이 퍼지면 온몸이 부풀어오르는 잠옷차림이 떠올랐다. 나는 밤만 되면 시퍼런 칼날을 번뜩이며 칼춤을 추었고, 아침이 오면 부풀어오른 그녀를 끌어안고 봄눈 녹듯이 모든 것이 녹아내렸다. 혼란스런 낮과 밤은 계속 이어졌다.

"저 사람이 바로 그 남자야, 여자가 새끼까지 버리고 나갔다는데 돌아오겠어."

사람들의 눈길은 모두 나를 비웃는 듯했다. 어머니는 모든 걸 잊고 시골에서 농사나 짓자고 했다. 그러나 그것도 아버지의 문이 열려야 가능한 일이었다.

아이가 돌아오면 모든 문이 열릴 것이다. 그런데 아이는 놀이터로 돌아왔을까. 다시 무거운 발걸음을 베란다로 옮긴다. 시선은 단풍나무 사이를 이리저리 지나서 그네에 고정된다. 순간 안도의 긴 숨이 나온다. 아이는 돌아와 있었다. 혼자서 그네를 타고 시소로 가서 몇 차례 엉덩이를 들썩거리더니 이번에는 미끄럼틀의 사다리를 올라간다. 아이의 사다리 올라가는 모습은 언제 봐도 위태롭다. 한 칸 한 칸 발을 올릴 때마다 나는 숨을 죽인다. 마침내 끝까지 올라선 아이의 모습을 보고 나서야 나는 베란다를 벗어난다.

"네가 아무래도 혼자 있으니까 아픈 기억만 되살아나고 자꾸 극단적인 생각으로 기우는 것 같구나. 널 지켜보는 사람들이 불안해서 살 수가 없어. 시골로 내려가서 하루라도 맘 편히 살자."

어머니는 서울 생활을 정리하라고 계속 요구했다. 나는 회사 문제가 정리되지 않았다는 핑계로 좀더 기다려달라고 했다. 나의 완곡한 거절에 어머니는 생각을 접었다. 그 대신 시골에서 아버지의 닫힌 문을 열어주었던 작은놈을 돌려보내겠다고 했다. 그동안 나의 구직활동에 짐이 될까 봐 못 보내고 있었는데 이제는 그것보다 더 중요한 사람 목숨이 달렸으니 불안해서 혼자는 둘 수가 없다고 했다. 그러면서 오랜만에 아버지 얘기를 꺼냈다.

"네 형 공부시키느라 심신이 찌들어서 그런 것이지 너희 아버지도 처음부터 문 닫고 살아온 사람은 아니었다. 돌이켜보면 자식에 대한 욕심이 문제였다. 하지만 죽도록 가르치고 키워놓은 자식들에게 외면당하는 아비의 심정이 어떤 것인지 너희는 모른다. 그 양반이 담을 쌓든 문을 닫든 난 그냥 이대로 살련다. 하지만 넌 그렇게 살지 말거라. 아버지 탓만 하지 말고 너의 문을 먼저 열거라."

큰놈은 인숙이 사라진 날 우리에게서 떠나갔고, 작은놈은 내가 그녀에게서 벗어나고자 손목을 그었을 때 다시 내게로 돌아왔다. 나는 인숙이 설치했던 최신형 잠금장치를 뜯어냈고 각종 학습지며 과외공부를 대신해서 모든 공부의 시작과 끝이 놀이터에서 이루어지도록 했다. 이제 아이에게 탈모나 변비는 오지 않을 것이다. 아이는 아직도 놀이터에 있다. 아침보다 단풍잎이 많이 떨어져서 시야가 점점 넓어진다. 아이의 활동무대도 따라서 조금씩 넓어진다.

"아빠 나 한번만 놀이터에 가면 안 될까?"

눈물을 글썽이는 아이의 음성이 귓전을 맴돈다. 또다시 공장의 대형 철제문은 닫히기 시작한다. 이제 문밖에서 지켜보는 사람들의 윤곽이 서서히 드러난다. 아버지와 형의 모습이 보이고, 인숙과 아이의 모습이 보인다. 그리고 허겁지겁 달려오는 황 회장의 모습도 보인다. 마지막 문이 닫히면서 모두들 사라진다. 어둠은 작은 불빛 하나 남기지 않고 모두 먹어치운다. 때맞추어 밖에서 문을 두드리는 소리가 들린다.

그래 이제야 돌아왔구나. 가벼운 발걸음이 베란다로 향한다. 이파리가 대부분 떨어진 단풍나무 사이로 놀이터가 한눈에 들어온다. 어느 곳에도 아이는 없다. 아이는 틀림없이 돌아온 것이다. 문 두드리는 소리가 다시 울린다. 나는 흥분된 가슴을 가라앉히며 눈을 확대경으로 가져간다.

그리고 밖을 보는 순간 나의 입은 벌어진 채로 굳어버린다. 문밖에 서 있는 사람은 아이가 아니라 인숙이었다. 머리 속에서는 피범벅이 된 큰놈의 얼굴과 인숙의 잠옷차림이 빠르게 교차한다. 나는 혼란스러운 현실을 벗어나기 위해서 주방으로 간다. 그리고 조용히 서랍을 열고 시퍼런 칼날을 집어든다. 저녁마다 갈아두었던 칼날에서 한 줄기 푸른빛이 문을 향해 힘차게 날아간다. 쩍—
하는 소리와 함께.

아름다운 추락

두 눈 위에는 짙은 어둠이 드리워져 있다. 빛이 스며들면서 소리는 조금씩 커진다. 눈꺼풀이 틈을 보이자 세상이 열리면서 귓가에는 풍물놀이 패의 신명나는 농악소리가 가물가물 울린다.

내가 아직도 살아 있었나. 지난밤 하늘에 구멍이라도 뚫린 것처럼 억수로 쏟아지던 장대비는 언제 멈추었는지 어둠이 물러간 자리에는 맑은 하늘이 모습을 드러냈다. 자동차와 함께 나를 집어삼킨 골짜기의 무성한 수림(樹林)은 본래의 모습대로 입을 다물었고, 벌어진 이빨 틈새처럼 큰 나뭇가지들 사이로 조각난 푸른 하늘이 자동차 유리파편처럼 흩어져 있다. 자동차는 꽉 다문 골짜기의 입속에서 몇 번이나 씹혔는지 형체를 알아보기 힘들 정도로 구겨졌고 땅바닥을 쓸고 다니는 힙합 바지의 끝자락처럼 풀어헤쳐졌다. 부속품처럼 차 속에 앉아 있던 내 몸도 차체를 따라서 구겨지고 풀어졌다. 그나마 안전띠 덕분으로 두 팔과 함께 목숨을 부지한 것은 불행 중 다행이었다.

불안스러운 시선이 조심스럽게 아래쪽으로 내려간다. 본넷은 휴지처럼 찌그러졌고 두 다리는 계기판 밑에서 차체와 함께 구겨졌다. 내려가던 시선이 다리 쪽에 멈추는 순간 비릿한 피 냄새와 함께 호흡을 멈추게 하는 통증이 가슴을 타고 눈앞으로 올라온다.

어금니와 두 팔에 힘이 몰리기 시작한다. 두 팔은 남은 힘을 다해서 다리를 뽑아내려 하지만 텃밭의 무 뿌리처럼 수월하게 빠져 나오질 않는다. 두 다리는 마치 흙담 아래의 굴속으로 들어가다 꼬리를 잡힌 뱀처럼 잔뜩 버티면서 꼼짝도 하지 않는다. 잔뜩 힘을 받은 두 손은 다리를 잡고 이리저리 흔들어보지만 그럴 때마다 통증은 점점 심해져 오고 일그러진 눈가에는 이슬방울만이 늘어간다.

한참의 실랑이 끝에 구겨질 대로 구겨진 몸은 완전히 분해된 배설물덩어리처럼 깨어진 유리창을 통해서 서서히 빠져나온다. 마침내 제 기능을 상실한 두 다리가 완전히 빠져나왔고 나의 희미한 시선은 어제 아침에 새것으로 갈아끼운 타이어로 향한다. 간밤에 그토록 많은 양의 장대비를 맞았음에도 붉은 자국이 아직도 군데군데 선명하다. 핏자국이다.

그렇다면 심야의 장대비 속에서 그 사람은 어떻게 되었을까. 죽었을까, 아니면 지나가는 자동차에 구조되어 병원으로 옮겨졌을까. 조각조각 흩어져 있던 맑은 하늘이 다시 캄캄해지면서 사방이 어두워진다.

　　기사식당은 몰려드는 저녁손님들로 한바탕 난리를 치르고 이제 막 한숨 돌리는 시간으로, 주인영감은 물컵을 탁자에 내려놓고 연신 부채질을 하고 있었다. 그리고 언제나 변함없는 미소와 함께 인사를 건네주었다.

　　"고 기사 오늘 저녁이 늦었네."

　　그는 수십 년 동안 기사식당을 운영해 오면서 택시 기사들에게는 아버지 같은 존재가 되었다. 기사들 사이에서 내 집보다 편하다는 말들이 심심찮게 나왔고 대부분이 이 집에서 하루 두 끼 이상을 해결하게 되었다.

　　"예, 장거리 손님 때문에……."

　　대답은 어물어물 지쳐 있었다.

　　회사의 영업방침은 정오부터 익일 정오까지 24시간 근무하고 교대하는 격일제 근무였다. 날마다 사납금 채우기도 만만치 않은 요즘의 내 처지에 식사시간은 문제가 아니었다. 그런데 앞으로 콜밴까지 본격적으로 영업에 뛰어들면 모든 것은 끝장이었다.

　　전무는 내일 택시 업계에 종사하는 사람들이 전원 참석하는 항의집회가 공설 운동장에서 열릴 예정이니 꼭 참석하라고 했다. 그러나 그들도 정식으로 허가를 받고 하는 영업인데 누구도 해라 마라 할 수 있는 권리는 없었다. 다만 불법영업이 문제였다. 짐의 무게로 손님을 결정한다고 하니 저울을 들고 따라다닐 수도 없고 그렇다고 불법을 방치한다면 그들은 개인택시와 다를 것이 없었다. 아니 그 이상의 경쟁력을 가진 존재들이었다. 숫자도 문제였다. 관청에서는 정상적인 방법으로 접수되는 서류들을 거부할 수 있는 이유나 명분이 없으니 기하급수로 늘어날 것은 불을 보듯이 뻔한 이치였다.

콩국수는 국물이 시원했다. 양이 조금 많은 듯했지만 맛에 취해서 큰 그릇이 곧바로 바닥을 드러냈다. 장순에 대한 안부를 묻는 주인영감의 인사에는 형식적인 대답을 했다. 그러면서도 가슴 한 구석에서는 작은 파랑이 일어나며 발걸음을 계산대로 재촉했다. 외상장부를 찾아 사인을 하고 자판기로 가서 커피를 한 잔 뽑아드니 시간은 벌써 저녁 여덟 시, 허기졌던 뱃속에다 급하게 과식을 한 탓인지 온몸이 나른해지면서 졸음이 대책 없이 몰려들었다.

십 분만 쉬었다 가자며 남은 커피를 모두 마시고 운전석에 앉아서 등받이를 뒤로 눕혔다. 그리고 눈을 감고 아내를 생각해 보았다. 기사식당 영감님은 자기가 중매했다는 사실을 강조하듯 매일 장순의 안부를 물으며 칭찬을 아끼지 않았다. 여장순, 그녀는 항상 번쩍이는 왕관을 머리에 쓰고 금박이 찬란한 망토를 휘날리며 당당하고 커다란 얼굴로 다가왔다. 그녀는 나에게 여왕이었고 어느 곳에서나 큰 입을 무섭게 벌려 나를 향해 소리를 질러댔다.

"영업 안 해요? 아저씨, 횡성까지 가십시다."

사십대 초반쯤 되어 보이는 여자 손님이 유리문을 두드린다. 나는 민첩하게 자세를 바로잡으며 유리문을 내린다.

"타세요. 근데 횡성 어디까지 가세요?"

"여고 앞에서 내려주시면 됩니다."

깔끔한 옷차림의 여자 손님은 무엇이 불안한지 앞자리에 앉아서 계속 시계만을 들여다보고 있었다. 자동차는 학성동 태장동을 거쳐 시내를 벗어나자 거침없이 달려나갔다. 갈림길이나 사거리에는 어김없이 대형 현수막이 눈에 띄었는데 그 내용이 '개 도둑을 조심합시다'에서 이제는 인삼도둑에 대한 경고문으로 바뀌어 있었다. 초조한 모습을 보이던 여자 손님은 결국 휴대폰을 꺼내고 번호를 눌러대기 시작했다. 아이고 죄송합니다…… 아따 사장님도, 늦은 벌로 내가 오늘은 확실하게 책임질게. 여자는 전화를 끊고 긴 한숨을 몇 차례 반복했다.

휴—우, 이제야 마음이 놓이네. 그리고 그녀는 명함 한 장을 내밀면서 묻지도 않은 말을 계속 이어나갔다. 제법 큰 레미콘회사 사장님을 만나러 가는 길인데 자동차보험으로는 워낙 큰 건이라서 긴장이 되네요. 아저씨도 필요한 것 있으면 전화해 주세요. 보험설계사라는 말에 온몸으로 긴장이 스쳐간다.

학교 앞에는 유리문마다 검은색 선팅을 한 고급 외제차가 기다리고 있었다. 변강쇠가 되기 위해 목숨 걸고 덤벼드는 졸부에게 불법 포획한 산짐승을 밀거래하듯 그녀는 외제차에 넘겨졌다. 그녀를 태운 외제차는 포장도로를 미끄러지듯이 멀어져갔고 곧바로 시야를 벗어났다.

방향을 바꾼 자동차가 시내 쪽을 향해서 막 가속이 붙었을 때 두 손을 힘차게 흔들며 앞을 가로막는 사람이 있었다. 그는 전투복 차림의 육군병장이었다.

"지금 시간이 여덟 시 삼십 분, 두 시간 동안에 청주(淸州)까지 간다는 것은 아무래도 무리인데."

"요금은 따블로 드리겠습니다. 최대한 달려보세요."

"알았어요, 한번 가봅시다."

나는 불가능한 시간계산임을 뻔히 알면서 가속페달에 승부를 걸어보기로 했다. 몸속의 모든 힘은 가속페달을 밟고 있는 오른발에 모아졌다. 앞유리에 비치는 가로수들이 순식간에 뒷유리 속으로 사라지고 자동차는 점점 가벼워지면서 끊임없이 짧은 이륙을 시도했다. 그저 자신의 생존 하나만을 위해 죽을힘을 다해 자궁 속으로 달려가는 한 마리 정충처럼 자동차는 목적지를 향해 쉼 없이 달려나갔다.

언제부터인가, '나' 라는 존재는 도대체 무엇이냐고 스스로 묻고 답하는 이상한 버릇이 생겼다. 그때마다 자동차라는 캡슐에 둘러싸인 채 자궁 속을 찾아 온 세상을 떠돌아다니는 정충 같은 존재가 아닐까 하는 생각이 들었다. 날마다 근무시간이 되면 사정(射精)을 하듯 쾌감을 느끼며 쏜살같이 하루를 시작하지만 언제나 결과는 참담한 실패였다.

시내를 벗어나고 흥업, 귀래를 거쳐 양안치 고개를 비롯한 몇 개의 크고 작은 산봉우리를 넘어서니 평지길이 충주까지 이어졌다. 남한강에 걸쳐 있는 목행대교를 건너 충주시내 우회도로를 달리고 있을 때였다. 뒷좌석에서 술냄새를 가볍게 풍기며 잠들어 있던 군인이 악몽을 꾸었는지 소스라치게 놀라면서 잠에서 깨어났다. 모자는 이미 벗겨졌고 옷매무새는 많이 흐트러져 있었다. 침을 흘렸는지 입가에는 물기가 축축했고 한쪽 볼은 자면서 피부가 겹쳐 붉은색 자국이 선명했다.

"아저씨, 지금 어디까지 왔나요?"

"지금 충주(忠州)에 들어섰습니다."

"빨리 왔네, 이 정도 속력이면 열 시 삼십 분까지 청주 도착도 가능하겠는데요."

"저로서는 최선을 다하고 있습니다. 그런데 청주는 무슨 일로……?"

"예, 제가 오늘부터 말년 휴가라서 선배와 만나기로 약속을 했습니다. 그런데 동기생들과 시작한 술자리가 길어져서 그만 이렇게 되었습니다."

자동차가 살인적인 속력으로 주덕과 음성을 지나 증평에 도착했을 때 안시원이라는 이름표를 클로즈업하듯이 상체를 앞으로 숙이면서 그가 다시 입을 열었다.

"아저씨, 아무래도 늦을 것 같은데 휴대폰 좀 써도 될까요?"

노동조합 조끼주머니에서 초소형 전화기를 꺼내서 건네주자 그는 고맙다는 인사를 하며 통화를 시작했다.

"선배님, 나야 시원이 조금 늦더라도 기다리고 있어요."

그는 동안(童顔)이었다. 군복만 아니라면 누구라도 스무 살을 넘겨보지는 않을 것 같았다. 모자를 벗어들고 약속시간 때문에 초조해하는 그 모습이 순수함을 간직한 맑은 눈동자의 어린 학생처럼 보였다. 통화가 끝나자 전화기는 다시 조끼주머니로 돌아왔고 그의 대화상대도 선배로부터 다시 내게로 돌아왔다.

"시외지역에서는 사자(使者)밥을 짊어지고 달려왔는데 막상 시내에 들어와서 이렇게 정체가 되고 있으니 이거 참."

"전화로 양해를 구했으니까 조금 늦어도 이해할 겁니다."

청주는 하루가 다르게 변모하면서 도시의 규모가 양적으로나 질적으로나 빠른 속도로 팽창하고 있었다. 시내 여러 곳에 빌딩 숲이 들어서며 새로운 번화가로 탈바꿈을 시도하고 있었는데, 특히 버스터미널 주변은 신도시를 방불케 하는 대단위의 개발이 이루어져 있었다.

시내의 체증현상과 신호등의 걸림돌을 넘어서 마침내 터미널에 도착한 것은 약속시간을 조금 넘긴 밤 열 시 사십오 분이었다. 마침내 자동차의 바퀴가 멈추면서 두 시간 이상을 숨죽이며 달려온 팽팽한 긴장감이 한순간에 녹아내렸다. 안 병장은 수차례 감사의 뜻을 나에게 전하고 선배를 찾아서 데려오겠다며 번개같이 지하 대합실로 들어갔다. 밤늦은 시간이라서 그런지 터미널 주변은 한산했다. FM채널을 이리저리 돌려보아도 신통한 것이 없었다. 라디오 스위치를 끄고 나니 심심한 두 손이 핸들 위에서 박자를 맞추기 시작했다.

안 병장은 돌아오지 않고 있었다. 아직도 선배를 못 찾은 걸까. 혹시나 하고 불길한 생각이 머리 속으로 들어오는 것과 때를 같이 해서 거칠게 유리창을 두드리는 소리가 귓속으로 들어왔다. 인상을 험악하게 치장한 사내 둘이었다.

"아저씨! 강원도 번호판이 여기서 영업하면 안 되지."

"난 여기서 호객하는 것이 아니고 택시요금을 기다리는 중입니다."

"어쨌든 여기는 우리 영업장이니까 차는 저쪽 구석으로 빼시

오."

"그럼 대합실에 다녀올 동안만 좀 봐주시오."

두 사내는 굳은 표정으로 말없이 물러났다. 선택의 여지는 이미 사라진 듯했다. 다급한 마음은 우측 방향등을 깜박거리게 해놓고 이미 대합실에 들어가 있었다. 대합실에는 모든 업무가 끝났고 사람이라고는 화장실 앞에서 비틀거리는 취객 몇 명이 전부였다. 안 병장도, 그의 선배도, 그리고 내가 목숨 걸고 달려온 대가로 받아야 할 택시요금도 그곳에는 없었다. 아니, 이럴 수가 있는가. 그럼 내가 속았단 말인가. 도대체 믿어지지 않는 현실 앞에서 분노가 치밀어 올라왔다. 그리고 분노는 스스로를 비관하는 서글픔으로 변해 가며 눈물샘을 자극했다.

혹시나 하는 마음에 뒤져본 화장실에도 사람은 없었다. 밤늦은 시간에 밖으로 나갈 수 있는 길은 두 가지뿐이었다. 먼저 소통이 가능한 대형 할인점의 입구로 가서 물어보았다.

"수고하십니다. 혹시 오 분쯤 전에 군인 한 명 이곳으로 들어가지 않았나요?"

"아니요, 군인이고 민간인이고 전혀 없었는데요."

오른손에 무전기를 살랑살랑 흔들면서 남자 직원은 의아한 표정을 짓고는 영업시간이 끝났다며 안쪽으로 들어가더니 철문을 내려버렸다. 그렇다면 남은 길은 고속버스 터미널로 연결된 지하

통로였다. 그러나 그 길은 이미 막혀 있었다. 지금까지 내 몸을 유지해 온 극도의 긴장감은 일순간 허망하게 무너졌고 깔끔한 대리석 바닥이 심하게 흔들리면서 노란 나비가 떼를 지어 눈앞으로 몰려들었다. 그리고 그 중심에 여왕의 모습을 하고 서 있는 장순을 보면서 나는 또 한번 몸서리를 쳐야만 했다.

대합실에서 넋을 잃고 앉아 있던 내가 자동차로 돌아온 것은 열한 시가 넘어서였다. 운전석에 앉아 빗질하듯이 정신을 가다듬어 보았다. 오늘 저녁 내가 당한 피해는 얼마인가. 택시요금에다, 과속 감시카메라에 두 번 찍혔고, 왕복 휘발유 값, 거기다가 누가 긁었는지 자동차 양 옆면에 굵은 선까지 도대체 어디서부터 일이 잘못된 것인가. 안 병장의 맑고 순수했던 눈망울을 믿었던 내가 잘못이었나.

그의 맑은 얼굴을 떠올리면 아직도 눈앞에 펼쳐진 현실이 믿어지지 않았다. 이제 실낱같은 마지막 희망은 안 병장이 휴대폰에 남긴 전화번호였다. 전화기 속에서는 신호음만이 계속 울리다가 기대하지 못했던 반가운 목소리가 흘러나왔다.

"감사합니다, 통닭호프입니다."

"저어, 실례지만 사장님 좀 부탁합니다."

"전데요, 무슨 일이시죠? 잠시만요, 오 번에 맥주 세 병 추가하고 십일 번 탁자 빨리 치워드려. 아 죄송합니다, 손님이 몰리는 시간대라서요."

"다름이 아니고 혹시 안 병장을 알고 계신가 해서요."

"아, 시원이. 아직 안 왔는데요, 지금 바쁘니까 이따가 다시 해 주세요."

밤중까지 푹푹 찌던 더위는 마침내 빗줄기를 뿌리기 시작했고 얼마 지나지 않아 제법 굵은 빗줄기로 변해 가고 있었다. 계속 굵어지는 빗줄기 속에서 가시거리는 점점 짧아졌다. 시간은 밤의 중심을 향해서 달려가고 있었고, 자동차에 폐기물처럼 실려 있는 내 마음은 십 년 전을 향해서 달려가고 있었다.

아버지는 삼십대 중반을 넘긴 형님의 전철을 밟지 않으려고 나의 결혼문제를 서둘렀다. 그때 내 나이는 방위소집이 해제되고 택시기사가 된 지 만 일 년을 넘긴 겨우 스물셋이었다. 내가 택시를 하게 된 것도 농촌 총각들은 점점 결혼하기가 어려워질 것이라는 아버지의 속 깊은 배려 때문이었다. 하지만 이십대 초반의 어린 나이에 결혼 상대자를 찾는다는 것은 결코 쉬운 일이 아니었다. 아버지의 적극적인 후원을 등에 업고 수차에 걸쳐서 맞선이란 것을 봤지만 이런저런 사정으로 모두 단 한번의 만남으로 족해야 했다.

장순도 그중 하나였다. 그녀는 나에게 호감을 보인 유일한 여자이면서 또한 나에게 거절당한 유일한 여자였다. 다른 여자들은 한결같이 돈벌이에 관심을 보였고 시원치 않은 나의 대답이 채 끝나기도 전에 그 자리를 떠나갔었다. 하지만 장순은 달랐다. 그녀는 끝까지 자리를 지키며 당신의 처분만 기다립니다 하는 표정이었다.

그녀는 편모 슬하에서 쭉 지내다가 스무 살에 직장생활을 시작하면서 독립해 나왔고 스물넷이 된 그때까지 혼자 살고 있었다. 체격에 비해서 다소곳이 앉아 있는 그녀의 눈가에는 말로써 표현하기 어려운 진한 외로움이 묻어나고 있었으나 결혼은 동정심만으로 되는 것은 아니었다. 아버지는 매일 성화를 해댔지만 나는 처음부터 장순이 싫었다. 형제 자매도 없이 편모 슬하의 고아와 다를 바 없는 그녀의 처지도 싫었지만 연상이라는 점이 싫었다. 그러나 정작 내 마음이 떠난 것은 그녀의 비대한 체격 때문이었다. 나의 왜소한 체격에 비해 장순은 키180㎝에 체중이 90㎏을 육박하는 한마디로 장대(壯大)한 기골(氣骨)이었다.

자동차는 음성외곽의 신도로를 따라서 충주로 향했다. 빗줄기는 한층 가늘어졌고 가시거리는 다시 멀어졌다. 하늘에는 구름이 빈틈없이 들어찼는지 별빛 하나 없이 그야말로 하늘도 땅도 캄캄한 어둠 속에 묻혀버렸다. 갓길에 차를 세우고 전화기를 주머니에서 뽑아내니 이제는 머리 속까지 어둠이 점령해 버렸다. 고민은 계속 이어졌다. 전화를 걸 것인가, 말 것인가. 폴더를 열었다가 다시 닫기를 여러 차례, 결국 청주에서의 통화 내용이 떠오르며 전화기는 다시 호주머니 속으로 들어간다.

"그곳의 위치는 어디쯤입니까?"

"시외버스 터미널 바로 앞에 있습니다."

"제가 지금 터미널 앞인데 간판이 보이질 않네요."

"택시 주차장을 등지고 오른쪽을 보면 '통닭호프'라는 큰 입간판이 보일 겁니다."

장순에 대한 아버지의 집착은 대단했다.

"너 좋다는 여자 있을 때 놓치지 말고 꼭 결혼해야 한다. 너의 형 꼴을 좀 봐라."

"아버지, 난 그 여자가 싫어요."

"도대체 그 처녀 어디가 그렇게 싫으냐. 몸 건강하고, 마음씨 착하고, 예의범절 반듯하고 그러면 됐지. 뭘 더 바래. 한 가지 흠이라면 편모 슬하에 좀 적적하다는 것인데 그것이 어찌 그 처녀의 책임이더냐. 그런 사람 다시 만나기 어려우니 한번 더 만나보고 약혼식 날짜를 잡도록 하자."

결국 아버지는 간절한 소망을 이룰 수 있었다. 자의반 타의반으로 그녀는 맞선 본 후에 다시 만나는 최초의 여자이면서 마지막 여자가 되었다.

장순은 보기보다는 썩 괜찮은 여자였다. 넉넉한 마음씨로 누구와도 잘 어울렸고 몸을 아끼지 않는 근면성으로 모든 일을 깔끔하게 처리했다. 그녀는 오 년 경력의 직장에서도 능력을 인정받기 시작했다. 결혼식을 강행시킨 아버지에게 태어나서 처음으로 감사한 마음이 들었고 행복이라는 단어의 뜻을 되새기는 시간들이 이어졌다. 그러나 동전의 양면처럼 최고의 선은 최고의 악을 짊어지고 있었다. 그녀의 능력이라는 몸집이 커질수록 그림자도 따라서 커졌고 그림자에 서서히 먹혀들어가는 내 모습은 갈수록 왜소해졌다.

자동차는 충주시내를 관통하면서 남한강의 목행대교 앞에 도착했다. 시계바늘은 밤 열두 시가 넘어 날짜가 바뀌어 있었다. 휴게소 주차장에 차를 세우고 발걸음은 편의점으로 향했다. 대형 유리문 안쪽에는 지치고 연약한 모습의 사내 하나가 초점이 풀린 눈으로 나를 보고 서 있었다. 허탈한 쓴웃음이 나왔다. 이 모든 것이 꿈이었으면, 영원히 깨어나지 않는 꿈이었으면 오죽이나 좋을까. 유리문 안쪽의 사내가 따라서 웃었다. 이 한심한 인간아. 히히히……

사내의 얼굴은 점점 커지면서 장순의 얼굴로 바뀌어갔다. 그녀는 주먹이 들락거리는 큰 입을 벌리고 기총소사(機銃掃射) 같은 잔소리를 나에게 쏘아댔다. 나는 무의식적으로 고개를 숙였고 그 위로 장순의 우렁찬 목소리가 실탄처럼 수없이 스쳐갔다. 이 한심한 인간아. 히히히……

결국 문 앞에서 발길을 돌렸고 자판기에서 캔커피를 뽑아들었다. 시원한 커피를 한 모금 마시자 그동안 목구멍까지 차 올랐던 분노가 조금은 내려가는 듯하면서 귓가에는 통닭호프 주인의 음성이 다시 울리기 시작했다.

"그런데, 안 병장은 어떻게 아십니까?"

"내 후배면서 단골입니다."

"그 사람이 미리 부탁한 것은 준비가 됐습니까?"

"그럼요, 근데 댁은 누구십니까?"

"난 안 병장을 꼭 만나야 할 사람입니다. 도대체 가게의 입구는 어디에 있는 겁니까? 몇 바퀴를 돌아도 보이질 않으니……"

장순의 모든 장점은 일 년을 넘기지 못하고 나에 대한 단점으로 이동을 시작했다. 그리고 다시 일 년이 흐른 뒤에 그 이동은 완료되었다. 이제 내 눈에는 그녀의 모든 행위가 단점으로만 보였다. 그러한 나의 심리적인 바탕에는 외관상으로 뚱보이면서 정말 볼품없는 그녀가 남편인 나보다 뛰어난 능력의 소유자라는 것이 은연중에 자격지심으로 작용했다.

그녀의 뛰어난 능력들이 처음에는 나를 행복하고 편안하게 만들었다. 그러나 장순이 안에서나 밖에서나 여러 가지 능력을 발휘하면서 몸집을 불릴 때마다 나는 활동영역이 점점 줄어들면서 작아져야만 했다. 특히 돈벌이 문제에서 경력 팔 년차인 그녀는 특유의 승부근성으로 타의 추종을 불허했다. 언제부턴가 나의 수입을 넘어서는가 싶더니 탄력이 붙었는지 계속 앞지르기를 시도했다. 결국 내 수입의 두 배 이상이 되었고, 경제권을 포함한 가정생활의 모든 중심이 그녀에게로 옮겨갔다. 그녀는 직장에서 승승장구했고 귀가시간도 늦어졌다.

이미 가정의 생활계획이 장순의 수입을 기준으로 짜여졌고 기존의 내 영역은 모두 사라졌다. 부모님, 친구, 직장동료 누구와 만나도 모두들 대화의 초점은 장순에게 맞추어 있었다. 가정에서나 직장에서나 '고상만'이라는 내 이름은 빛을 잃었고 그 자리에는 '여장순'이라는 이름이 채워졌다. 각종 공과금 고지서를 포함한 모든 우편물에서부터 신문, 우유 등의 영수증에 이르기까지 내 이름이 들어설 자리는 없었다. 나의 정신은 죽어 없어지고 육체의 껍질만이 남아서 이리저리 나뭇잎처럼 굴러다녔다. 그런데 장순은 이 육체의 껍질마저도 그냥 두려고 하지 않았다.

"아파트도 하나 장만했고 아이도 생길 텐데 힘들게 운전하지 말고 차라리 집에서 돈벌이하면 안 되겠어요?"

그것은 나의 마지막 보루이면서 유일하게 장순과 맞설 수 있는 남성(男性)에 대한 확인사살이었다.

텅 빈 커피캔이 쓰레기통 한구석에 자리를 잡자 자동차는 통곡하듯 굉음을 내며 그 자리를 떠나갔다. 다시 굵은 빗줄기가 쏟아지기 시작했다. 빗줄기는 점점 거세졌고 밤이 깊어가면서 기온이 내려가는지 목행대교를 건너자 안개까지 자욱하게 깔리면서 가시거리는 제로에 가까웠다. 세차게 쏟아지는 빗줄기 속에서 차고 습한 안개의 느낌은 안 병장과 장순에 대한 기억을 되살리면서 온몸에 소름을 만들었다. 장순의 불신은 극에 달해 있었다.

"당신 또 그년하고 같이 있지?"

"힘들게 일하는 사람한테 그게 무슨 소리야?"

"굼벵이도 구르는 재주가 있다더니 그 짓거리 하려고 택시 못 그만두지."

"뭐야! 아무튼 지금 충주니까 끊어."

자동차는 강변도로를 잠시 접하는가 싶더니 원주(原州)로 넘어가는 산악지대로 접어들었다. 빗줄기는 여전히 세차게 쏟아졌고 골짜기마다 진한 안개가 꼭꼭 채워져 있었다. 시야는 완전히 가려져 마치 눈을 감고 운전을 하는 것처럼 착각을 일으켰다. 전조등은 물속을 비추는 것처럼 멀리가지 못했고 가슴속에서는 답답함을 넘어서 불기둥 같은 울화가 치밀어올랐다.

도로는 수차례 좌우로 구부러지면서 오르막이 한동안 진행된 뒤에 산 중턱의 평평한 길로 이어졌다. 그리고 머리 속에는 장순과 박 양 그리고 안 병장까지 복잡하게 생각이 엉키면서 마음은 초조해졌고 가속페달을 밟고 있는 오른발에 화풀이하듯 힘이 몰려들었다.

산 중턱의 한 구간을 차지하고 있는 평평한 길도 S자 모양이 계속되는 곡선도로이기는 마찬가지였다. 자동차는 구부러지는 구간마다 쇳소리를 내며 쏜살같이 앞으로 튀어나갔다. 자동차가 세번째 구간을 막 돌아섰을 때 누워 있는 기다란 물체가 전조등 앞으로 다가왔다.

퍽— 덜컹 덜컹. 순식간의 일이었다. 눈앞에 무엇이 보였나 싶었는데 앞뒤 바퀴가 모두 넘어버렸다. 진하게 깔려 있는 어둠과 안개 속으로 장대비는 무섭게 쏟아지고 있었다. 자동차는 두어 번 멈칫거리다가 미친 듯이 속력을 내기 시작했다. 머리 속은 아무 생각 없이 환해졌다.

빨리 벗어나자 빨리 빨리……. 속도계는 백을 넘어서 계속 올라갔다. 자동차는 왼쪽으로 구부러진 도로를 달려 다시 오른쪽으로 산모퉁이를 돌기 위해 앞머리를 돌리기 시작했다. 빠른 속도 때문에 방향이 잘 틀어지지 않았다. 그럴수록 핸들은 더 빨리 돌아가야 했다. 차체가 조금씩 오른쪽으로 향했다. 대형 탱크로리가 다급한 경적을 울리면서 맹수처럼 덤벼든 것은 바로 그때였다. 오른쪽으로 급하게 돌아가던 핸들은 다시 왼쪽으로 돌아가야 했다. 다행히 앞부분을 스치듯이 탱크로리 차량과의 충돌은 피할 수 있었지만 자동차는 속도를 이길 수 없었고 마침내 왼편 골짜기의 쩍 벌어진 입속으로 깊숙이 들어섰다. 그리고 골짜기는 오랜만에 걸려든 먹이를 사정없이 씹어버렸다.

끼이—익, 콰당, 쾅, 쾅⋯⋯. 모든 것이 사라지면서 허공만이 남았다.

풍물패의 농악소리는 가물가물 계속 울린다. 자동차는 두 눈이 빠져나가고 온몸이 구겨진 채로 비스듬히 누워 있다. 내 몸 또한 하체는 완전히 구겨졌고 상체만이 반 토막 살아남았다. 두 다리의 기능은 이제 완전히 중단되었다. 그러나 그 점은 전혀 신경쓸 필요가 없다. 사실 나의 아랫도리는 이미 오래 전에 그 기능이 소멸되었기 때문이다.

장순은 그녀의 비대한 몸집만큼이나 욕심이 많았다. 무슨 일이든 한번 시작하면 끝을 보아야 했고 지는 것은 죽기보다 싫어했다. 어린 나이에 외롭게 자라나면서 나 자신만을 믿을 수 있다는 의식이 가슴 깊이 자리를 잡았고 그것은 곧바로 일 욕심, 돈 욕심으로 이어졌다.

장순은 결국 삼십 세가 되기도 전에 영업소 내의 여왕에 등극했다. 그리고 이 년 뒤에는 도내에서 여왕에 올랐다. 이때부터 3년 뒤인 올해를 전국 여왕에 등극하는 해로 목표를 정하고 장순은 밤낮없이 뛰어다니기 시작했다. 그녀는 내가 전혀 올라갈 수 없는 큰 산이었고 나의 아랫도리 기능은 이때부터 서서히 죽어가기 시작했다. 평상시에는 멀쩡하던 것이 장순의 앞에만 서면 기가 죽어 고개를 들어올리지 못했다. 성적인 욕심 또한 예외가 없었던 장순은 저녁마다 불만을 토로했다.

　"도대체 당신이란 남자는 잘하는 게 뭐야, 돈벌이를 못하면 사내구실이라도 똑바로 해야지. 혹시 그년한테 알맹이는 다 퍼주고 집에 와선 삶은 배추가 되는 것 아냐?"

　그녀는 잠자리에서의 불만을 갖가지 방법으로 터뜨렸다. 자신이 화장실 청소를 마치기 전에는 사용할 수 없도록 했고 손을 씻기 전에는 어느 것도 먹을 수 없었다. 그동안 무수히도 나를 괴롭혀온 밭뙈기는 좋은데 씨앗이 부실해서 아이가 생기지 않는다는 씨앗타령에서 한 걸음 벗어나게 된 것은 다행이었으나, 무엇보다도 큰 문제는 틈만 나면 먹어대는 폭식증이었다. 그녀는 하루에도 몇 번씩 미친 듯이 먹어대면서 빈속을 채우는 쾌감을 느꼈고 그 느낌이 끝나면 화장실로 달려가 손가락을 목구멍 깊숙이 집어넣었다. 그리고는 덫에 걸린 멧돼지처럼 악을 쓰며 모든 것을 토해

냈다.

이제 잠자리에서 장순의 모습은 두려움을 넘어 공포의 대상이 되었다. 장순은 날이 밝으면 전혀 다른 모습이 되어 일터로 나갔고 일에 파묻혀 하루를 보냈다. 나는 가능한 그녀와의 만남을 피하려고 귀가시간을 늦추며 밖으로 돌았다. 정오에 근무교대를 마치면 모두들 집으로 향하기 바빴는데 나는 그들과 달리 회사 숙직실에서 잠이 들었다. 저녁때가 되면 잠자리에서 일어나 근처의 호프집으로 자리를 옮겼고 밤늦도록 술을 마셨다. 알코올이 머리 속의 모든 기억을 삭제시키면 나는 집으로 들어갔고 눈을 뜨면 언제나 장순이 뒷모습을 보이며 출근하는 아침이었다.

이틀에 한번씩 반복되는 이런 내 모습에 연민을 느낀 것은 미스박이었다. 작년 겨울, 나는 여느 때처럼 숙직실에서 지친 몸을 누이고 잠이 들었다. 그런데 얼마쯤 시간이 흐른 뒤에 차버린 이불을 덮어주는 따뜻한 손길이 느껴졌고 나는 악몽의 가위눌림에서 벗어나며 잠이 깨었다. 어머니처럼 따뜻했던 손길은 바로 미스 박이었다.

"고 기사님, 날씨도 추운데 감기 걸려요."

"미스 박, 고마워요. 그런데 지금 몇 시나 됐어요?"

"다섯 시 반이예요. 어, 그러고 보니 퇴근시간이 다 됐네."

그녀는 사무실을 정리하고 퇴근준비를 서둘렀다. 상업학교를 졸업하고 회사에 들어온 그녀는 누구에게나 화난 얼굴을 보인 적이 없었다. 젊은 기사들이 회사 측과의 마찰로 성질을 내거나 짓궂은 농담을 건네도 그녀는 미소를 잃지 않았다.

"집으로 가시려구요?"

"아니, 미스 박한테 고마운 생각이 들어서 같이 저녁식사나 할까 하고."

"저하고요? 안 그러셔도 되는데."

두 팔의 힘만으로 급경사를 오른다는 것은 쉽지 않은 일이지만 다른 길을 찾는다는 것 또한 불가능한 일이다. 어젯밤의 안 병장을 찾는 일이나 차에 치인 사람을 찾는 일이나 모든 것들이 절벽을 올라가서 장순을 만나야만 해결이 될 수 있는 문제가 아닌가. 그녀에게로 향하는 절벽길은 너무도 험난하지만 나에게는 꼭 가야만 하는 포기할 수 없는 길이다.

온몸의 체중이 밧줄처럼 뻗어 있는 두 팔에 실리고 열 손가락은 모두 구부러져 쇠갈퀴 모양으로 비탈진 절벽에 박힌다. 두 팔에 힘이 쏠리면서 몸이 조금씩 움직인다. 다시 손가락이 절벽에 박힌다. 그리고 호흡을 멈추며 조금씩 몸이 딸려 올라간다. 손가락은 계속 절벽에 박히고 몸도 따라서 계속 움직인다. 마침내 고통스런 손가락들이 경쟁적으로 핏빛을 보인다. 잠시 동작을 멈추고 절벽의 꼭대기에서 여왕의 모습으로 당당히 서 있는 장순을 생각해 본다. 그녀는 싸늘한 미소를 지으며 나를 향해 커다란 입을 벌린다.

아무리 발버둥쳐도 당신은 이미 나의 일부분이 되었어. 정체성은 모두 사라졌고 이제 혼자서 할 수 있는 일은 없어. 당신은 택시라는 캡슐에 둘러싸인 한 마리의 정충이 되어 날마다 자궁 속을 찾아서 헤매고 있지만, 그것도 고통만을 남기고 실패로 끝날 거야. 당신은 아무런 능력이 없잖아.

장순은 나에게 냉소적인 비웃음을 보내고 있었다. 냉소적인 태도를 보인 것은 통닭호프 주인도 마찬가지였다.

"아니, 한글도 모릅니까? 입구가 통닭호프라니까요."

"아무리 찾아봐도 없잖아요. 이 밤중에 원주서 왔는데 그 사람 꼭 만나야 합니다."

"원주서 왔다는 것이 무슨 소리요. 여기가 원주인데."

"예에, 청주가 아니고 원주라고요?"

순간 휴대폰에 찍혀 있는 강원도 지역번호가 절망과 함께 눈으로 들어왔다. 통닭집 주인은 한심하다는 말투로 몇 가지를 알려주고는 통화를 끝냈다. 안 병장은 자기네 가게의 단골이었는데 한번은 고향얘기를 하다 보니 두 사람이 모두 서울 출신이라서 선후배가 되었고 오늘은 같이 전역한 동기생들끼리 회식을 하기로 했다며 통닭 십 인분을 미리 준비해 달라고 부탁을 했다는 것이었다.

그리고 내가 그토록 찾아헤매던 가게의 위치는 원주 터미널 앞이었다.

핏빛으로 물든 손가락이 다시 절벽에 박히고 몸이 움직인다. 얼마나 많은 시간이 흘러갔는지 높게만 보이던 꼭대기가 이제는 코앞으로 다가와 어른거린다. 다시 손가락이 절벽에 박히고 힘껏 잡아당기는 순간 절벽을 파고든 양손이 동시에 흘러내리는가 싶더니 검은 물체 하나가 둥그렇게 일어선다. 그리고는 두 손에 몸 전체를 맡기고 있는 나를 짓누르기 시작한다. 결국 대형 타이어의 무게를 이기지 못하고 몸은 조금씩 밀리기 시작한다.

거의 다 올라왔는데 안 돼— 안 돼—. 허망하게 흘러내리던 몸뚱이는 갈퀴 모양의 손끝에 칡넝쿨이 걸리면서 가까스로 멈췄고 가속이 붙은 타이어는 혼자서 퉁퉁거리며 굴러 내려간다. 체중은 새끼손가락 굵기의 칡넝쿨에 모두 실린다. 올라갈 수도 없고 그렇다고 다시 내려갈 수도 없는 불안정한 자세가 계속 이어진다.

고 기사님, 공포와 두려움 속에서 벗어나 자신을 찾으세요. 길은 하나만 있는 게 아니에요. 미스 박의 맑은 목소리가 가슴속에서 계속 울린다. 그래, 길은 하나만 있는 것이 아니야. 오르는 것을 포기하고 추락을 결심한 나는 칡넝쿨을 잡고 있던 두 손에서 남은 힘을 모조리 뽑아낸다. 몸이 추락을 시작한 순간 배꼽 밑에서는 휴화산이 폭발을 시작하면서 뜨거운 용암이 산처럼 솟아오른다. 그것은 아름다운 추락을 의미하는 오랜만에 찾아온 나의 재기(再起)였다. 추락은 순식간에 이루어졌고 모든 것이 원점으로 돌아왔다. 굴러떨어지면서 구겨진 자동차의 타이어와 부딪친 머리 위에는 무엇인가 떨어졌는데 그것은 바로 피묻은 자리에서 빠져나온 멧돼지 꼬리의 한 조각이었다.

　건너편 마을에는 놀이판이 벌어졌는지 풍물패의 신명나는 농악 소리가 점점 크게 울리고 있었다.

카오스를 꿈꾸며

태초에 형상을 알 수 없는 끝없이 멀고 깊은 어둠의 세계가 있었다. 어둠은 혼돈이었고 무질서였으며 반면에 어떠한 틀에도 얽매이지 않는 질서와 창조의 가능성을 무한히 잉태하고 있는 모태였다. 어느 한순간, 혼돈의 세계는 최초의 파동이 일면서 서서히 꿈틀거렸고 마침내 큰 용틀임으로 음양의 두 성을 한 몸으로 탄생시켰다. 그리고 미분화된 암수 결합체는 하늘과 땅을 창조한 뒤에 남녀의 모습으로 분리되어 남자는 하늘을 여자는 땅을 다스리게 되었다. 이후 양성혼재의 원초적인 미분화 융합체로 회귀하려는 인간들의 신계에 대한 처절한 도전은 계속되었다. 왜 신계에서는 지키지 않는 법을 인간계에서는 지켜야 하는가.

오누이는 길 떠날 채비를 서둘렀다. 딱히 채비랄 것도 없는 산속 오두막의 보잘것없는 살림살이였지만 신계에 올라 있는 높은 법력의 국사암 스님을 찾아가는 길이었으니 옷차림부터 정성을 다해야 했다. 누이는 아껴두었던 흰색 바지를 입고 밑단을 묶은 다음 그 위에 짧은 치마를 입었다. 그리고 통소매에 엉덩이까지 내려오는 긴 저고리를 걸치고 왼쪽으로 여미었다. 누이가 방문을 열고 얼굴을 내밀었을 때 동생은 똑바로 쳐다볼 수가 없었다. 연분홍 두 볼과, 흑진주처럼 반짝이는 두 눈, 그리고 반지르하게 윤기가 흐르는 머릿결이 가슴을 마구 흔들면서 눈을 시리게 하였던 것이다. 달기는 누런 얼굴에 퀭한 두 눈을 끔벅거리며 입을 열었다.

"난 세상에서 달래 누이가 제일 예쁘다."

"이 바보, 세상에서 제일 예쁜 것은 꽃이다."

"아니야, 누이는 꽃보다 더 예뻐."

"그런데 너 어디 아픈 거니?"

"아니."

"그럼 요즘 들어 먹는 것이 왜 그러니?"

"걱정 마, 입맛이 없어서 그런 거야. 그리고 꿈 때문에……."

"무슨 꿈, 혹시 밤마다 악몽에 시달리니?"

"응, 조금……."

"그랬었구나, 국사암 스님을 만나면 맥을 불러달라고 부탁드려야겠다."

"맥, 맥이 무엇인데?"

"맥은 곰의 몸에, 코끼리의 코와, 무소의 눈과, 범의 발을 가진 나쁜 꿈을 먹어치우는 동물인데 신계에 오를 수 있는 국사암 스님만이 불러낼 수 있다고 했어."

"그 스님은 정말로 신들과의 만남이 가능할까?"

"그럼, 그분은 신계와 인간계를 자유롭게 왕래하는 분이야."

맥이 자신의 꿈을 먹어치우면 꿈속의 여와는 어찌 되는 것인가. 달기는 근심이 가득한 얼굴로 조용히 입을 열었다.

"누이야, 내 꿈은 내가 알아서 할 터이니 너무 걱정하지 마."

달기는 여느 때처럼 수달천으로 밤 사냥 떠날 채비를 시작했다. 아랫마을에 온종일 품팔러 다녀온 누이는 곤하게 잠들어 있었고 더 이상 밤 사냥 나가는 것을 말리지 않았다. 일 년 전 병이 들어 시름시름 앓고 있던 홀어머니마저 세상을 떠나자 넓고 넓은 천지간에 일가붙이 하나 없는 어린 나이의 두 남매는 각자의 생계를 스스로 책임져야 했다.

열다섯이 된 누이는 마을로 내려가 부잣집 일을 해주고 두 사람이 간신히 연명할 정도의 식량을 얻어왔다. 그리고 일이 없을 때는 산속으로 들어가 철에 따라 산나물을 뜯기도 하고 머루나 다래 같은 열매를 따오기도 했다. 한 살 아래인 동생은 나무를 해오기도 하고 생전의 어머니에게 배운 대로 덫이나 올무를 설치해서

꿩, 토끼, 노루들을 사냥하기도 했다. 그리고 달 밝은 밤이 되면 지친 몸을 이끌고 울창한 숲길을 지나서 십 리도 넘게 떨어져 있는 수달천으로 물고기 사냥을 나갔다.

물은 맑고 투명했다. 아무리 깊은 곳이라도 작은 모래알까지 선명하게 보였고 달기는 몸을 숨긴 채 대나무 작살을 이용해서 물고기를 사냥할 수 있었다. 어릴 때 만난 적이 있는 국사암 스님은 수달천의 물맛이 백두대간의 같은 줄기에 있는 오대산의 우통수, 속리산의 삼타수와 함께 삼한 땅에서는 최고에 속한다고 말했었다. 그래서 여러 종류의 물고기가 몰려들고 그것들을 먹이로 해서 수달은 물론이고 해오라기, 비오리, 원앙 같은 날짐승들도 떼를 지어 서식하는 것이라고 했다. 수달천에는 작은 짐승들이 많았는데 그중에서도 특히 수달은 천변이라면 어디에서나 눈에 띄는 아주 흔한 것이었다.

달기는 방문을 닫으려다 잠자는 누이를 보고 혼잣말로 인사를 했다. 누이야, 많이 잡아와서 고기반찬 만들어줄게.

집을 나서니 밤하늘의 별들은 초롱초롱했고 하얀 달빛은 반짝이는 은가루처럼 변해서 숲 속의 나무들을 소록소록 잠재우고 있었다. 지상의 모든 생명은 앉은 채로 또는 선 채로 모두 잠들어 있었는데, 가끔 이름 모를 새 한 마리가 심통을 부리며 울어대고 있었다.

「달 달 무슨 달

엄마같이 예쁜 달

어디 어디 비추나

내 머리를 비추지」

 달기는 혼자서 밤 사냥을 떠날 때면 언제나 노래를 불렀다. 비록 은백의 달빛을 짊어지고 다니는 길이라 해도 수달천까지는 멀고 지루한 길이었다. 집 뒤의 작은 봉우리인 싸릿재를 넘어서 십리에 걸쳐 있는 골짜기를 내려가면, 물줄기는 마지막 지점에서 넓은 폭포를 이루며 수달천과 만나게 되어 있었다. 그리고 폭포의 아래쪽에는 용소가 있었다.

 집 뒤의 싸리밭을 지나가는 길은 마치 머리카락을 양쪽으로 눕히며 가르마를 타듯이 가늘고 길게 뻗어 있었다. 달기는 싸릿재를 넘으면서 어깨에 메고 있던 대나무 작살을 내려서 지팡이로 사용했다. 사람들은 이곳을 죽장골이라 불렀고 대지팡이를 짚고 이곳을 지나가면 운수가 대통해서 소원을 이룰 수 있다고 했다. 그 이유는 골짜기의 중간쯤에 있는 상여바위 때문인데 죽장을 짚고 지나가면 자신을 받들어 모신다는 뜻이니 정성에 감읍(感泣)한 상여바위의 신이 소원을 이루게 해준다는 것이다.

 달기는 길게 둘러쳐 있는 치마바위 옆을 돌아서 높다랗게 매달려 있는 상여바위 밑을 지나고 토각, 토각 계속 걸어갔다. 달빛은 점점 밝아져 푸른색이 되었다. 길손들이 쉬어가는 지붕처마처럼 생긴 거대한 코바위를 지나서 수달피 고개를 넘어서니 마침내 거북바위가 보였다. 거북 모양의 바위 밑에는 십 리를 달려온 죽장골의 계곡물이 폭포로 변하면서 짧은 생을 마감하고 수달천의 물로 다시 태어나는 곳이었다.

수달천에는 짙은 안개가 피어오르고 있었다. 안개는 무리를 지으며 이리저리 몰려다녔다. 달기가 수달피 고개를 넘어서 거북바위에 가까이 다가섰을 때에는 이미 안개가 모든 것을 덮어버린 뒤였다. 달기는 안개 속을 헤치며 거북바위로 올라섰다. 용소에서는 그 옛날 용이 승천했었다는 그때처럼 푸른빛이 하늘 높이 뻗어 있었다.

옛사람들은 거북바위 아래에 있는 이 용소에 다가설 수 없었다. 소의 물 속에는 천년을 기다려온 이무기 한 마리가 승천을 기다리며 살고 있었는데 인간들에게는 무시무시한 공포의 대상이었다. 그러던 어느 날 천지를 울리는 요란한 천둥소리와 함께 비바람이 무섭게 몰아친 뒤에 짙은 안개가 끼어서 마치 한밤중 같았는데, 용소에서는 푸른빛이 하늘 높이 뻗어 올라가면서 천년을 기다려온 이무기가 마침내 승천을 시작했다고 한다. 때마침 이곳을 지나던 나그네가 안개 속에서 희미하게 드러난 용의 머리를 보게 되었는데, 너무도 놀란 나머지 "용이다" 하고 고래고래 소리를 질러댔다. 결국 용이 되어 승천하는 모습을 인간에게 보여준 이무기는 상반신만 용이 되었고 하반신은 뱀의 형상을 그대로 간직한 채 추락해서 죽고 말았다. 그 후에 나그네는 자신의 경솔한 행동이 천년을 기다려온 이무기의 꿈을 깨뜨렸다는 죄책감으로 평생을 괴로워하며 살았다고 한다.

짙은 안개에 둘러싸인 용소는 하늘을 향해 구멍을 뚫으려는 듯 푸른빛을 점점 더 강하게 내보냈고 수면 위에는 수십 마리의 비오리 떼가 모여 있었다. 달기는 짙은 안개 속에 몸을 숨기고 거북바위의 목 부분에 걸터앉아서 소의 물결을 내려다보았다. 그리고 놀라서 벌어진 입을 다물지 못했다.

비오리 떼가 썰물처럼 빠져나간 소 안에는 은백의 둥그런 달이 물속 깊은 곳에 자리잡고 있었다. 검푸른 소의 물비늘이 일렁거릴 때마다 물속 깊이 가라앉아 있던 둥근 달은 이리저리 구르며 일그러졌다가 펴지기도 하고, 여러 개로 쪼개졌다가 다시 합쳐지기도 하면서 서서히 떠올랐다. 두껍게 출렁이는 검푸른 물비늘을 하얗게 부수면서 첫번째로 떠오른 달의 모습은 어머니였다. 그리고 그녀는 자맥질을 하듯 다시 소의 바닥으로 깊이깊이 계속 내려갔다. 마침내 그녀의 모습이 작은 점으로 바뀌면서 사라지는 순간 달기는 아! 어머니를 입속에서 외치며 거북바위에서 벌떡 일어섰다. 얼마나 그리웠던 어머니인데 이처럼 허망하게 사라진단 말인가.

달기는 여러 차례 허공을 향해 안타까운 손짓을 했다.

이제는 용소에 몇 개의 물방울만이 피어올랐고 그것이 수면에서 작은 포말을 이룰 뿐이었다. 달기가 실망과 아쉬움 그리고 간절함으로 뒤엉킨 눈빛으로 다시 소를 내려다보았을 때 물방울은 끓는 물처럼 솟아올랐고 두번째로 은백의 달을 끌어올리고 있었다. 이번에는 달래 누이의 모습이었다. 누이는 헤엄을 치면서 소의 내부를 둥글게 한 바퀴 돌았다. 달기는 처음으로 검푸른 물비늘 속에서 어른거리는 누이의 나신(裸身)을 보았다. 성숙한 여체의 곡선이 희미하게 물비늘 속에서 춤을 추고 있었다. 달기는 누이의 모습을 똑바로 볼 수가 없어서 거북바위 뒤쪽으로 몸을 숨겼는데 왠지 갈증이 심해지면서 갑자기 요기(尿氣)가 느껴졌다.

누이는 아직도 헤엄치고 있을까. 아니야, 사라졌을지도 몰라. 그럼 딱 한번만 다시 볼까. 안 돼, 그러면 안 돼. 그러나 발은 이미 거북바위로 올라섰고 눈은 다시 소를 내려다보고 있었다. 그런데 누이는 온데간데없이 사라져버렸고 검푸른 물비늘만이 하얀 포말을 조금씩 만들며 넘실거리고 있었다. 달기의 눈앞에서는 아쉬움과 다행스러움이 불꽃을 일으키며 교차했다. 누이는 엄마와 함께 달님이 되었나. 엄마와 함께 매일 놀 수 있는 누이는 좋겠다. 나도 달님이 되어서 그럴 수 있다면 얼마나 좋을까.

달기는 물고기를 찾기 위해 두 다리를 걸치고 있던 거북바위의 목 부분에서 일어났다. 그가 옆에 세워두었던 대나무 작살을 집어 들고 한쪽 발을 바위에서 내려놓았을 때, 발목을 휘감아 잡아당기는 작은 소리가 들려왔다.

"달기야 이리 와."

거북바위 주변은 안개 속에 묻히어서 보이는 것이라고는 아무것도 없었다. 달기는 아무리 둘러봐도 소리의 주인을 찾을 수가 없었다.

달기야 이리 와

또다시 간절하게 부르는 작은 목소리가 들려왔다. 달기는 거북바위에서 굳어버린 듯 꼼짝을 할 수가 없었고 자신을 부르는 소리도 어디에서 나오는지 도무지 알 수가 없었다. 혹시, 용소에 다시 어머니가 나타나서 나를 부르는 것은 아닐까. 아니야, 어머니는 달의 모습으로 물속 깊이 사라졌어. 그럼 누이가 다시 나타났을까. 그것도 아닐 거야, 누이도 어머니처럼 사라졌는데…….

은백의 빛을 내며 가까이 다가와 있던 밤하늘의 둥그런 달도 점점 멀어지면서 빛이 바래고 있었다. 달기는 은근한 기대와 욕망이 작용하면서 몸을 비틀듯이 돌아섰고 다시 용소를 내려보았다. 수면 위에는 거북바위 옆에서 흘러내리는 폭포 물줄기만이 하얀 막을 넓게 펼치고 있을 뿐이었다. 그곳에는 어머니도, 누이도, 새도, 물고기도 아무것도 없었다. 단지 점점 멀어지는 달빛과 차분히 가라앉은 고요함만이 가득 차 있었다.

둥근 달은 점점 빛을 잃어갔고 마침내 검은 구름 속으로 들어가면서 완전히 자취를 감추었다. 온 세상에 반짝이던 은백의 빛 또한 모두 사라졌고 구름들만이 칠흑 같은 어둠을 이끌고 사방에서 몰려들었다. 구름들은 저마다의 영역을 지키기 위해 큰 싸움을 벌였는데 그들이 마주칠 때마다 하늘을 흔드는 큰 소리가 땅에까지 울렸고 번쩍이는 불빛은 어둠 속에 묻혀버린 용소와 거북바위를 잠깐씩 비추어주었다.

거북바위 옆에서 흘러내리는 물줄기는 일정한 거리를 두고 옆으로 퍼지면서 용소를 향해 떨어지고 있었는데 그 모습이 위에서 내려다보면 마치 흰 색의 고운 치맛자락을 펼쳐놓은 듯했다. 하늘에서 빛이 번쩍일 때마다 치맛자락 같은 이 물줄기를 환하게 비추어주었는데 달기를 부르는 소리는 바로 그 속에서 흘러나오고 있었다.

달기는 바위에 엎드려 넓은 물줄기 속에서 희미하게 어른거리는 물체를 자세히 들여다보았다. 땅을 울리는 소리와 함께 빛이 번쩍일 때마다 드러나는 그 모습은 바로 어머니의 미소였고 누이의 손길이었다.

한동안의 싸움을 끝낸 구름 무리들은 이끌고 왔던 어둠과 함께 다시 제자리를 찾아서 사방으로 흩어졌다. 희미하게 멀어지면서 끝내 사라졌던 둥근 달은 다시 커다란 모습으로 가깝게 다가왔고 용소는 안개 속의 큰 옹달샘처럼 선명하게 드러나면서 푸른빛이 하늘 높이 뻗어 올라갔다.

천둥 번개가 모두 물러간 소에는 푸른빛과 함께 다시 고요함이 깃들었다. 잠시 후 고요가 자리를 잡자 폭포의 넓게 퍼진 물줄기를 뚫고 예쁜 여자의 모습이 하나 빠져나왔다. 그녀는 한 마리의 물고기처럼 자유롭게 헤엄을 치기도 하고 물속으로 깊이 들어가서 한참이 지난 후에 다시 수면 위로 떠오르기도 하였는데 그녀는 어머니의 모습도 아니고 누이의 모습도 아니었다. 까만 눈동자는 흑백이 선명했고 얼굴에는 맑고 깨끗한 순백의 아름다움을 간직한 처음 보는 소녀였다.

달기야 이리 와, 소녀는 거북바위를 바라보며 손짓을 했다. 달기는 자기도 모르게 몸을 낮추며 바위 뒤로 몸을 감추었다. 두려움과 갈증이 온몸에서 연기처럼 피어올랐다. 그리고 눈동자는 좌우로 흔들리기 시작했다. 소녀의 감미로운 목소리가 또다시 밑으로부터 올라왔다.

"자신을 감추려고 하지 마, 나는 '여와'라고 해. 그리고 오래 전부터 널 기다리고 있었어."

달기는 극심한 두려움에 사로잡혀 헛소리까지 하면서 온몸을 떨고 있었으나 여와의 계속되는 설득과 간청으로 차츰 마음의 안정을 찾아갔다. 그리고 얼마 지나지 않아 한동안 이어지던 두려움 속에서 몸과 마음이 모두 벗어났다. 마침내 달기는 편안한 마음이 되었고 폭포의 부드러운 물줄기를 타고 여와에게로 내려갔다.

용소에 들어선 달기는 몸과 마음이 더욱 편안해졌다. 그곳은 아득하고 희미한 기억이 되살아나는 곳이었으며 모든 것이 아주 자연스러운 곳이었다. 두 사람은 사전에 약속이나 한 것처럼 쉽게 가까워졌고 달기는 입버릇처럼 노래를 불렀다.

「달 달 무슨 달

여와같이 예쁜 달

어디 어디 비추나

내 머리를 비추지」

두 사람은 검푸른 물비늘을 하얗게 깨뜨리며 유영을 즐기기도 하였고 서로 앞다투어 여러 차례 자맥질을 하기도 했다.

달기야 우리 끝까지 내려가 보자. 겁내지 말고 이리 와서 내 손을 꼭 잡아.

여와의 팔다리는 지느러미처럼 흐느적거렸고 달기의 두 다리를 휘감으며 또아리를 틀었다. 두 사람은 한 몸이 되었고 달기는 초조한 마음에 두 눈을 꼭 감았다. 그리고 한번도 가본 적이 없는 바닥을 찾아서 밑으로 밑으로 계속 내려갔다. 내려가면 갈수록 그곳은 한 점의 빛도 없이 끝없는 어둠만이 펼쳐진 세계였다. 정해진 길도 없고 아무것도 보이지 않는 공포와 좌절의 세계이면서 그렇기 때문에 오히려 편안하고 희망적인 세계였다.

두 사람은 몇 차례 어려움을 넘기고 소의 바닥에 도착할 수 있었다. 달기는 고통스럽게 머리가 부풀어올랐고 오래 전부터 참아온 요기에 대한 강렬한 욕구를 마침내 터뜨렸다. 그것은 대단한 충격이었다. 그 순간 달기의 몸에서는 한 점 빛이 생겨났다. 그 빛은 시작도 끝도 없는 어둠 속의 세계를 이곳 저곳 금가게 했고 끝내는 어둠의 한 부분이 쪼개지면서 길쭉한 하늘이 열리기 시작했다. 길쭉한 하늘은 사각의 모양으로 이어지다가 다시 둥근 모양으로 바뀌어갔다. 완전하게 하늘이 열리면서 검고 어두웠던 세계는 사라지고 눈부시게 희고 밝은 세계에 달기는 홀로 남아 있었다. 너무도 밝은 빛에 달기는 한번에 눈을 뜨지 못하고 여러 번 끔벅거리다 겨우 눈을 떴다. 놀랍게도 달기의 눈앞에 다가온 것은 누이의 다정한 미소였다.

남매는 싸리나무 사립짝을 잘 닫아걸고 길을 나섰다. 칠월의 햇살은 이미 그 열기가 정점에 달해 있었다. 하늘을 덮어버린 수많은 불화살 덩어리처럼 햇살은 땅을 향해 사정없이 쏟아졌고, 두 사람의 몸에서는 비 오듯이 땀이 흘러내렸다. 달기는 온몸이 축축하게 젖어가는 누이의 뒷모습을 바라보며 생전의 어머니 모습을 떠올렸다.

어머니는 누이가 열여섯이 되거든 국사암 스님을 찾아가라고 늘 말해 왔었다. 자신의 죽음을 미리 알고서 준비를 했던 것일까. 왜 가야만 하느냐고 이유를 물을 때마다 어머니는 스님을 만나보면 모든 것을 알게 된다고 했다. 왜 열여섯에 국사암을 찾아가라고 했을까. 우리 남매가 굶주림에 시달리다가 아사할 것이 걱정되어, 부처님 양식으로 명줄을 이어가게 하려는 어머니의 깊은 뜻이 있는 것일까. 혹시 우리 두 남매를 불제자로 만들려는 의도는 아니었을까. 누이와 내가 파르라니 머리를 깎고 각자 흩어져 구도의 길을 떠난다면…….

아니야, 그럴 리가 없어. 어머니는 절대로 그런 부탁을 했을 리가 없어. 아니지, 굶어죽는 것보다 불제자가 되어서 명줄을 이어갈 수 있다면 그 길이 백 번 옳다고 생각했을지도 몰라.

달기의 머리 속에는 지난날의 여러 가지 기억들이 복잡하게 엉켜서 서로 다투었지만 눈가에 나타난 고민의 흔적만이 뚜렷할 뿐 아무런 결론도 얻을 수 없었다.

"누이야, 왜 열여섯이 되면 국사암을 찾아가라고 했을까?"

"그건 나도 잘 몰라."

"난 언제까지나 누이와 같이 살 거야. 누이마저 떠나버리면 난 혼자서 못살 것 같아."

달기의 눈가는 어느새 촉촉이 젖어 있었다.

"걱정하지 마, 누이는 절대로 떠나지 않아."

달래는 싸릿재에 올라서 달기를 꼭 안고서 등을 토닥토닥 두드려주었다. 그러면서도 달래의 가슴속은 소금으로 상처를 문지르듯 한없이 쓰리고 아파왔다. 달래는 오래 전부터 모든 것을 알고 있었다.

"그런데 누이는 국사암 가는 길 알고 있어?"

"그럼 잘 알고 있지."

"누이는 그곳에 가본 적 있어?"

"아니, 가본 적은 없어. 하지만 들은 말이 많아서 눈앞에 훤히 보이는 것 같아."

남매는 싸릿재를 넘어서 죽장골로 들어섰다. 달기는 땀을 뻘뻘 흘리며 싱글벙글 노래를 부르기 시작했다.

> 「달 달 무슨 달
> 누이같이 예쁜 달
> 어디 어디 비추나
> 내 머리를 비추지」

달기의 흥얼거리는 노랫소리는 치마바위를 돌아서 상여바위 밑으로 지나갔다. 두 사람은 수달피 고개 오르막길이 시작되기 직전에 있는 코바위의 그늘 속에서 쉬어가기로 했다. 코바위는 사람의 코처럼 생긴 거대한 바위였는데, 보기에 따라서 초가지붕의 끝부분처럼 보이기도 했고 또 정면에서 올려다보면 쩍 벌어진 입 모양의 동굴처럼 보이기도 했다. 땀을 비 오듯 흘리던 두 사람은 바위 밑 그늘 속에서 자리를 잡았는데, 축축해진 옷들은 부분적으로 몇 군데를 제외한 온몸의 살갗에 골고루 눌어붙어서 마치 탈피를 앞둔 뱀이나 매미의 허물과 흡사했다.

여와의 모습도 그러했다. 그녀는 수달피 고개를 넘어 코바위까지 올라와서 달기와의 만남을 기다리고 있었다. 물에 젖은 그녀의 흰옷은 살가죽에 흠씬 눌어붙었고 여체의 곡선을 있는 그대로 드러내고 있었다. 가벼운 골바람이 살랑살랑 불어오면 그 모습은 영락없이 날개를 접고 소나무에 내려앉은 한 마리의 학이었다. 그녀가 일어서면 날개를 펼치는 학이 되었고 달기의 앞에서 달려갈 때는 날아오르는 한 마리의 학이 되었다.

수달피 고개를 넘어서 거북바위로 향하는 내리막길에는 죽장골의 계곡 물줄기가 반달 모양으로 감싸고 흐르면서 사시사철 물기를 머금고 있는 다습한 지역이 형성되었고 그곳에는 해오라기난이 큰 무리를 지으며 자라나고 있었다.

"이것은 내 마음의 선물이야."

달기는 만개한 해오라기난 한 송이를 여와에게 내밀었다. 꽃 속에는 금방이라도 날아오를 것 같은 백로 한 마리가 흰 눈처럼 하얀 날개를 활짝 펴고 고고한 자태를 뽐내고 있었다.

"고마워, 하지만 난 백로처럼 살고 싶지 않아."

여와는 꽃을 들고 하얀 옷자락을 날리며 한 마리의 학이 되어 달려갔다. 손에 들려 있던 꽃잎 속의 백로도 춤추며 날아올랐고 큰 무리를 지으며 주변을 온통 덮고 있던 해오라기난 꽃잎 속에 숨어있던 순백의 백로들도 사뿐사뿐 날갯짓하며 하나씩 둘씩 모두 날아올랐다. 달기는 이 경이로운 현상에 감탄하며 넋을 잃고 멍하니 하늘만 처다보고 있었다. 그가 꿈에서 깨어나듯 정신을 차렸을 때 하늘은 백설처럼 반짝이는 순백의 날갯짓으로 가득 찼고 여와는 저만치 앞서서 달려가고 있었다. 달기는 여와를 따라갔다. 여와는 학의 날갯짓처럼 순백의 옷자락을 날리며 계속 달려갔다. 그 모습이 뒤따르는 달기의 눈에는 달리는 것처럼 보이기도 하고 날아가는 것처럼 보이기도 했다.

천변을 한참이나 달려온 여와는 갑자기 달리기를 멈추었다. 어디까지 달려온 것일까. 둘은 약속이라도 한 것처럼 말없이 천변의 풀밭에 걸터앉았다. 수달천 수면 위에서는 소리 없이 밤바람이 일어나 여와에게 살랑살랑 다가왔고 허물처럼 걸치고 있는 하얀 옷자락을 부드럽게 흔들며 지나갔다. 건너편 물가에는 온몸에 달빛을 흠뻑 묻힌 채 원앙 두 마리가 한가로이 떠다니고 있었다.

"달기야, 원앙은 항상 암수가 붙어다닌다는 것을 알고 있니?"

"응, 전에 누이에게 들었어."

"그런데 물에서나 땅에서는 늘 붙어지낼 수 있지만 하늘 높이 날아갈 때는 어떡하는지 알아?"

"글쎄, 아마도 각자 날아가겠지."

"아냐, 원앙은 날아갈 때도 암수가 떨어지지 않아. 두 마리가 어깨동무하듯이 안쪽 날개로 서로를 붙들고, 각자 바깥쪽 날개를 움직여 마치 한 몸처럼 날아서 간다는 거야. 참으로 아름다운 모습이지."

여와는 돌아가자며 자리에서 일어섰고 두 사람은 오던 길을 되돌아 다시 달려갔다. 아무 말 없이 한참을 달리던 여와가 입을 열었다.

"달기야, 우리 원앙처럼 날아가 볼까."

"좋아, 높이 높이 날아가 보자."

달기는 힘차게 대답했다. 두 사람은 서로에게 꼭 잡으라면서 손을 내밀어 어깨를 붙잡았고 자웅동체(雌雄同體) 같은 결합체가 되었다. 바깥쪽의 두 팔은 힘차게 날갯짓을 하였고 둘은 한 몸이 되어 숲 속의 나무들 사이로 서서히 떠올랐다. 아래로 보이는 것들은 소나무의 숲을 지나 산봉우리로 그리고 한 무리의 구름 덩어리로 이어지면서 변해 갔다. 달기의 몸은 내려갔다 다시 오르기를 반복하면서 구름을 타고 떠다니는 것처럼 가벼워졌고 한 몸이 된 두 사람은 있는 힘을 다해서 계속 올라갔다. 그러나 결국 두 사람은 지쳤고 추락의 공포 속에서 조금씩 불안해지기 시작했다. 달기는 두려움 속에서 또다시 요기를 느끼게 되었고 여와는 두려워하지 말라며 상사화 한 송이를 달기에게 전해 주었다. 그런데 꽃을 주고받으면서 두 팔의 결속력은 약해졌고 마침내 여와의 어깨를 잡고 있던 달기의 손은 한 송이의 꽃만을 잡은 채로 끝이 보이지 않는 캄캄한 어둠 속을 향해 빠른 속도로 떨어졌다. 힘겹게 서서히 날아올랐던 것에 비하면 추락은 한순간이었다.

남매는 가던 길을 계속 갔다. 코바위 밑에서 땀에 젖은 옷가지는 모두 말랐고 가벼운 미풍에도 하얀 옷자락이 하늘하늘 날리기 시작했다. 누이는 순백의 치맛자락을 자신의 허물처럼 펄럭이며 앞에서 길을 재촉하였는데 그 모습이 달기의 눈에는 앞서 달리던 여와처럼 보였다. 수달피 고개를 넘어서 내리막길로 접어들자 나무들 사이로 천변에서 불어오는 바람이 강약을 바꿔가며 다가왔다. 죽장골의 끝은 거북바위였다. 계곡을 따라 흘러내려온 가는 물줄기는 이곳에서 폭포수로 떨어지면서 수달천의 물이 되었고, 수달피 고개를 넘어온 산길도 거북바위에서 삼거리를 이루며 마지막을 장식하고 있었다.

달래는 오른쪽 천변을 따라 상류 쪽으로 올라가야 한다며 상세하게 길 안내를 해주었다.

"이 길을 따라서 계속 올라가면 풍골, 능골, 한가실이 나오고 거기서 오 리쯤 더 올라가면 팔봉에 도착한다고 그랬어."

"그럼, 그곳에 국사암이 있는 거야?"

"아니, 거기서 수달천을 건너면 높은 바위산이 길게 이어져 있어. 그 모양이 긴 칼과 같아서 사람들은 그곳을 칼바위라고 불렀고, 국사암으로 올라가는 길은 칼바위의 중간쯤에서 시작된다고 그랬어."

달기는 제법 넓은 들판이면서 바람이 많다는 풍골을 지나면서도 마음속에는 온통 여와에 대한 생각뿐이었다. 여와는 누구였을까. 그녀는 아주 오래 전부터 알고 지낸 사이처럼 전혀 낯설지 않았다. 편안함은 어머니와 같았고 다정함은 누이와 같았다. 언제까지나 함께 하기로 했는데 어떡하면 다시 만날 수 있을까. 혹시 이대로 영영 못 만나는 것은 아닐까. 누이를 뒤따르는 달기의 모습은 넋이 반쯤 나가 있었다.

풍골은 말 그대로 바람이 많아서 불볕더위를 많이 식혀주었고 오랜만에 마주한 넓게 트인 들판은 그동안 산길로만 이어져온 갑갑한 가슴을 시원하게 풀어주었다. 남매는 바람이 많은 들녘을 생각보다 빨리 지나갔다. 시야가 넓어지면서 발걸음을 가볍게 해주기도 했지만 사실은 땀을 식혀주면서 힘껏 밀어준 바람의 덕이었다.

두 사람은 다시 산길로 접어들었고 그 길은 천변을 따라 절벽의 중간으로 이어져나간 좁은 길이었다. 왼쪽으로는 천변으로 이어진 내리막 절벽이었고 오른쪽으로는 산 쪽으로 오르막 절벽이 있었다. 천변과 닿아 있는 급경사지의 중간지점으로 이어져나간 이 오솔길은 능골을 지나 한가실에 도달할 때까지 계속되었다.

뜨거운 열기를 내뿜던 한낮의 햇살은 서편으로 기울면서 그 기세가 한풀 꺾였지만 허기진 배를 채우지 못한 두 사람은 무거운 발걸음을 옮기고 있었다. 그들은 아침도 부실하게 때운 데다가 집을 나설 때 점심이라고 싸가지고 온 찐 감자 몇 개마저도 오전 참에 모두 먹어치운 뒤였다. 한참 먹을 것이 당기는 나이의 두 남매에게는 지친 발걸음이 점점 무거워지는 것은 당연한 일이었다.

두 사람은 능골을 지나 한가실로 접어들 때까지, 누가 먼저랄 것도 없이 천변의 비탈길을 오르내리면서 먹을 것을 찾았으나 그들의 허기진 눈에는 작은 열매 하나도 보이질 않았다. 결국 그들은 산열매나 과일나무 찾는 것을 포기하고 한가실로 들어섰다. 그곳에는 죽장골처럼 깊은 골짜기가 있었고 바닥에는 물의 유무를 구별하는 것조차 어려운 투명하고 얇은 물줄기가 수달천으로 흘러들고 있었다. 산비탈을 따라서 이어지던 오솔길은 점점 낮아지면서 하천의 수면과 엇비슷한 높이가 되었다.

"달기야, 우리 저기서 물이라도 먹고 가자."

달래는 동생을 데리고 물가의 자갈밭에 엎드렸다. 그런데 조금

떨어진 곳에서 물을 먹으려고 엎드렸던 달기가 갑자기 큰소리로 외쳤다.

"복숭아다! 물속에 복숭아가 많이 있어."

그러나 약간의 거리를 두고 있던 달래의 눈에는 아무것도 보이질 않았다. 얼마나 허기가 심했으면 헛것이 보일까 생각하니 누이로서 또 가슴이 아파왔다. 이런 마음을 아는지 모르는지 동생은 계속 누이를 불렀고 달래는 한시라도 빨리 떠나고 싶은 생각에 동생에게로 다가섰다. 바로 그때 놀라운 광경이 눈앞에 펼쳐졌다. 물속에는 수십 개의 복숭아가 있었고 물결이 일렁거릴 때마다 보였다 안 보였다를 반복하고 있었다.

"정말 물속에 복숭아가 많이 있네. 그런데 물이 깊으니 저걸 어떻게 꺼내지."

달래는 동생을 쳐다보며 살며시 웃었다.

"내가 물속에 들어가서 모두 꺼내올게."

동생은 이미 물 속으로 들어가기 위해 윗저고리를 벗고 있었다.

"달기야 잠깐만 기다려. 그리고 나를 따라와."

그녀는 오솔길을 가로질러 완만한 경사지를 타고 위로 올라갔다. 동생의 눈길이 누이를 지나서 위쪽으로 계속 올라가자 수십 개의 열매를 주렁주렁 달고 있는 복숭아나무가 마치 사슴뿔처럼 경사지에 서 있었다. 달래는 복숭아나무를 향해서 계속 올라갔고 동생은 누이가 시키는 대로 아래쪽의 널찍한 바위에 걸터앉았다. 복숭아나무는 표면이 부서져 흘러내리는 바위벽 위쪽에 자리잡고 있었다. 그녀는 조심스럽게 한 발 한 발 올라갔고 마침내 복숭아 두 개를 따서 달기에게 가지고 왔다.

"먹어봐, 나는 한번 더 갔다올게."

"누이야, 바위벽에서 조심해."

달래는 걱정 말라며 다시 경사지를 지나 바위벽으로 조심스럽게 올라섰다. 바위에는 표면이 깨어져나가면서 작은 골이 생겼는데 그 골의 아래쪽으로는 위에서 흘러내린 작은 돌조각들이 군데군데 모여 있었다.

"아—악."

급경사의 바위벽을 오르던 달래는 외마디 비명소리와 함께 무릎을 꿇고 있었다. 조심스럽게 한 발씩 올라가던 그녀는 돌 무더기를 밟았고 돌이 밀리면서 무릎을 바위에 부딪친 채 아래쪽으로 밀려 내려온 것이었다.

"누이야 괜찮겠어?"

달기는 안절부절 못하면서 어찌할 바를 몰랐다.

"괜찮아 너무 놀라지 마."

달래가 살며시 바지를 걷어올리자 오른쪽 무릎의 큰 찰상이 드러났고 붉은 선혈이 유백색의 종아리를 타고 흘러내렸다.

"피가 많이 흐르는데 어떡하지?"

달기는 근심이 가득한 얼굴로 누이에게 물었다.

"쑥을 뜯어다가 짓이겨서 상처에 붙이고 버드나무 껍질을 벗겨서 묶어주면 괜찮아질 거야."

달기는 쑥과 버드나무 껍질을 구하기 위해 물가로 내려갔다. 그는 오늘처럼 누이의 하얀 다리를 따라 흘러내리는 붉은 선혈을 전에도 한번 본 적이 있었다. 이 년 전 그러니까 달래의 나이 열네 살이 되던 해 여름이었다. 그때도 지금처럼 무더위가 기승부리던 칠월의 한낮이었다. 달기는 어머니에게 배운 대로 뒷산에 올라가 올무를 설치했고 뒷간의 구더기 퇴치용으로 할미꽃 뿌리를 한 주먹 캐어서 집으로 내려왔다.

그는 집에 들어서자 곧바로 뒷간을 향해 달려갔다. 그런데 앞서 가는 사람이 있었으니 바로 달래 누이였다. 그때 누이의 두 볼은 빨개져 있었고 펄럭이는 치마 속에서는 유백색 다리를 타고 붉은 선혈이 철철 흘러내리고 있었다. 달기는 너무 놀라고 당황해서 무작정 부엌으로 뛰어들었고 어머니에게 소리쳤다.

"누이의 다리에서 빨간 피가 막 쏟아져내려요!"

어머니는 달기의 헐떡이는 외침을 뒤로하고 뒷간에 있던 누이를 데리고 부엌으로 들어갔다. 한참이 지난 후에 두 사람은 밖으로 나왔는데 누이는 그때까지도 붉은 얼굴을 하고 있었다.

버드나무와 사철쑥은 물가를 따라서 지천으로 널려 있었다. 달기는 쑥을 바위에다 올려놓고 동그란 돌을 주워다가 자근자근 내리쳤다. 잠시 후 달기는 보드랍게 짓이겨진 사철쑥을 누이의 상처에 붙인 다음 버드나무 껍질로 단단히 동여맸고 다행히 상처가 깊지 않아서 흘러내리던 붉은 피는 쉽게 멈추었다. 남매는 복숭아로 허기진 배를 마저 채웠고 남은 것들은 잘 닦아서 달기의 옷 보따리에 모두 집어넣었다. 달래는 절룩거리며 다시 길을 나섰고 동생은 안쓰러운 마음으로 뒤를 따라갔다. 천변의 절벽을 따라서 이어지던 오솔길은 한가실을 지나면서 풍류산으로 이어졌고 수달천으로부터는 점점 멀어졌다. 남매는 다시 숲길을 따라서 산속으로 들어갔다.

풍류산은 숲이 울창하고 크고 작은 동물들이 골고루 서식하는 큰 산이었다. 누이는 오른쪽 다리를 절룩거리면서 산길을 부지런히 올라갔다. 수풀이 우거진 길을 지나 바위계단을 오르고 아름드리 나무 사이를 빠져나와 정상부근까지 쉬임 없이 계속 올라갔다. 달기도 혼자서 흥얼흥얼 노래를 부르면서 누이를 따라 계속 올라갔다.

"누이야, 이 산만 넘어가면 팔봉인데 조금 쉬었다 가자."

"그래, 여기서 땀 좀 식히고 가자."

누이는 고사(枯死)한 채로 길 옆에 쓰러져 있는 굵고 긴 나무 위에 걸터앉았다. 고사목은 오래된 잣나무였는데 주변을 둘러보니 온통 잣나무와 참나무의 숲이었다. 그래서인지 그곳에는 견과류 (堅果類)를 주식으로 하는 다람쥐들이 유별나게 많았다. 수많은 다람쥐들이 나무와 나무 사이를 바삐 옮겨다니고 있었는데 그중 한 마리가 아름드리 잣나무의 꼭대기에서 비막을 펼치고 키 큰 나무들 사이를 요리조리 피해 가며 아름다운 활공을 보여주고 있었다. 하늘다람쥐였다.

"내가 하늘다람쥐라면 누이를 등에 업고 저 아래 팔봉까지 한번에 날아갈 수 있을 터인데……."

달기는 혼자 중얼거리며 예쁘게 피어 있는 패랭이꽃을 누이의 귀에다가 꽂아주었다.

"누이는 정말 꽃처럼 예쁘다. 자 이것도 받아, 해오라기난이야."

"어머, 꽃 속에 학처럼 생긴 백로가 한 마리 들어 있네."

"누이야, 그런데 학은 어디로 날아가는 걸까?"

"그야 계속 날아서 하늘나라로 가겠지."

"정말이야, 그럼 학을 타고 날아갈 수 있다면 얼마나 좋을까."

학은 큰 산과 큰 물을 지나 계속 날아갔다. 낮과 밤이 몇 번인가 바뀌었고 마침내 구름을 뚫고 솟아올라 아름다운 꽃들의 세상으로 들어갔다. 달기는 그곳에서 어머니를 만났다. 그녀는 단정하고 고운 차림새였는데 미소짓는 모습으로 달기를 향해 두 팔을 벌리고 서 있었다. 달기는 너무나 반가워서 어머니에게 달려갔다. 그러나 아무리 달려가도 거리는 좁혀지지 않았다. 오히려 달려가면 갈수록 그 거리는 점점 멀어졌다.

불쌍한 것, 올 수 없는 길을 찾아서 여기까지 왔구나. 어머니는 이 한마디를 남기고 실 끊어진 연처럼 뒤로 뒤로 계속 멀어져갔다. 마침내 어머니는 한 점이 되면서 밝은 빛 속으로 사라졌다. 얼마나 어렵게 찾아온 길인데 이렇게 끝내야 하다니 달기는 허망했다. 아, 어머니.

달래는 팔봉을 향해 풍류산을 내려가며 어머니가 한 말을 정리해 보았다.

"내가 병이 깊어져서 앞일을 장담할 수가 없구나. 너는 열여섯이 되거든 달기를 데리고 국사암 스님을 찾아가거라. 너희들은 어차피 평생 동안 같이 살 수는 없다. 스님이 너와 평생 동안 함께 할 사람을 알려줄 것이다."

"그러면 달기는 혼자 남아서 어떻게 살아요?"

"달기는 스님의 제자가 될 것이다."

"그냥 같이 살면 안 되나요? 달기가 너무 불쌍하잖아요."

"그건 절대로 안 된다. 너희들은 각자가 가야 할 길이 따로 있어. 그것을 어기면 하늘과 땅의 구분을 없애는 것이다."

내리막길에서 두 사람은 모두 걸음걸이가 빨라졌다. 길가에는 패랭이꽃, 잔대꽃, 도라지꽃들이 소복소복 피어 있었고 수달천 가까이 팔봉으로 들어서자 봉선화가 날 건드리지 말라며 씨주머니를 잔뜩 움켜쥐고 있었다. 달기는 길가에 늘어선 꿀풀의 꽃을 뽑아다가 누이의 입에 넣어주면서 빨아보라고 했다. 남매는 꽃술의 꿀을 빨면서 팔봉을 지나 수달천으로 다가섰다. 건너편에는 신령스런 칼바위가 물가를 따라가며 웅장함을 드러내고 있었고 남매는 그 위용에 압도되어 한동안 움직일 줄을 몰랐다.

"누이야 국사암은 어디에 있어?"

"칼바위의 중간지점에 있는 길을 따라서 올라가면 꼭대기에 있다고 했어."

"그럼 이 길을 따라서 좀더 올라가야겠네."

"맞아, 이 길을 따라서 계속 가다가 돌계단 입구가 보이는 곳에서 물을 건너면 되는 거야."

"그럼 빨리 가자."

달기는 신바람 나게 달려갔다. 달래도 뒤따라 달려갔다. 두 사람은 거친 숨을 몰아쉬며 달리고 또 달렸다. 마침내 칼바위의 국사암 오르는 길이 건너편에 보였다.

남매는 달리기를 멈추고 건너갈 준비를 시작했다. 달기는 빠른 손놀림으로 바지를 허벅지까지 걷어올렸지만 누이의 마음은 참으로 무거웠다. 이 강을 건너면 다시는 집으로 돌아갈 수 없다는 눈앞의 현실이 너무도 안타까웠다. 달래는 바지 끝을 묶고 있는 끈을 풀다 말고 국사암 쪽 하늘을 멍하니 쳐다보았다.

"누이야 뭐 해, 얼른 건너가자."

달기는 누이를 재촉하면서 먼저 물로 들어섰다. 물은 달기의 무릎을 간신히 덮을 정도로 깊지 않았다.

"알았어, 너는 국사암에 가는 것이 그렇게 좋으니?"

"응, 누이도 빨리 들어와."

달래는 천천히 바지를 걷어올렸다. 저토록 좋아하는 달기의 모습을 보니 더욱 가슴이 아파왔다. 달래가 허공을 쳐다보며 힘없이 바지를 걷어올리고 있을 때 갑자기 달기가 소리쳤다.

"누이야, 또 피 나온다."

바지를 걷어올리던 달래의 두 손은 빨갛게 피가 묻어 있었다. 팔봉에서 이곳까지 달려오면서 무릎의 상처가 다시 터진 것이었다. 처음 다쳤을 때보다 오히려 더 많은 피가 흘러나왔다. 달기는 급하게 버드나무와 쑥을 찾아서 구해 왔고 다시 상처는 단단히 매어졌다. 그리고 두 사람은 피가 멎을 때까지 기다렸다가 건너가기로 하였다.

"달기야 고맙다, 네 덕분에 여기까지 온 것 같아."

"아니야, 난 혼자서 아무것도 못해. 누이가 있어서 여기까지 웃으면서 온 거야."

달기는 혼자 있을 때와는 달리 누이 앞에만 서면 언제나 어린 아이의 모습이었다. 그래서 달기의 눈에는 누이의 모습이 어머니의 모습으로 보였다. 달래는 편안하고 다정한 어머니 같은 누이였다. 누이가 없는 세상은 한번도 생각해 본 적이 없었다. 그것은 곧 끝이고, 어둠이고, 죽음을 의미하는 것이었다.

달기는 누이의 무릎상처가 걱정이 되었다.

"누이야, 상처에 물 들어가면 덧나니까 나한테 업혀."

그러나 달래는 선뜻 응할 수가 없었다. 이 강을 건너가면 모든 것은 끝이 난다. 나는 나대로 정해진 길을 가야 할 것이고 달기는 홀로 남아 자신의 길을 가야 한다. 과연 달기는 홀로 남아서 자신의 길을 갈 수 있을까. 평소에 늘 말해 온 대로 모든 것을 포기하고 죽음을 택하지는 않을까. 그런데도 이 길을 꼭 가야만 하는 것일까. 달래는 심중이 어지러워서 결정을 못하고 다시 주저앉았다. 등을 들이대고 있던 달기는 걱정스런 눈으로 누이를 향해 돌아섰다.

"누이야, 그냥 서 있기도 힘들어?"

"다리가 아파서 그러는 게 아니야."

달래는 결국 울먹이며 눈물을 보이고 말았다.

"누이야, 왜 울어 울지 마."

달기도 덩달아 울먹였고 두 사람은 서로를 꼭 끌어안고 등을 토닦거려주었다. 그리고 달래의 귀에는 어머니의 간곡한 목소리가 들려오고 있었다.

"그래도 건너가야 한다. 절대 옛날로 돌아갈 수는 없다."

달래는 눈물을 머금고 어머니의 뜻을 따르기로 했다. 달기는 누이를 등에 업고 수달천 모랫바닥을 흐르는 얕은 물줄기로 들어섰다. 물은 무릎 아래까지만 차 올랐고 바닥이 모래밭이라 크게 힘들지도 않았다. 달기는 철퍽 철퍽 발을 옮기며 노래를 불렀다.

「달 달 무슨 달

누이같이 예쁜 달

어디 어디 비추나

내 머리를 비추지」

달기가 수달천의 중앙으로 들어설수록 물은 조금씩 깊어졌다. 등에 업힌 달래는 다리가 물에 젖지 않도록 어깨와 목덜미를 감싸고 있는 두 팔에 점점 힘이 들어갔고 두 다리는 달기의 허리를 양쪽에서 조이기 시작했다. 남매는 약간의 틈도 없이 완벽한 일체를 이루었고 절대로 풀리지 않을 것처럼 보였다. 그러나 그것은 얼마 가지 못했다. 하천의 중심부를 지나면서 물이 깊어지기도 했지만 힘이 달리는지 달기는 얼굴이 벌겋게 달아오르면서 다리가 흔들거렸고 때마침 나타난 자갈바닥은 미끄러워서 중심을 잡기가 매우 어려웠다. 위태롭게 발을 옮기던 달기는 다급한 외마디 소리와 함께 발이 미끄러졌고 중심을 잃으면서 수면 위로 넘어지고 말았다. 완벽한 일체를 이루었던 두 사람은 한 몸처럼 물 속으로 드러눕고 말았다.

잠시 후 물속에서 일어난 남매의 모습은 차마 눈 뜨고 보기 어려운 지경이 되었다. 모두 흰색의 여름옷 차림이었으니 속이 비치는 정도가 아니라 아예 알몸을 하고 마주 서 있는 것과 같았다. 두 사람은 잠시 동안 정신이 나간 것처럼 마주 보고 서 있었다. 무척이나 어색하고 길게 느껴진 순간의 정적을 깨면서 달기는 입을 열었다.

"미안해 누이야, 배가 아파서 나 먼저 갈게."

달기는 두 손으로 아랫배를 움켜잡고 경중경중 칼바위 쪽으로 달려갔고 잠시 후 작은 바위산 뒤로 사라졌다. 달래는 국사암으로 올라가는 돌계단 입구 쪽으로 처벅처벅 걸어나갔다. 계단의 입구에는 이빨을 드러낸 채 아주 무서운 모습을 하고 있는 귀신상이 양옆에 자리하고 있었다. 그녀는 돌계단에 걸터앉아 옷의 물기를 떨어내며 달기를 기다렸다. 시간은 흘러갔다. 달래는 기다리고 또 기다렸다. 그러나 달기는 돌아오지 않았다. 달기는 어디로 간 것일까.

달래는 동생을 찾아나섰다. 작은 바위산 뒤쪽으로 좁은 길이 있었고 멀지 않은 곳에 엎드려 잠자고 있는 듯한 달기의 모습이 보였다. 하지만 그는 잠들어 있는 것이 아니었다. 동생을 부르며 가까이 다가선 달래의 눈에 비친 것은 오직 붉은색뿐이었고 그녀의 입에서 나온 것은 처절한 절규뿐이었다. 달기의 흰옷은 물론이고 주변의 모든 것이 핏빛으로 물들어 있었다. 달래는 달려들어 동생을 일으켰다. 달기의 손에는 누이가 건네준 상사화 한 송이와 날카로운 돌이 들려 있었다. 어머니가 비추었고, 누이가 비추었고, 여와가 비추었던 자신의 머리, 바로 이 머리를 동생은 스스로 잘라냈던 것이다.

"여와는 바로 누이였어."

달기는 이 말을 남기고 눈송이같이 하얀 얼굴로 숨을 거두었다. 달래는 비통에 젖어서 절규했다.

"죽긴 왜 죽어, 바보같이…… 바보같이……."

달래는 입구의 귀신상을 지나 국사암을 향해 계단을 올라갔다. 얼마쯤 후에 신당이 나타났고 그녀는 미친 듯이 소리쳤다.

"신에게는 허용된 법이 인간에게는 왜 허용되지 않는 겁니까?"

그러나 아무런 대답이 없었다. 달래는 직접 신계로 올라가 보기로 했다. 깎아놓은 듯한 절벽 위의 신당에서 그녀는 하늘을 향해 힘껏 뛰어올랐다. 그러나 역부족이었다. 힘차게 날아오르던 달래는 다시 아래로 떨어지기 시작했고 마침내 달기의 옆에 떨어졌다.

어린 처녀가 죽으면 갈림길에다 암장(暗葬)을 해서 수많은 통행인들에게 밝혀야만 한을 푼다는 풍속에 따라 여러 사람들이 접근 하였으나, 이들 두 사람을 떼어내지 못하고 모두 그 자리에서 피를 토하며 죽고 말았다. 결국 여러 날이 지난 뒤에 국사암 스님은 남매를 합장시키고 제를 올렸다.

사람들은 이곳을 달래가 죽은 강이라고 부르기 시작했다. 계절은 계속 바뀌었고 세월은 끝없이 흘러갔다. 수달천은 달천이 되었고 달래가 건너갔던 물길은 달래강이 되어 사람들의 입에서 입으로 전해졌다. 그리고 카오스를 꿈꾸는 인간들의 신에 대한 질문은 오늘도 신문지상에서 계속되고 있었다.

"실종된 남매 달래강에서 의문의 변사체로 발견."

프레임 아웃

 정아가 다시 휴대폰을 꺼내든 것은 순전히 업무 때문이었다. 아니, 그것은 업무라기보다는 일상의 반복을 유지시켜 나가는 중심축에 가까웠다. 남편의 보이지 않는 언어는 밤과 낮을 가리지 않고 언제나 하늘 높이 떠올라 있었다. 그것은 굵은 빗줄기처럼 수시로 그녀에게 쏟아지면서 하루 일과를 그리는 유일한 재료가 되었다.

 그의 목소리는 언제나 고요한 호수처럼 안정되어 있었고 여왕을 배알하는 신하처럼 무척이나 조심스러웠다. 그녀가 짜증을 내거나 심통을 부릴 때에도, 심지어 일방적으로 약속장소에 나가지 않았을 때에도, 그의 표정이나 목소리는 조금도 변화가 없었다. 오히려 난처한 표정으로 고개를 들지 못하는 그녀의 등을 토닥이며 "괜찮아" 하는 것이 전부였다.

 그녀는 두번째 통화를 시도했지만 남편은 아직도 통화중인지

삭막한 기계음만이 흘러나왔다.

"무슨 얘기가 이렇게 길은 거야."

통화키를 누를 때마다 푸념을 해보지만, 이미 남편의 휴대전화 공간에는 그녀가 비집고 들어설 자리는 물론이고 아예 작은 틈조차도 사라진 듯했다.

남편은 여느 때와 마찬가지로 아침 일찍부터 부산스럽게 움직였다. 어제 저녁에 미리 준비해 두었던 각종 의상이며, 화장품, 구두, 액세서리 등을 점검했고 심지어 오월의 날씨치고는 한낮의 기온이 너무 높다며 생수병까지 꼼꼼하게 챙겨주었다.

"오늘은 장소가 어디야?"

"제천하고, 청주."

"또 지방이야, 그것도 두 군데나?"

"……"

정아의불만 가득한 투정에도 그는 전혀 변화가 없었다. 그저 자신의 능력이 부족해서 미안하다는 표정으로 지방 나들이 준비만을 서두를 뿐이었다. 잠시 후 아무런 표정변화 없이 바쁘게 움직이던 그가 빙그레 웃으면서 입을 열었다.

"조금만 더 기다려."

"내 나이 벌써 스물아홉인데……."

이미 색이 바랜 오래 전의 약속인데도 그것을 끝까지 지키려고 안간힘을 다하는 그의 모습이 애처로워 보였다. 그가 지금 즐거운 마음으로 받아내고 있는 모든 인내와 친절은 바로 그 책임의식에서 비롯되었을 것이다.

정아는 도로를 따라 이어지고 있는 주변의 산허리를 아래쪽부터 천천히 둘러보았다. 그동안 갖가지 꽃잎들이 앞다투어 피어올랐을 것이다. 따스한 봄바람 속에서 서로를 시샘하듯 피어올랐던 꽃잎들이 이제는 한층 짙어진 녹음 속으로 사라지고 있었다. 오월인데도 후끈거리는 여름은 이미 골짜기마다 깊숙이 들어와 있었던 것이다.

그녀는 꽂혀 있는 열쇠를 다시 돌렸다. 마치 발작이라도 하듯이 머리를 이리저리 흔들며 가속페달을 밟아보았지만 모두 허사였다. 어금니를 악물고 얼굴이 벌겋게 달아오를 때까지 온몸을 부르르 떨었지만, 비명처럼 들리는 굉음소리만 고통스럽게 이어갈 뿐이었다. 이번에도 차체는 씹다 버린 껌처럼 포장도로의 바닥에 눌어붙어서 미동도 하지 않았다.

갓길을 따라 이어진 빗물받이용 도랑에 한 쪽 바퀴가 빠져들었을 때, 그녀는 대수롭지 않게 생각했다. 나머지 세 개의 바퀴가 힘을 모으면 쉽게 빠져나올 것이라는 나름대로의 판단이 앞섰던 것이다. 하지만 빠진 바퀴는 허공에 떠 있었고 모든 상황은 시간이

지나면서 예상했던 것과는 다른 방향으로 흘러갔다.

맑았던 하늘에 갑자기 구름이 몰려드는지 자동차 내부를 채우고 있던 빛이 점차 엷어지기 시작했다. 계기판의 한쪽 구석에 붙어 있는 디지털 시계의 파란빛은 더욱 선명해졌고, 두 시 삼십 분이라는 숫자는 그녀를 더욱 초조하게 만들었다. 청주에 있는 대형 할인점의 행사시간은 오후 다섯 시 정각이었다. 그녀가 어떤 식으로든 조치를 취해야 한다는 강박관념에 떠밀려 다시 운전석에서 몸을 움직였을 때에는 이미 성급한 물방울 몇 개가 앞유리에 떨어진 뒤였다.

아침 일찍 서울을 출발한 정아 부부의 자동차가 제천을 향하고 있을 때에도 초여름을 재촉하는 봄비가 촉촉이 내리고 있었다. 빗줄기는 굵지도 않았고 거칠게 흔들리면서 사선을 그리지도 않았다. 그것은 봄의 끝자락에 붙어 있는 마지막 물방울들을 털어내듯이 가늘면서도 조용하게 내렸다. 차창 밖에는 한껏 물기를 머금은 초록의 물결이 끊임없이 다가왔고, 잠시 머무는가 싶으면 어느새 스치듯이 지나갔다.

겨울 추위를 이겨낸 산과 들이 회생하는 생동감으로 강물처럼 흘러가고 있었다. 한층 선명해진 초목들은 자연에 대한 경외감을 일으키기에 충분했다.

"그래, 저 푸른 숲도 점점 풍성해지다가 가을날의 단풍잎을 거치면 다시 긴 겨울잠에 빠지겠지. 그리고 봄날이 다시 찾아오면 회생하는 생동감으로 온 대지를 꼭꼭 채우며 넘쳐흐르겠지."

정아는 혼자 중얼거리며 일상의 반복은 과연 자연의 섭리일까, 그렇다면 나는 지금 어디로 흘러가고 있는 것인가를 생각했다. 남편의 운전은 의외로 더욱 차분하게 가라앉아 있었다. 그녀는 차창 밖의 부드러운 빗줄기 몇 가닥을 만져보고 싶은 충동이 강하게 일어났지만 남편의 표정은 변화가 없었다. 무슨 말이든 하고 싶었지만 남편은 묵묵히 앞만 보고 달릴 뿐 아무런 반응이 없었다.

대학시절의 선우 또한 그랬다. 예비역 복학생으로 사진학과 일 년 선배였던 그는 언제나 자상하고 친절한 사람이었다. 그의 수려한 외모와 점잖은 매너는 모든 여학생들이 동경의 대상으로 삼기에 충분했다. 이미 우정의 선을 넘어 이성으로 서로를 바라보기 시작한 같은 학년의 예동과는 전혀 다른 성격의 소유자였다.

아무 말 없이 앞만 보던 남편이 미소를 지으며 입을 열었다.

"무슨 생각을 그렇게 해?"

"어, 그냥 이것, 저것."

"손으로 턱 받치면 주름살 생겨."

"……"

정아는 갑작스런 질문에 대답을 얼버무리고 말았다. 그녀가 선우를 처음 만난 것은 그가 사 학년이 되었을 때였다. 그는 사진전에 필요한 여자 모델을 찾고 있었다. 마침 예동과 나란히 지나가는 그녀가 눈에 띄었고 즉석에서 작품 모델이 돼줄 것을 부탁했다. 예동은 곱지 않은 시선을 보냈지만 그녀의 마음은 처음부터 움직이고 있었다. 그것은 만남의 시작이면서 한편으로는 그녀자신을 프레임 속으로 집어넣는 최초의 사건이기도 했다.

자동차는 영동고속도로를 벗어나 제천 방향으로 달렸다. 날씨는 가늘게 내리던 빗줄기마저 서서히 걷히고 있었다.
"오늘은 무슨 행사장이야?"
"약초시장 준공식 행사래."
"약초라면, 한약재료?"
"맞아, 예전에는 제천 약초시장이 굉장히 컸었다고 하더군."
자동차는 시내 중심부에 위치한 행사장으로 들어섰다. 하늘에는 이미 구름 사이로 햇살이 퍼지고 있었다. 남은 빗방울이 더러 있었지만 그것도 잠시 후면 완전히 사라질 것처럼 보였다.
남편은 자동차가 멈추자 어김없이 먼저 내려서 우산을 펼쳤고, 괜찮다며 거절하는 그녀의 머리 위를 막무가내로 받쳐주었다. 그 모습은 누가 봐도 여사장을 정성껏 떠받드는 공손한 수행비서였다. 어느 누구도 그를 남편으로 볼 사람은 없었다. 행사장 입구에 수많은 풍선으로 엮어진 대형 아치를 지날 때도 그랬고, 사무실에서 만났던 관리소장과 직원들의 모습에서도 마찬가지였다.

오십대 후반쯤으로 보이는 관리소장은 앞머리가 시원스럽게 벗겨져 올라갔고 아랫배가 제법 불룩하게 나와 있었다. 그런 외양은 보는 이들로 하여금 임산부를 떠오르게 하면서 도무지 허리의 위치를 가늠하기 어렵게 만드는 특이한 체형이었다.

그는 인사말을 주고받기가 무섭게 약초시장에 대한 설명을 장황하게 늘어놓았다. "우선 인기 연예인을 만나뵙게 되어 영광입니다"로 시작된 그의 말투는 고저장단에 감정까지 넣어가며 지루하게 이어졌다.

"에…… 제천은 예로부터 전국 사대 약초시장 중 하나였습니다만……."

정아가 간간이 "아, 그랬었군요" 하는 식으로 형식적인 반응을 보일 때면 끊어질 듯하던 그의 말은 계속 이어졌다. 황기, 천궁, 당귀, 황정, 인삼, 녹용 등 이백오십여 종이 거래되고 있다는 것으로 시작해서, 수천의 농가에서 재배를 하고 있으며, 주변지역의 지질구조 분석을 거쳐 나중에는 외곽을 둘러싸고 있는 관광지 안내까지 하고 있었다. 종류별로 끊임없이 쏟아져나오던 그의 얘기는 행사 예정시간이 임박해서야 겨우 마무리가 되었다. 그는 지역의 숙원사업이다 보니 말이 길어졌다며 서랍에서 예쁜 비단주머니 한 개를 꺼냈다.

주머니 속에는 순하면서도 독특한 향기가 가득 채워져 있었다. 그것은 인위적으로 모든 것을 바꾸면서 살아가야 하는 그녀에게 특별한 느낌으로 다가왔다. 그녀는 매일 변신을 해야 했다. 얼굴이나 머리카락은 물론이고 손톱, 발톱 심지어 작은 눈썹 하나까지도 자신의 본래 모습대로 남아 있는 것이 없었다.

시골에서 홀로 올라와 곤궁한 자취방에서 생활하던 대학시절을 생각하면, 비록 보조 출연자와 혼동할 정도의 삼류 연기자 신분이지만 정아는 모든 것이 만족스러웠다. 날마다 이어지는 화면 속에서의 생활은 그런대로 화려했고 풍요로움도 있었다. 특히 남편이 온몸을 던져 펼치고 있는 보호막은 그중에서도 아주 특별한 것이었다. 그녀가 처음 카메라와 마주했을 때만 해도 오늘과 같은 현실은 꿈속에서나 가능한 일이었다.

정아가 선우의 촬영지를 쫓아서 산정호수와 양평을 다녀오는 동안에도 예동의 일상은 큰 변화가 없었다. 그의 언어 속에는 늘상 그랬듯이 해학과 장난기가 넘쳐흘렀다.

"정아야, 너 여자 이름들이 얼마나 수난을 당했는지 아니?"

"글쎄, 잘 모르겠는데."

"잘 들어봐. 끝순이, 말순이, 필자, 후자, 후남, 후불이……. 모두가 남존여비 사상에 희생된 이름들이지."

"그건 시골 여자들 이름이잖아, 그리고 우리 고향엔 부뜰이란 이름도 있던데."

"부뜰이는 저 세상으로 못 가게 붙든다는 뜻이지만 내가 말한 이름들은 하나같이 여자를 끝내겠다는 것이었어."

"생각을 해보니 의미가 모두 그렇네."

"그런데 진짜 웃기는 것은 여봉이란 이름이야."

"여자를 봉한다? 봉한다는 것은 가두어버린다는 것인데."

예동은 정아를 위해서 무진 애를 쓰고 있었지만 그녀는 전과 같이 웃음이 나오지 않았다. 사람의 마음이란 참으로 알 수 없는 것이었다. 그동안 그의 능청스런 익살에 박장대소하며 맞장구를 쳐 왔던 그녀였는데, 이제는 그런 모습이 그토록 유치해 보일 수가 없었다. 그녀의 표정을 읽었는지 예동이 무거운 입을 다시 열었다.

"그런데 촬영은 이제 끝난 거지?"

정아의 머릿속에는 계속 여봉이란 이름이 맴돌고 있었다. 봉한 다니……. 가두어버린다니…….

"야! 너는 여자가 봉해진다고 생각하니? 여자는 절대로 갇히지 않아. 어디든 갈 수 있다고. 그리고 다음 주 일요일에 구천동 계곡에서 마지막 촬영이 남아 있어. 왜, 이제 됐니?"

그녀의 눈빛에는 독기마저 서려 있었다. 그런 모습은 예동뿐만 아니라 그녀 스스로도 놀라운 일이었다. 예동은 예상치 못했던 그녀의 말투에 몹시 당황해하면서도 돌아서는 그녀의 손목을 붙잡았다. 하지만 그녀는 걸음도 멈추지 않은 채 차갑게 뿌리쳤다.

남편은 최종합의를 끝내고 서둘러 계약서에 도장을 찍었다. 그리고 무대와 약재상가들을 돌아봐야겠다며 소파에 묻혀 있던 몸을 일으켰다. 그가 밖으로 나가기 위해서 출입문을 열었을 때 휴대폰에서는 기다렸다는 듯이 신호음이 흘러나왔다.

남편의 휴대전화는 언어의 조각들을 쏘아올리는 일만 하는 것은 아니었다. 하늘 높이 떠다니는 것들을 받아들이는 일 또한 때와 장소의 구분이 없었다. 어제 저녁에도 그의 전화기는 여러 차례 울렸고, 결국 양 감독과 약속시간이 정해졌다며 들뜬 표정이었다.

남편은 유리창 밖에서 누군가와 한참 동안 통화를 하고는 다시 사무실로 들어왔다. 관리소장과 정아의 의문스런 시선이 동시에 출입문 쪽으로 향했다. 그는 두 사람의 시선을 의식했는지 어색한 표정으로 조용히 입을 열었다.

"청주에서 미리 좀 와달라고 하는데."

"그래요, 그럼 자동차는?"

"버스로 갈 테니 당신이 운전해 봐."

"나 운전 해본 지 오래됐는데……."

그는 멘트를 기록한 행사 일정표를 정아에게 건네주고 홀로 사무실을 나섰다. 다행히 빗방울은 완전히 멈추었고 햇살만이 퍼지고 있었다.

약초시장 행사는 수많은 군중들이 몰려든 가운데 진행되었다. 그녀가 참여할 부분은 주어진 멘트로 홍보효과를 극대화시키고, 길게 늘어선 약재상가들을 한 바퀴 돌면서 팸플릿을 나누어주는 것이었다.

소장은 인사말에서 그동안 잃어버렸던 약초시장의 명예를 되찾았고, 우리들 스스로 감추고 있었던 본래의 모습을 다시 볼 수 있게 되었다며 열변을 토했다. 관리소장의 우렁찬 연설이 끝나자 사회자는 정아의 순서를 소개했다.

정아는 남편이 적어준 멘트를 한번 더 살펴본 다음 여직원의 안내를 받으며 무대 위로 올라갔다. 남녀의 구분 없이 수많은 시선들이 무대로 집중되고 있었다. 잠시 동안 강한 전류 같은 뜨거운 쾌감이 온몸을 스쳐갔다. 그녀는 자신이 화면 속에 있는 것으로 착각했다.

화면 속에 있는 그녀는 언제나 시청자들의 시선에서 어느 정도 벗어난 존재였다. 주연은 근처에도 갈 수 없었고 그나마 좀 괜찮았다 싶었던 것도, 사실은 보조 출연자의 수준을 간신히 넘어선 조연급 배우일 뿐이었다. 지방의 각종 행사에 홍보 모델로 참가했을 때에도 마찬가지였다. 오늘처럼 수많은 시선들을 한꺼번에 받아본 적이 없었다.

그녀는 흥분된 목소리로 남편이 기록해 놓은 멘트를 읽어나갔다. 우리지역은 약초재배에 최적의 환경을 갖추고 있다는 것으로 시작해서 약재의 품질과 구입방법에 이르기까지 그녀의 목소리는 설레임으로 가득 차 있었다. 그녀의 들뜬 마음은 무대를 내려와 약재상가를 돌아다닐 때까지도 계속 이어졌다. 안내하는 도우미들을 제치고 수많은 사람들과 직접 손을 잡으며 상냥한 인사를 나누었다. 그렇지만 상가를 방문하는 일정이 끝나갈 무렵 가슴 가득 부풀어올랐던 설레임 역시 끝나 버리고 말았다.

무대에서는 이십대 초반의 신세대 가수들이 현란한 춤동작과 빠른 음악을 선보이고 있었는데, 군중들은 눈길만 보내는 것이 아니라 끊임없는 환호성에 박수까지 보내고 있었다. 그중 일부 젊은 이들은 어찌할 바를 모르며 서로 부둥켜안고 눈물을 흘리기도 했다. 그들의 시야에서 정아의 흔적은 사라진 지 오래였다.

후두둑 소리를 내면서 빗방울이 제법 굵어지는가 싶더니 바람까지 가세하고 있었다. 빗줄기는 춤을 추듯이 이리저리 빗살무늬를 그리며 계속 앞유리를 두드려댔다. 에어컨이 실내온도를 조절해 준 덕분에 후텁지근한 찜통은 면할 수 있었지만, 그렇다고 꼼짝없이 갇혀 있는 답답한 마음까지 시원하게 해결해 주진 못했다.

모든 가능성이 시간과 함께 흘러가고 있었다. 이곳은 터널로 이어지는 신도로에서 벗어나 정상을 넘어다니던 구도로의 중간지점이 아니던가. 특별한 용무가 있는 차량이 아니고서야 굳이 일직선으로 뚫려 있는 터널을 외면하고 구불구불한 고갯길을 넘어갈 사람은 없어 보였다. 거기다가 지금은 비바람까지 몰아치고 있지 않은가. 정아 역시 터널로 향하는 폭넓은 도로에서 벗어나 이 구부러진 고갯길로 접어들 것이라고는 전혀 예상하지 못한 일이었다.

그녀는 파란 풍선처럼 부풀어오르던 설레임이 터지면서 시커먼 서러움으로 바뀌어 있었지만, 끝까지 미소를 잃지 않고 최선을 다했다. 대표적인 약초 몇 가지를 손에 들거나 두 팔로 끌어안으며 홍보용 포스터 사진을 찍었고, 관계자들과의 기념촬영에서도 밝은 모습으로 임했다. 각종 촬영은 모두 순조롭게 진행되었고 지방 방송과의 짤막한 인터뷰를 끝으로 공식 일정은 모두 마무리되었다.

소장은 지역유지들과 점심식사가 예정되어 있다고 했지만, 정아는 시간을 핑계삼아 정중하게 거절했다. 그녀는 눈앞의 현실에서 가능한 빨리 벗어나고 싶은 생각뿐이었다. 오늘따라 유난히 작아 보이는 자신을 한시라도 빨리 숨기고 싶었던 것이다.

그녀의 마음속 고통이 점점 심해질수록 남편이란 호수는 오히려 더욱 안정되고 평화로웠다. 그녀는 평상시 남편의 모습을 떠올리며 호수 속으로 끝없이 침잠해 들어갔다. 그녀는 그 속에서 활화산처럼 펄펄 끓어오르다가 스스로 가라앉기를 반복했다. 호수는 언제나 그래왔듯이 물결 하나의 흔들림도 없었다. 그녀는 그곳에서 부족한 자신을 감출 수 있었고, 잃어버린 자존심을 찾을수 있었으며, 평화로운 안식을 얻을 수 있었다.

정아의 다급한 마음을 비웃기라도 하듯이 빗줄기는 점점 거세지기 시작했다. 산정으로부터 문어발처럼 뻗어 내려온 줄기들이 양쪽 옆으로 완만한 곡선을 그리며 지나가고 있었고, 크고 작은 골짜기에서는 저마다의 유수(流水)를 만들어내고 있었다. 남편과의 전화를 계속 시도해 보았지만, 이번에는 수신능력을 말해 주는 안테나 표시 기능이 아예 사라지고 말았다. 그것은 남편과의 통신 수단이 완전히 차단되었음을 의미하는 것으로 이미 선택의 문제가 아니었다.

"선택은 네가 해."

선우는 마지막 봄꽃 촬영을 앞두고 정아의 선택을 기다려주었다. 그는 예동과 달리 언제나 여유 있는 매너를 잃지 않았다. 보이지 않는 곳에 진취적인 사고방식이 숨어 있었고, 사람을 이끄는 리더십 역시 뛰어난 사람이었다. 주변에는 언제나 여학생들이 모여들었지만 마음이 담긴 것은 눈길 하나도 누구에게 보인 적이 없었다. 그런 그가 관심의 표현으로 선택을 요구했을 때, 그녀는 스스로를 배신하고 부정하는 데 열중할 수밖에 없었다.

몸은 분명히 예동을 향하고 있었지만 몸을 빠져나온 마음은 선우에게로 흘러가고 있었다. 같은 학과 동료이면서 이 년을 사귀어온 예동 못지않게 그녀 자신에게도 고통스런 일이었지만 마음의 흐름이란 어쩔 수 없는 것이었다. 그녀의 몸과 마음은 이미 분리되면서 조각이 나 있었고 선우를 향해 빠른 속도로 달려가고 있었다.

예동의 반대는 갈수록 완강했지만 구천동의 마지막 촬영은 예정대로 진행되었다. 하지만 그는 끝까지 포기하지 않았고 간절한 설득은 떠나는 날 아침까지도 계속되었다.

"넌 저 사람의 위선에 속고 있어."

"내가 도대체 무엇을 속고 있다는 거야!"

정아는 지난 이 년 동안 각종 모임에 참석했을 때는 물론이고, 평상시에도 늦은 밤까지 동행해 주었던 예동을 생각했다. 그러면서도 그녀의 말투는 고조된 억양으로 퉁명스러웠다. 그것은 그녀 자신에게 던지는 질문이기도 했다.

굵은 빗줄기가 다시 가늘어지면서 초목들의 깔끔한 모습이 조금씩 드러났다. 골짜기마다 흘러내리던 하얀 물줄기들도 어느새 가늘게 바뀌었거나 흔적도 없이 사라져버렸다. 시간은 벌써 오후

세 시를 향해서 다가서고 있었고, 예정대로 터널을 통과해서 달렸다면 청주에 도착하고도 남을 시간이었다.

찌꺼기처럼 가늘게 내리던 빗줄기마저 완전히 멈춰버리자, 정아는 한동안 포기했던 마음이 다시 조급해지기 시작했다. 그녀는 자동차 문을 열고 다시 전화기를 집어들었지만 이내 포기했다.

그녀의 전화는 언제나 남편을 부르는 데 실패했다. 그럴 때마다 그녀는 짜증을 내었지만 그렇다고 마냥 심통을 부릴 수도 없었다. 그의 모든 통화내용이 그녀를 위해서 이루어진다는 사실을 누구보다도 잘 알기 때문이었다.

결국 그녀는 남편이라는 보호막 속에서 발버둥치면서 혼자 뛰어오르다가 스스로 안락에 도취되어 슬그머니 가라앉는 것이 전부였다. 잠자리에서도 마찬가지였다. 남편은 화면 속의 피부에 대한 스트레스를 걱정하면서 산처럼 흔들림이 없었고, 호수처럼 편안하게 모든 것을 조절했다. 그럴 때마다 그녀의 몸은 뜨겁게 달아올랐다가 스스로 식을 때까지 기다려야 했다.

정아의 시선은 도로를 따라 이동하고 있었다. 위쪽으로 올라가면 고갯길의 정상으로 향할 것이고 아래쪽으로 내려가면 터널과 이어지는 넓은 도로가 나타날 것이다. 정상부근의 토속음식점 얘기는 들었지만, 그것도 터널이 개통되기 전의 일일 뿐 현재까지 남아 있는지는 확실하지 않았다.

"죽도록 올라갔다가 아무것도 없으면 그땐 어떡하지. 그래, 밑으로 내려가는 거야."

그녀는 혼자 투덜대며 굽 높은 구두의 불편한 발걸음을 옮겼다.

강한 비바람이 휩쓸고 지나간 산과 들은 하나같이 저마다의 색채를 드러내고 있었다. 멀리 보이는 골짜기에서는 하얀 안개가 피어오르며 더욱 선명해진 초록의 물결을 조금씩 감추고 있었다. 도로 가의 각종 나무와 들풀들도 물방울을 떨어내며 초록색 춤을 추는 듯했다. 망초꽃이 굵은 소금을 뿌려놓은 것처럼 모여 있었고, 그 사이마다 바랭이나 쇠뜨기 같은 풀들이 소복이 자라나고 있었다.

정아는 도로를 허리에 감고 있는 산자락으로 시선을 옮겨보았다. 엉겅퀴, 곤달비, 산도라지는 한참 꽃대를 키우고 있었고 민들레, 쥐오줌풀, 뻐꾹채, 꿀풀 같은 것들은 이미 노랗거나 붉은 색의 꽃잎들을 펼치고 있었다.

사방으로 바쁘게 움직이던 눈길을 멈추게 한 것은 연분홍색의 작은 공처럼 생긴 특이한 꽃이었다. 아랫부분이 수풀에 가려서인지 바람을 타고 가볍게 움직일 때면, 마치 허공에 떠다니는 것처럼 보였다. 그것은 개불란이었다.

둥근 공 모양의 입술꽃잎이 밑으로 처지면서 대롱대롱 매달려 있는 이 꽃은 신기하면서도 웃음을 자아내게 했다. 자낭화라는 이름으로도 불리는 이 난초과의 야생화는 매달려 있는 모양새가 특이해서 분홍색 연등이나 예쁜 복주머니처럼 보이기도 했다. 정아가 이 꽃을 처음 본 것은 선우와 함께 구천동 계곡으로 마지막 촬영을 떠났을 때였다.

선우는 등산로를 따라 올라가면서 여러 번 플래쉬를 터뜨렸고 다른 때와는 달리 가는 곳마다 꽃과 나무의 이름을 자세히 알려주었다.

신갈나무, 구상나무…… 산수국, 고깔제비꽃, 동자꽃, 너도바람꽃, 만주바람꽃, 나도양지꽃, 태백제비꽃…… 야생화는 종류만큼이나 이름도 특이한 것이 많았다. 정아는 선우가 그토록 야생화에 해박한 지식을 갖고 있다는 것이 놀라울 뿐이었다.

두 사람이 백련사 근처에 도달했을 때 지방문화재로 지정된 극락전에 대해서 한참 동안 설명을 해주던 그가 갑자기 걸음을 멈추었다.

"저기 공처럼 생긴 꽃 이름이 뭔지 알아?"

"저건 꽃이 아닌 것 같은데요."

"저것도 야생화인데 이름이 참 재미있어."

"이름이 뭔데요?"

"개불란, 다른 이름으로는 자낭화나 개불알꽃이라고도 하지."

"에에!"

개불란은 비가 온 뒤라서 그런지 연분홍의 주머니가 조금씩 아래쪽으로 처져 있었다. 사실 정아가 지금처럼 많은 꽃이름을 알게 된 것도 선우의 자세한 설명 덕분이었다. 그때 선우는 사진이 잘 받으니 모델로 나가면 성공할 것이라는 말을 처음으로 꺼냈다.

정아는 힘겹게 걸음을 옮기면서 막연하게 기다리고 있을 남편을 생각해 보았다. 이곳 사정을 알려줘야 할 텐데 그 사람은 얼마나 속이 타들어가고 있을까. 전화기는 여전히 불통이었다. 지금쯤 남편은 시집으로, 친정집으로, 약초시장 사무실로 그녀의 존재를 찾기 위해 무던히도 언어의 조각들을 날리고 있을 것이다.

터널을 빠져나온 자동차들은 도망치듯이 정아의 앞을 지나갔다. 그녀는 두 팔을 흔들면서 수없이 구조신호를 보냈지만 달리는 자동차들의 속도에는 아무런 변화가 없었다. 삼십 분 이상을 길가에서 허둥댔지만 세우기는커녕 속도를 줄이는 차량도 없었다. 급한 마음만큼 시간은 빠르게 흘러갔다. 심신은 지쳐갔고 결국 지나가는 자동차의 도움을 포기할 수밖에 없었다.

그녀는 도로에서 조금 벗어난 돌덩이에 아무렇게나 걸터앉았다. 시내까지는 거리가 너무 멀고 그렇다고 다시 산으로 올라갈 수도 없었다. 시간은 자꾸 흘러가는데 속수무책으로 지켜볼 수밖에 없는 이 답답함, 그때 예동의 심정도 그러했을까.

정아는 구천동에서의 마지막 촬영을 모두 끝내고 밤늦게 집으로 돌아왔다. 아침 일찍 출발한 덕분에 그나마 늦게라도 집에 돌아올 수 있었다. 예동은 그 시간까지 대문 앞에서 기다리고 있었다. 그녀는 그의 눈길을 애써 외면한 채 방으로 들어섰다. 그러나 그는 그녀의 손을 잡고 다시 밖으로 끌어냈다.

"나는 지금까지 너의 그림자로 살아온 사람이야."

"그래 맞아. 하지만 그림자는 그림자일 뿐 절대로 하나가 될 수 없어."

"정아야, 너 정말 왜 그러니?"

"미안해, 그 사람이라는 호수 속에서 빠져나올 수가 없어."

"아니야, 넌 충분히 빠져나올 수 있어."

"……."

정아의 모습은 처량했다. 아무 대책도 없이 돌덩이에 걸터앉아 고개를 떨구고 있는 그녀의 모습은 비에 젖은 생쥐 꼴이었다. 머리카락은 바람에 날리었는지 사방으로 흩어져 있었고, 곱게 차려입은 하얀색 의상은 위아래 구분 없이 누런 흙물이 배어 있었다. 반짝이던 굽 높은 구두는 물론이고 종아리의 망사 스타킹에서도 움직일 때마다 흙가루가 버지직거렸다.

그녀는 담배와 남편을 생각했다. 이럴 때 담배라도 한 개비 피워봤으면, 남자들은 이럴 때 담배를 피우면서 초조함도 함께 태우

는 것일까. 그녀는 이제 너무 지쳐서 의식과 무의식의 중간지점에
서 자리를 잡지 못하고 있었다. 아, 이럴 때 정말 담배라도 한번
피워봤으면. 그런데 남편은 오랫동안 입에 달고 다니던 담배를 하
루아침에 끊어버렸다. 스스로 싫어서도 아니고 건강을 생각해서
도 아니었다. 단지 "나는 싫어"라는 정아의 말 한마디가 이유의
전부였다. 그녀가 꼭 피우지 말라는 뜻은 아니었다고 했을 때에
도, 남편의 대답은 "당신이 원하는 거잖아" 였다. 그것이 끝이었
다.

　고개를 떨구고 있던 정아의 귓가에 부드러운 자동차 소리가 들
려왔다. 그것은 터널을 빠져나와 도망치듯 질주하는 것과는 다른
소리였다. 그녀는 자포자기한 심정으로 고개를 들어올렸다. 파란
색 외제 승용차의 운전석 유리가 내려가고 깔끔한 정장차림의 청
년이 얼굴을 내밀었다.

　"저는 정상으로 올라가는 중입니다만."

　"저에게 필요한 것은 통신수단이에요."

　"제 전화기를 쓰시죠."

　"아뇨, 이곳에선 연결이 되질 않아요."

　자동차가 천천히 오르막길로 접어들면서 정아의 흩어졌던 마음
도 조금씩 제자리를 찾아갔다. 자동차는 경사가 급한 도로를 계속
올라갔다. 좌우로 구부러지기를 여러 번 반복한 뒤에 잠자듯이 길

바닥에 붙어 있는 정아의 자동차가 나타났다.

"저 앞에 보이는 것이 제 차예요."

"외진 곳에서 고생이 많으셨군요."

청년은 정상에 음식점이 남아 있다며 오르막길을 계속 올라갔다. 정아의 눈에 비친 청년의 모습은 대학시절 선우의 모습과 많이 닮아 있었다. 지적이면서 수려한 외모도 그렇고 점잖은 매너나 잘 정제된 언어표현도 그러했다.

"무슨 일을 하시는지요?"

"사진을 찍고 있습니다."

"그럼 사진작가시군요."

"그런 셈이지요. 그런데 아가씨는 왠지 낯설지가 않네요."

어디선가 본 듯한 얼굴인데 전혀 기억나지 않는 존재, 그것은 세상 사람들이 그녀를 두고 하는 말이었다. 처음에는 견딜 수 없는 고통을 가져다주기도 했지만, 이제는 어느 정도 저항력이 생긴 탓인지 몸은 별다른 반응을 보이지 않았다. 하지만 스스로에 대한 질문은 어쩔 수가 없었다. 이것도 아니고 저것도 아니라면 도대체 나는 무엇이란 말인가.

산정에는 예상외로 토속음식점뿐만 아니라 숙박업소까지 갖추어져 있었다. 자동차는 모텔 앞의 넓은 주차장으로 들어섰다. 날씨 때문인지 텅 비어 있는 주차장은 더욱 황량해 보였다. 청년은 자동차를 세우고 급히 음식점으로 들어갔다. 정아도 잠시 자신의 차림새를 확인한 뒤에 안전띠를 풀고 문을 열었다.

산정을 둘러싸고 있는 골짜기마다 하얀 안개가 깔려 있었고 멀리 보이는 들녘에는 농부 몇 사람이 가물가물 보였다. 남편은 언제나 저 안개처럼 바닥에 깔려 있었고 그녀를 위해서 자신의 모든 것을 포기했다. 그는 다니던 직장까지 그만두면서 오래 전의 약속을 지금까지 지켜왔다. 하지만 정작 그녀가 필요로 할 때는 가물가물 보이는 농부들만큼이나 멀리 있었다. 그녀는 남편의 사랑이 정말 이타적인 것이었을까를 생각했다. 음식점 문이 다시 열리면서 청년의 미소가 보였다.

"도움은 청했나요?"

"견인차가 오기로 했습니다."

그는 자동차의 뒷문을 열고 상자 속의 카메라를 꺼냈다. 그리고 여기저기 프레임을 맞추어보기 시작했다. 그는 안개가 퍼지는 모습을 향해서 몇 번인가 셔터를 누른 뒤에 정아를 산정의 도로 가에 있는 조형물로 안내했다. 그것은 넓은 대리석 비문 위에 자리 잡고 있었는데 한복차림의 남녀가 애절한 표정으로 두 손을 잡고 있었다. 카메라 렌즈를 조형물에 맞추고 있던 그가 무슨 생각이 들었는지 정아를 향해서 고개를 돌렸다.

"이 슬픈 사랑의 주인공들을 아십니까?"

"아니요, 전 처음이라서."

"영남 선비 박달도령과 이 고개 너머 평동마을에 살았다는 금봉 낭자랍니다."

"아 그래서 고개 이름이 박달재가 되었군요."

자동차가 견인되어 죄인처럼 끌려왔다. 정아는 서둘러 비용을 계산했고, 견인차 기사는 운행해도 된다는 말을 남기고 길을 다시 내려갔다. 청년은 피사체를 찾아서 카메라 방향을 이리저리 바꾸고 있었다. 정아는 그가 차 안에서 했던 말을 떠올렸다.

"저 혹시 '영혼'이라는 연극 보신 적 있어요? 그걸 보면 밀림 속의 사람들이 사진에 찍히면 자신들의 영혼이 빠져나간다고 생각하잖아요. 그런데 말이죠, 제가 몇 년 전에 산간 오지마을에 간 적이 있었는데 그곳에도 똑같은 얘기를 하는 노인분이 있더라구요. 우주왕복선이 달나라를 왔다 갔다 하는 세상인데 정말 우습지 않아요."

그녀는 잠시 생각에 잠겼다가 전화기를 꺼내들었다. 그리고 곧바로 글자 조각들을 하늘 높이 날리기 시작했다.

「나 못 갈 것 같아요. 빠진 차는 간신히 꺼냈지만 시간도 그렇고 허둥대는 동안 흰색 의상은 황토색으로 변해 버렸어요. 그리고 당신은 나를 위해 모든 걸 바치겠다는 최초의 약속을 잘 지켜왔지만 나는 지금 이런 생각이 들어요. 당신의 무조건적인 사랑이 현실의 나를 향한 것인지, 아니면 화면 속의 나를 향한 것인지.

사랑하는 예동 씨, 사실은 오랫동안 돌아갈 수 없을 것 같아요. 그렇다고 당신을 원망하는 것은 절대 아니에요. 다만, 시간을 갖고 싶어요. 나의 진짜 얼굴은 화면 안에 있는 것인지 아니면 밖에 있는 것인지에 대해서」

정아는 글자 조각들을 모두 날리고 나서 열심히 셔터를 누르고 있는 젊은 사진작가에게 감사의 뜻을 전했다. 잠시 후 그녀의 자동차는 청주와는 정반대 방향인 올라왔던 길을 다시 내려갔다. 골짜기마다 바닥을 채우고 있던 안개가 서서히 위쪽으로 올라왔고, 자동차는 재빨리 안개 속으로 들어가면서 사진작가의 프레임 속을 벗어났다. 바로 그 순간 정아는 자신을 향해 외치고 있었다. 프레임 아웃!

*프레임 아웃(Frame out) : 영상물 촬영 중에 일부 감독들이 사용하는 용어로서 출연자가 화면(틀) 밖으로 나가는 것을 의미함.

곰을 찾아서

　이천이년 한일 월드컵대회를 목전에 두고 수도권 교통수단의 핵심인 지하철공사의 노사협상은 또다시 결렬되었다. 노사 양측 모두 개막식 이전에 일치점을 찾아서 협상을 마무리짓자는 데에는 이의가 없었지만 돌파구는 쉽사리 열리지 않았다.

　문제의 발단은 전년도에 합의되었고 올 오월부터 조건 없이 시행하기로 되어 있던 임금 단체협약을 사 측에서 일방적으로 파기한데 있었다. 노조 측은 대회기간 중 전면파업도 불사하겠다며 강경투쟁으로 급선회했고 지도부 총사퇴와 재신임이라는 내부적 진통을 거치며 부분파업 결정에 이어 전 간부들의 삭발과 위원장의 단식농성으로 이어지고 있었다.

　사 측 또한 노사간 합의내용에 대한 감사원의 지적사항을 무시할 수 없다는 자신들의 입장만을 강변했다. 전년도 합의내용은 파기하고 다시 원점에서 임금협상을 시작하자는 주장이었다. 노조는 동의할 수 없었다. 진혁은 절대불가를 외치며 재신임이 결정되자 곧바로 단식투쟁을 선언했다.

"월드컵 여론을 등에 업은 사 측이 감사원 지적사항을 핑계삼아 합의된 내용의 무력화를 시도하고 있습니다. 우리는 노사간 자율적으로 합의한 내용을 끝까지 관철시킬 것입니다. 그들에게는 문장 몇 구절일지 몰라도 우리 근로자들은 가족의 생존권까지 포함된 모든 것이 그 합의문 안에 들어 있습니다. 자존심이나 감정싸움이 아니라 생존 자체를 위한 싸움입니다……."

그의 단식농성을 알리는 발표문은 생존을 위한 싸움이란 점을 강조하고 있었다. 하지만 노조의 주장은 대부분 월드컵 열기에 묻혀버렸고 그나마 다루어진 몇몇 일간지에서도 기사내용을 찾기란 매우 어려운 일이었다.

진혁이 눈앞에 펼쳐지고 있는 급박한 상황 속에서 숨가쁜 어머니의 전화를 받은 것은 단식 이틀째 되는 날 이른 아침이었다.

"너희 아버지 죽은 것 같다. 숨을 안 쉬어, 숨을……."

개막식이 일주일밖에 남지 않았는데 이건 또 무슨 소리인가. 지금까지 큰소리는 쳐왔지만, 막상 월드컵대회가 개막되면 내국인은 물론이고 전 세계인들의 뜨거운 이목이 동시에 서울로 몰려들 것이다. 사 측도 비난의 화살을 피할 수는 없겠지만 노조 측도 이 시점에서 전동차 파업이라는 초강수는 사실상 불가능하다. 그런데 이 중요한 시점에 숨을 멈춘 것 같다니, 아버지는 끝내 자식의 앞길을 막겠다는 것인가.

병원은 가는 곳마다 갖가지 약품냄새로 가득 채워져 있었다. 응급실이나 수술실 주변은 물론이고 복도나 화장실까지도 구역질을 일으키는 냄새가 배어 있었다. 진혁은 부글부글 끓어오르는 아랫배를 움켜잡고 화장실부터 찾아야 했다.

병원으로 향하면서 섭취한 음식물이 문제였다. "위원장님, 혹시 모르니 우선 이거라도 드시죠." 하면서 총무부장이 건네준 빵과 우유 탓이었다. 아무리 맛과 영양이 풍부한 음식이라도 몸속에서 수용할 준비가 돼 있지 않으면 아무 소용이 없었다. 차라리 몸 밖으로 빼내는 것이 고통으로부터 벗어나는 길이었다.

진혁은 화장실을 나오며 오래된 습관처럼 자신에게 물어보았다. 아버지에게 나는 지금의 빵과 우유 같은 존재는 아니었을까. 아니, 어쩌면 우린 서로에게 빵과 우유 같은 존재로 살아온 것은 아니었을까.

의사의 진단은 의외로 간단했다. 몸에 별다른 이상을 찾을 수 없다는 것이었다.

"모든 것이 정상입니다. 특히 심장 계통은 아주 정상적입니다."

의사의 손놀림을 유심히 지켜보던 어머니는 안도의 한숨을 길게 내뱉으면서도 한편으로는 의아한 표정을 지었다.

"근데 참 이상한 일이구먼. 분명히 구급차 속에서도 심장에 이상이 생겼다고 했는데 뭔가 잘못 보신 것은 아닌가요?"

"할머니 아무 이상 없어요. 틀림없습니다."

의사는 젊은 나이에 비해 매우 친절한 편이었다. 그는 차근차근 몇 가지 예를 들면서 어머니를 안심시킨 뒤에 진혁에게로 다가왔다.

"자제분 되시죠?"

"그렇습니다만……."

"드릴 말씀이 있는데 제 방으로 같이 가실까요."

"알겠습니다."

의사는 알 수 없는 의학용어를 군데군데 섞어가며 벽에 붙은 사진을 차분히 설명한 뒤에도 계속 고개를 갸우뚱거렸다.

"현재 심장기능은 모든 것이 지극히 정상적입니다. 그런데 한 가지 궁금한 것이 있어요. 혹시 환자분께서 전에도 유사한 증세를 보인 적이 있었나요, 예를 들면 평소에 가슴이 답답하다는 표현을 자주 하십니까?"

"예, 오래 전부터 수없이 들어본 말입니다."

"이번처럼 병원에 가본 적은 있습니까?"

"아니오, 한번도 없었습니다."

"할머니 말씀으로는 해마다 증상이 반복된다고 하시더군요."

"맞습니다. 아버지는 한평생을 그렇게 사신 분입니다. 병원에 한번 가보자고 하면 내 병은 내가 안다며 이건 약으로 고칠 수 없는 병이란 말씀만 되풀이하셨지요. 아마 이번에도 정신이 있었다면 뜨거운 물수건 찜질하는 것으로 끝났을 겁니다."

의사는 이미 모든 소견을 정리한 뒤였는지 진혁의 질문이 끝나기도 전에 결론을 내렸다.

"이 병은 저의 소관이 아닌 것 같군요. 아무래도 신경정신과 치료를 요하는 병인 것 같습니다."

"신경정신과라면 정신적인 문제란 말씀이군요."

"그렇습니다. 아직 단정짓기는 어렵지만 일단 전문의 상담을 받아보는 것이 순서일 것 같습니다. 보호자께서 원하신다면 필요한 조치를 해드리겠습니다."

"그런데 말이지요. 혹시 이 병원에 양준호라고……."

"아, 양 박사님이요. 그분이 바로 신경정신과 과장으로 계신 분입니다. 그런데 아시는 분입니까?"

"예, 어릴 적 친구입니다."

"그럼 잘됐군요. 지금 바로 연락을 해보겠습니다."

젊은 의사는 심장전문의 명패가 반듯하게 놓여 있는 자기자리로 돌아가서 전화기의 숫자판을 누르기 시작했다. 끝까지 고집을 피우며 의사의 사무실까지 따라온 어머니는 양준호라는 말에 표정이 굳어지면서 진혁을 밖으로 끌어냈다.

"아니, 준호라면 민판동에 살던 구장 댁 손자가 아니냐?"

"맞습니다."

"안 된다. 구장 댁 사람은 절대로 안 된다. 그 양반은 구장 댁 사람은 물론이고 그 집하고 관련된 가축이나 심지어 물건까지도 상대하지 않고 살아온 분이다."

아버지는 내가 어릴 적부터 준호네 식구를 만나는 것은 물론 얘기 꺼내는 것 자체도 싫어했었다. 술이라도 한잔 걸치면 어린아이의 생각으로는 이해하기 어려운 가족사에 대해서 끝없이 늘어놓곤 했는데 횡설수설하는 와중에서도 언제나 결론은 구장 댁과 죽은 백부에 대한 얘기였다. 백부를 죽음의 구덩이로 밀어넣은 것은 당시 구장을 보고 있던 준호 조부 때문이라고 평생 동안 주장해왔다. 정신을 놓고 있는 지금 이 순간에도 머릿속에서는 그 사실을 외치고 있을 것이다.

진혁의 부탁으로 양 박사는 모습을 드러내지 않았고 무엇이든 도움이 되었으면 좋겠다는 말만 되풀이했다. 준호를 대신해서 찾아온 정신과 의사는 간단한 인사를 주고받은 뒤에 부드러운 말투로 질문을 시작했다.

"어르신, 지금부터 몇 가지 질문을 드리겠습니다. 답변은 '예' 또는 '아니오'로 간단히 해주시면 됩니다. 말하기 힘드시면 고개만 조금씩 움직여주셔도 되구요. 맞으면 상하로 틀리면 좌우로 아시겠지요?"

동공이 풀어져 정신이 반쯤 나간 듯한 표정으로 아버지의 머리가 상하로 움직였다. 의사는 말투나 표정에서 전문가다운 이미지를 풍기며 질문을 시작했다.

"대책이 전혀 없는 불안감 속에 빠진 적이 있습니까?"
"예."

아버지의 알 수 없는 불안감은 매년 봄에 시작되었다. 겨우내 쌓였던 눈이 녹으면서 맨땅이 드러나듯이 당신의 몸속에 숨어 있던 상처도 서서히 싹이 트는 모양이었다. 어떤 날은 연신 담배를 입에 물고 방문을 수없이 드나들면서 누군가를 기다리는 듯한 모습이었고, 또 어떤 날은 놀란 표정으로 무언가를 숨기려는 듯한 도망자의 모습이었다. 농사철로 접어드는 밭작물 파종시기가 임박해지면 북쪽으로 높이 솟아 있는 토끼봉과 관음봉 쪽을 응시하면서 알 수 없는 말을 혼자 중얼거리기도 했다.

"저곳에도 눈은 다 녹았겠지……. 지난 겨울은 꽤 추웠을 것이야."

"죽음보다 더한 공포와 두려움을 경험해 본 적이 있습니까?"
"예."
밭작물 파종과 모내기 작업이 끝나면 농부들은 한고비를 넘어
섰다. 아버지도 모내기가 끝날 때까지는 워낙 바쁜 일철이라서 정
신없이 하루 일과를 보내야 했다. 문제는 모내기가 끝나면 한동안
시간여유가 생기는 데 있었다. 이때의 증세는 불안한 심리가 공포
와 두려움으로 바뀌어 있었다. 가장 괴로운 것은 환청과 환영이었
다. 고통스런 환청에서 벗어나려고 술에 취하게 되면 오히려 환영
에 시달리면서 점점 공포 속으로 들어가야 했다. 허공과의 대화,
그것은 눈을 뜨고 꿈을 꾸는 것이었다.

"특별한 이유 없이 숨이 막혀 질식할 것 같은 증상을 경험한 적
이 있습니까?"
"예."
아버지는 추석을 전후해서 가을걷이가 한창 벌어질 때면 꼭 한
번씩 쓰러졌다. 처음에는 기겁을 한 어머니가 의원을 불러오기도
하고 약을 사오기도 했지만 아무 소용이 없었다. 얼굴은 창호지처
럼 핏기가 모두 사라졌고 두 손으로 가슴을 움켜쥔 채 숨을 몰아

쉴 때면 금방이라도 무슨 일이 벌어질 것 같았다. 그렇지만 그것도 잠시였다. 아버지는 얼마 지나지 않아 거짓말처럼 멀쩡하게 깨어났다. 의원을 데리러 간 어머니가 돌아오기도 전에 옷매무새를 바로잡고 자리에서 일어났던 것이다. 그 후로 어머니는 한의사건 양의사건 일체 연락을 하지 않았다. 다만 한의사가 일러준 대로 같은 증세가 나타나면 따뜻한 물수건을 가슴에 대주는 것이 전부였다.

"식은땀을 흘리며 손발에 쥐가 나고 온몸이 마비되어가는 경험을 한 적이 있습니까?"

"예."

가을걷이가 완전히 끝난 뒤 아버지의 증세는 봄부터 일어났던 것들이 종합적으로 나타났다. 낮에는 끝없는 불안감에 시달렸고 밤이 되면 환청에다 손발이 굳어간다며 고래고래 소리를 질러댔다. 한 가지 신기한 것은 눈이 내려 모든 것을 덮기 시작하면 이런 증세 또한 눈 속에 파묻히는 것처럼 슬그머니 사라졌다. 민판동에는 해마다 많은 눈이 내렸다. 법주사 뒤편 수정봉 줄기의 가장 깊숙한 곳에 위치한 탓인지는 알 수 없었지만, 한겨울이면 어른 허리 높이까지 눈이 쌓였다. 하늘을 빈틈없이 꽉 채우며 휘날리는 눈발은 모든 것을 흰 색으로 물들여갔다. 처음에는 마을길과 초가

지붕을 그 다음은 토끼봉을 향해서 차곡차곡 흰 색으로 덮어 올라
갔다. 아름드리 소나무 숲을 덮고, 풀 같기도 하고 나무 같기도 한
산죽밭을 덮고, 그 다음은 정상부근의 회색 바위들을 차례로 덮어
올라갔다. 그때쯤이면 아버지의 모든 증세도 눈 속에 파묻히며 사
라졌던 것이다.

"이런 증상들로 인해 내가 미친 것은 아닌가 하고 생각한 적이
있습니까?"

"아니오."

그렇지 않았다. 가족들의 눈에 비친 아버지의 모습은 정상인과
광인의 모습을 동시에 지니고 있었다. 어찌 보면 정상인과 광인을
씨줄과 날줄로 해서 하나하나 짜놓은 것이 그분의 일상이었다. 친
절하고 빈틈없는 정상인의 생활이 계속되다가도 한번 증세가 일
어나기 시작하면 광인의 모습으로 돌변했다. 가끔 술의 힘으로 고
통을 이겨보려고 시도할 때면 영락없는 미치광이의 모습이었다.
구장이 형을 감추고 있다며 길길이 날뛰다가도 금세 안색을 바꾸
며 엉엉 울기도 하였다. 그러다가 마당에 매어놓은 강아지가 꼬리
를 흔들며 짖어대면 다시 두 눈에서 살기를 내뿜었다.

모든 문제가 저놈 탓이라며 손에 잡히는 대로 작대기를 내리쳤
다. 강아지는 본능적으로 두세 번을 피하다가 이내 얻어맞기 시작

했고 두 눈이 축축해지면서 죽어갔다. 강아지가 네 다리를 쭉 뻗고 마지막 신음소리를 끝내면, 온몸이 피투성이가 된 아버지는 땅바닥에 머리를 처박고 신음인지 울음인지 분간하기 어려운 괴성을 토해 냈다.

결국 피범벅이 된 강아지를 땅속에 묻는 일은 계속 이어졌고, 그것은 어머니의 몫이었다. 어머니는 아버지의 눈에서 광기가 번쩍일 때마다 소리 없는 눈물을 흘려야 했다. 아버지의 광기는 매번 날카로운 이빨이 되어 가족들의 영혼을 사정없이 물어뜯었다. 그 와중에 우리 집이 민판동을 떠난 것은 토끼봉 너머로 출가한 고모님의 강한 권유에 의해서였다.

"하나 남은 혈육인데 이곳에서는 제명대로 못 살 것 같네. 동생네 세 식구 어디 가면 목구멍에 풀칠 못하겠는가. 제발 큰 도시로 나가서 살게."

그 후에도 고모님은 세상을 떠날 때까지 아버지를 원망하지 말라는 당부를 수없이 했다.

"조카도 언젠가 알게 되겠지만 아버지 어머니 모두 다 불쌍한 사람들이야. 죄인 아닌 죄인들이지."

"지금까지의 모든 증상들이 언제 다시 나타날지 모른다는 생각에 죽음을 앞둔 사람처럼 초조했던 적이 있습니까?"

"예."

아버지는 민판동을 떠나면서 지긋지긋한 그 증세로부터 조금씩 벗어났다. 지금의 양재동 주변에서 밭농사에 푹 빠져들면서 상처는 아물어가고 잊혀져갔다. 특히 수박밭을 가꾸면서부터는 아픈 기억들을 모두 잊어버리는 듯했다. 수박을 재배하고 판매하는 아버지의 모습은 전혀 다른 사람으로 변해 있었다. 수박밭은 계속 늘어갔고 모든 일이 순조로웠다. 하지만 문제는 엉뚱한 곳에서 기다리고 있었다. 집도 장만하고 조금씩 늘어가던 내 땅도 꽤 넓어졌을 때 하늘에서는 예고 없는 벼락이 아버지를 향해서 내리쳤다. 그것은 바로 태풍이었다.

몇 년간 잘도 비켜가던 것들이 그해에는 예외 없이 한반도의 중심을 휩쓸고 지나갔다. 처음에는 여러 가지 대비책을 세우며 비바람에 맞서보았지만 대자연의 힘 앞에 인간은 미물에 불과했다. 결국 모든 것이 태풍과 함께 날아가 버렸고 아버지는 벽돌공장 일을 시작하면서 다시 민판동 시절로 돌아갔다. 이때부터 술은 식생활의 일부가 되었다. 맨정신으로는 초조함 때문에 아무 일도 할 수가 없다고 했다. 그것은 그저 마시고 즐기는 단순한 의미가 아니었다.

"사소한 변화에도 무서운 느낌의 시작이 아닐까 하는 생각에 매우 민감해져 있습니까?"

"예."

어떤 이들은 외아들로 자라나서 자기 몸밖에 생각할 줄 모른다고 했지만 사실은 그렇지 않았다. 자신의 몸에 작은 변화나 통증이 생기면 곧바로 모든 증세의 마지막 부분과 연결을 지었다. 손가락에 쥐가 날 때나 몸살기가 있어 식은땀을 흘릴 때에도 나 죽는다며 화풀이하듯 어머니를 불러댔다. 저 양반은 가시 하나 찔려도 죽는소리하는 사람이라고 어머니는 늘 한숨지었다. 아버지는 타인의 아픔에 대해선 철저히 무관심했다. 어머니가 고질적인 허릿병을 호소할 때나 치통 때문에 눈물을 흘릴 때에도 별것도 아닌 걸 가지고 난리를 피운다며 소가 닭 보듯 했다.

"무서운 느낌의 재발이 두려워 어떤 일에도 자신 있게 임할 수 없게 되고 그래서 자포자기형 인간으로 변하게 되었습니까?"

"예."

아버지는 자신의 몸을 불신했다. 무슨 일을 해도 불안심리가 내면세계를 지배하고 있었고 아무런 의욕이나 신념도 생길 수가 없었다. 남들의 눈에는 자기 몸 하나만을 생각하는 소극적이고 서투른 일꾼에 불과했다. 벽돌공장은 얼마 지나지 않아 아버지를 밀어냈다. 아버지는 몸과 마음이 따로 움직이는 자신을 학대하며 괴로

위했다. 불안한 심리에서 비롯된 소극적인 일상과 그것 때문에 일
자리를 잃고 자신을 학대하는 악순환이 계속 이어졌다. 가족의 생
계를 위해서 공장지대를 떠돌았지만 돌아가는 수레바퀴처럼 정해
진 순서만이 반복되었다. 결국 아버지는 막노동판의 하루살이 일
꾼으로 전락했다.

"지하철, 극장, 백화점 등 사람들이 많은 곳에 출입을 회피하거
나 자신의 내면을 드러내는 행동을 극도로 자제하고 있습니까?"
"예."
아버지는 지난 세월의 대부분을 공사판의 작업반장이라는 한
길로 살아왔다. 다른 분야의 사람들과는 접촉이 없었다. 주어진
현장에서도 공적인 대화 외에는 사적인 표현은 거의 없었다. 그것
이 인부들에게는 불편함을 주었지만 윗사람들의 눈에는 큰 장점
이었다. 자신의 속내를 드러내지 않는 것은 집에서도 마찬가지였
다. 만날 때와 헤어질 때도 인사말 한마디가 전부였다. 입과 귀를
막았고 희로애락이 사라진 인간의 모습이었다. 명절 때마다 며칠
씩 집을 비워도 행선지를 말하는 법이 없었고 돌아와서도 마찬가
지였다. 어머니 역시 처음에는 궁금증을 드러내기도 했지만 끝내
는 포기하고 말았다. 아버지는 가능한 말을 아꼈고 사람들이 모이
는 곳은 피하려고 애를 썼다. 그런데 한결같이 군중 속보다 더 싫

어하는 것이 있었으니 그것은 바로 강아지였다.

　의사의 질문은 그 후로도 계속 이어졌다. 질문이 떨어질 때마다 아버지는 눈을 감고 자신의 의사를 표현했다. 그것은 처음으로 당신의 가슴을 열어 보이는 것이었다. 답변은 처음부터 끝까지 진지하게 이어갔고 나중에는 감고 있는 눈언저리가 촉촉하게 젖어가고 있었다.

　진혁은 다시 시작된 뱃속의 아우성에 견딜 수가 없었다. 그것은 도저히 맞지 않으니 밖으로 내보내 달라는 간절한 호소였다. 그동안 냄새에 대한 적응은 어느 정도 되었는지 약품냄새에 대한 거부감은 많이 줄어 있었다. 좌변기에 앉자마자 아랫배의 고통이 쏟아져나왔다. 이렇게 간단한 일인 것을 아버지는 왜 쏟아내지 못하고 한평생을 괴로워했을까. 진혁은 담배를 입에 물고 불을 붙였다. 머릿속의 복잡한 생각들이 담배연기처럼 눈앞에서 피어올랐다. 그리고 주머니 속에서는 애국가가 울렸다.

　"장진혁입니다."

　"저 부위원장 이수영입니다."

　"협상에 진전은 있습니까?"

　"없습니다. 지금까지 줄다리기만 계속되다가 정오에 수정안을 들고 다시 만나기로 했습니다."

"그래요, 어떤 수정안이 나와도 기본골격은 유지돼야 합니다."

"잘 알고 있습니다. 그런데 부친께선 차도가 있습니까?"

"고비는 넘긴 것 같아요. 조금 더 지켜보고 별일 없으면 복귀하려고 합니다."

의사는 모든 질문을 끝내고 결론을 내렸다.

"부친께서는 '공황장애' 입니다."

"'공황장애' 라니요, 그게 무슨 말입니까?"

"'패닉(Panic)', 즉 공황이란 말은 그리스 신화에서 숲 속에 숨어 있다가 불쑥 튀어나와 지나가는 사람들을 놀라게 했다는 '팬(Pan)' 신에서 유래되었다고 합니다. 돌연한 공포를 의미하지요. '공황장애' 란 갑자기 불안과 공포가 극에 달했다가 시간이 지나면서 그 증상이 없어지는 것을 말합니다."

"때와 장소를 불문하고 그런 증세가 일어난다는 것이 저로서는 이해가 어렵군요. 좀더 자세한 설명을 부탁드립니다."

"예를 하나 들어보겠습니다. 선생이 산길을 걷고 있는데 큰 곰이 나타났다고 칩시다. 선생은 어떤 반응을 보일까요."

"글쎄요, 아마 최선을 다해 도망칠 겁니다."

"그렇습니다. 이런 위급한 상황과 마주치면 누구든지 도망치거나 아니면 곰을 상대로 싸움을 벌이는 '투쟁도피반응' 을 보입니다. 자 그럼 상상을 해보세요. 곰과 싸우거나 도망치기 위해서는 선생의 몸에 어떤 변화가 일어날까요. 팔과 다리의 근육은 긴장하게 될 것이고, 근육에 많은 피를 공급하기 위해서 심장은 빠르게 뛰어야 할 것이고, 또 그만큼 산소공급도 필요하게 되어 호흡이 거칠어지게 될 것입니다. 최선을 다해 도망치려면 눈동자는 확대될 것이고, 모든 기능이 빠르게 움직이면서 열이 날 것입니다. 그리고 이 열을 식혀주기 위해서 땀이 나겠지요. 말 그대로 식은땀입니다. 엄청난 위기를 극복하는 과정이기 때문에 소화기능이나 생식기능은 저하될 것이고, 따라서 소화불량이나 심한 갈증을 동반하게 될 것입니다."

의사는 고개를 돌려 다시 아버지에게 물었다.

"어르신의 증상이 지금 아드님과 나눈 곰 얘기와 다른 점이 있습니까?"

아버지는 얼굴이 밝아지면서 대답 대신 고개를 좌우로 움직였다.

"사람의 몸은 어떤 위험을 감지하게 되면 그에 대응하기 위한 여러 가지 반응을 보입니다. 곰이 두려워 '투쟁도피반응'이 일어나듯이 공황이 왔을 때도 그것을 위험으로 인지하고 같은 반응이 일어나는 것입니다. 여기서 중요한 것은 모든 증상의 원인이 되고 있는 대상, 다시 말해서 곰의 정체를 밝혀내는 것입니다."

어두운 기억을 되살리는지 아버지의 얼굴은 다시 일그러졌다. 진혁이 치료방법을 물으려고 의사에게 다가섰을 때 주머니 속에서는 다시 애국가가 울리기 시작했다. 전화기 속의 흥분된 목소리는 이수영이었다.

"경찰이 정문을 봉쇄하기 시작했습니다. 금방이라도 밀고 들어올 기세입니다."

"공권력으로 압박하겠다는 거겠지. 곧바로 들어오지는 않겠지만 문제는 가족들의 동요입니다. 한 사람이라도 흔들리기 시작하면 대열은 흩어지게 되니까 그 점은 알아서 잘 조치하도록 하고 우선 출입문 봉쇄병력의 철수를 전제조건으로 내세웁시다."

"예, 알겠습니다."

의사는 치료방법에 대해 설명하고 있었다. 진혁은 치료과정과 함께 완치될 가능성이 있는지도 궁금했다.

"물론 완치될 수도 있습니다. 치료방법으로는 약물치료와 인지행동치료가 있습니다. 약물치료는 효과가 빠르고 연습이나 훈련의 노력 없이 치료가 단순한 장점이 있지만 부작용이나 재발 가능성이 높은 단점이 있습니다. 인지행동치료는 약물 부작용이 없다는 것과 낮은 재발률 그리고 높은 치료효과 등의 장점이 있는 반면에 치료기간을 정할 수 없을 정도로 장시간이 소요된다는 단점이 있습니다."

의사는 치료방법이 결정되면 연락해 달라며 병실을 나섰다. 진혁은 어머니와 함께 간병인용 보조침대에 나란히 앉았다. 대체 아버지의 가슴속에 들어 있는 곰의 정체는 무엇일까. 준호 조부인 양복수란 사람일까. 그럼 그토록 싫어하는 강아지의 의미는 무엇이란 말인가. 진혁은 죽은 듯 잠들어 있는 아버지의 얼굴을 찬찬히 들여다보았다. 주름살은 많지만 근래 들어 처음 보는 편안한 모습이었다.

"뭘 그렇게 보고 있어?"

옆에 있던 어머니의 눈에는 진혁의 행동이 특이한 모양이었다.

"아버지의 머릿속에는 무슨 생각이 그리도 많은지 궁금해서요. 어머니는 아시잖아요, 속 시원히 말 좀 해보세요."

"난 모른다, 네 아버지 머릿속 사정을 내가 어찌 알겠나. 근데 금랑이하고 에미는 왜 아직도 안 오고 있는 거냐?"

"농성장의 살림살이를 집사람이 책임지고 있어서 시간 내기가 어려운 모양입니다. 점심때까지는 온다고 했으니까 곧 도착할 겁니다."

진혁은 침대 옆면에 등을 붙이고 맞은편 벽에 붙어 있는 디지털 시계를 바라보았다. 열한 시 사십 분을 넘어서고 있었다. 단식의 후유증 때문인지 시계는 금랑이 태어날 때처럼 너울너울 춤을 추고 있었다.

　금랑과 은랑은 가난에 포한이 맺힌 아버지가 미리 지어놓은 이름이었다. 금랑은 주인들이 모두 사라진 거리에 긴급조치라는 칼바람만 이리저리 몰려다니던 유신시절에 태어났다. 모든 사람들이 입과 귀를 막고 숨도 크게 쉴 수 없던 시절이었다.
　진혁은 대학에 입학하면서 가치관의 혼란을 겪게 되었고 노동문제를 다루는 서클에 가입하게 되었다. 그리고 지금의 아내인 한경숙을 만났다. 두 사람은 동지로 출발했지만 긴 합숙생활을 거치며 점차 연인으로 발전해 갔다. 하지만 아버지는 노동운동가 자식을 원하지 않았다.
　"난 빨갱이는 인정할 수 없다. 끝까지 그 길을 고집한다면 난 자식 없는 사람으로 살겠다."
　"아버지, 노동운동은 그것과 다릅니다. 가난하고 무지해서 억울하게 짓밟히는 근로자들의 권익을 찾자는 것입니다. 인간이면 누구나 가지는 자유와 권리입니다."
　"너희들 주장은 가진 자들의 오만과 횡포에 대해 끊임없이 투쟁해야 하고 그들이 무너지는 날 모두가 잘살 수 있는 날이 온다는 것 아니냐. 지속적인 투쟁을 위해서는 동지를 계속 끌어들이고, 교육과 훈련이 필요하고, 경우에 따라서는 탈법과 비합리적인 방법도 동원할 수 있다는 것이겠지. 모든 평가는 투쟁이 끝나는 날 이루어진다면서 말이지. 그래 투쟁이 끝나는 날 무엇이 오겠느냐? 그것은 위도 아래도 없이 모두가 공평하게 잘살 수 있다는 세상, 바로 빨갱이 세상이 아니더냐. 이제는 듣기만 해도 지겹다."

진혁이 아무리 설득하고 이해를 구해도 아버지는 미동도 하지 않았다. 다만 피는 속일 수 없다는 말만 푸념처럼 늘어놓았다. 진혁이 군에서 제대를 하고 다시 사 학년이 되었을 때 경숙은 일정한 거처도 없이 떠도는 그를 위해 생활을 합치자고 제안했다. 그리고 그해 가을 가까운 동지들 몇 명만이 참석한 가운데 성당에서의 결혼식이 진행되었다.

두 사람은 건강한 육체와 정신만으로도 미래에 대한 이상을 설계할 수 있었다. 그러나 그들을 기다리고 있는 것은 가슴 벅찬 미래의 설계가 아니라 암울하고 긴 이별뿐이었다. 간단한 의식과 절차가 끝나고 많지 않은 하객들의 축하세례가 한참 진행 중일 때 진혁과 동지들은 시월유신이라는 그물에 걸렸고 행선지도 모른 채 모두 사라졌다. 성당에는 어머니와 경숙 두 사람만이 남아 있었다.

재판은 신속하게 진행되었다. 관련법규를 중심으로 여러 가지 죄목이 포도송이처럼 주렁주렁 달려 있었다. 그 후로 이 년 내내 경숙은 양재동 아버지의 집에서 옥바라지를 했다. 진혁이 출감을

하고 아들과 딸을 두 해 터울로 낳자 아버지는 두 아이에게 금주
머니와 은주머니라는 이름을 달아주었던 것이다.

진혁은 그 무렵 조직정비가 완성되지 않은 지하철 건설본부의
수시채용 기능직 사원으로 어렵게 입사를 할 수 있었다. 직장에서
는 일호선만이 개통된 상태로 앞으로 진행될 일들이 산더미처럼
쌓여 있었다. 금랑이 태어나던 날도 며칠째 밤샘작업을 강행해 온
터라 몸은 거의 탈진상태가 돼 있었다. 그때의 산부인과 벽시계도
흔들흔들 낮 열두 시를 향해 가고 있었다. 온 세상을 휩쓸고 다니
던 유신의 칼바람 또한 부마사태의 직격탄을 맞고 흔들거리기 시
작했다. 그리고 은랑이 태어난 이듬해 그 흔들림마저도 완전히 사
라지면서 한 시대가 마감되었다.

"엄마 왜 그러세요. 여기까지 왔는데 그냥 돌아가란 말이에요?"
"그러게 붉은악마 티셔츠는 왜 입고 왔어."
"정말 미치겠네, 요즘 이 옷 안 입으면 왕따당해요."
"여하튼 안정이 필요한 할아버지에게 도움이 안 된다."

결국 경숙은 혼자서 병실로 들어섰다. 그녀가 늦었다며 인사를
하자 아버지의 쉰 듯한 목소리가 드문드문 울렸다.

"들 여 보 내……"

아버지는 금랑에게 잘 왔다는 말 한마디를 남기고 다시 눈을 감

았다. 붉은악마 셔츠에 대해선 별다른 반응이 없었다. 텔레비전에서는 정오 뉴스가 진행되고 있었다. 육일오 정상회담 이후 계속 이어져온 이산가족 교환방문에 대한 내용이었다. 아나운서의 목소리는 흥분되어 있었다.

"이번 서울에서의 이산가족 상봉행사는 세계인의 이목이 집중되는 월드컵기간 중에 열린다는 데 큰 의미가 있습니다. 우리는 이번 기회에 분단의 아픔과 함께 남북이 평화공존을 향해 나가고 있다는 점을 확실하게 보여줄 것으로 전망됩니다."

진혁은 어머니와 경숙에게 그간 의사와 나눈 대화를 설명하고 치료방법에 대해서 의논을 시작했다.

"그럼 입원해서 정식으로 치료를 받아야지요."

"에미 말은 고맙지만 저 양반이 말을 들을지 걱정이다."

"어쨌든 이번에는 병을 알았으니 그냥 갈 수는 없습니다. 제가 의사를 만나서 입원절차에 대해서 결정을 짓겠습니다."

"그런데 당신은 협상장소로 빨리 가야 할 것 같아요. 아까는 경황이 없어서 얘기를 못했는데 그곳 사정이 너무 나빠졌어요. 이곳은 나에게 맡기고 입원수속 마치는 대로 현장에 복귀하세요."

진혁은 서둘러 입원수속을 마치고 도망치듯 건물을 빠져나왔다. 주차장으로 향하는 길목에는 환자를 태운 자동차들이 끊임없이 이어졌고, 가족들은 곳곳에서 주차문제로 언성을 높이고 있었다. 모든 사람들이 자기자리를 찾지 못하고 겉도는 환자처럼 보였다. 그는 비틀거리는 발걸음으로 택시를 세웠다.

"어디로 모실까요?"

"지하철공사로 갑시다."

"그곳은 경찰이 대치하고 있어서 진입이 어렵습니다. 사람 만나는 일이라면 다음 기회를 이용하는 것이 좋을 겁니다."

"중요한 일이 있어서 지금 꼭 가야 합니다."

"그나저나 협상타결이 안 되면 정말 큰일입니다. 전 세계 손님들은 다 불러놓고 국제적으로 망신 아닙니까?"

"그러게 말입니다."

진혁은 전동차 파업이 실제로 일어난다면 어떤 상황이 벌어질까를 생각해 보았다. 서울시내의 교통은 대란이 아니라 마비가 될 것이고 월드컵대회도 정상적으로 진행되기는 어려울 것이다.

"그런데 이 중요한 시기에 노조는 왜 파업을 벌이겠다고 하는지 알 수가 없네요."

"무슨 이유가 있겠지요."

"월드컵대회로 배수진을 치면 어쩌지 못할 것이다 생각하고 이참에 최대한 챙겨보자는 심산이 아닐까요?"

"글쎄요, 그 반대로 사 측이나 정부 쪽에서 월드컵대회를 이용하는지도 모르죠."

"듣고 보니 그럴 수도 있겠네요. 어쨌든 여차하면 죄 없는 시민들만 생지옥을 경험하게 생겼습니다."

"세계의 눈이 온통 서울로 쏠려 있는데 전동차 파업까지야 가겠습니까."

"그렇게만 된다면 더없이 좋은 일이지요."

택시는 빌딩 숲을 벗어나 한강을 가로질러 달리기 시작했다. 다리 양옆으로 이어진 부챗살 모양의 대형 아치는 하나씩 뒤로 밀려나갔다. 아치를 세우고 있는 철기둥의 거리도 점점 좁혀지다가 마침내는 하나의 선으로 이어졌다. 택시는 다시 빌딩 숲을 헤매기 시작했다. 얼마 지나지 않아 택시가 도착한 농성장의 정문은 이미 봉쇄되어 있었다. 차를 돌려 후문으로 향했지만 그곳 역시 출입을 통제하고 있었다. 결국 택시는 후문을 한참 벗어나서 진혁을 내려놓았다. 방법을 찾던 진혁은 휴대폰을 꺼내들었다.

"네, 이수영입니다."

"나 장진혁이요. 출입문이라고 생긴 것은 모두 통제하고 있으니……."

"위원장님 최악의 상황입니다. 우리는 외부와 완전히 차단되었습니다."

"일단 안으로 들어가야 하는데 무슨 방법이 없을까?"

"이럴 줄 알고 준비해 둔 것이 있습니다. 서편 담장을 따라서 내려오다 보면 사다리 끝부분이 보일 것입니다."

"저들은 처음부터 우리의 식량사정을 알고 있었습니다. 그래서 바닥날 때를 기다렸다가 동시에 모든 문을 봉쇄한 것입니다. 이제 정해진 순서에 따라 전기와 수도 역시 차단할 것이 뻔합니다. 당장 노인과 아이들이 문제입니다."
총무부장의 목소리는 떨리고 있었다.
"남아 있는 식재료 사정이 어떻습니까?"
"모든 것이 다 떨어졌습니다. 설마 하고 안이하게 대처한 것이 잘못입니다."
"오늘 밤이 마지막 고비입니다. 여기서 물러선다면 지금까지 진행된 것이 모두 물거품이 됩니다. 조합원들 모두 각오를 단단히 하고 오늘 밤을 슬기롭게 넘겨봅시다. 자 하루만 더 고생합시다."
노사는 각각 최종 수정안을 내놓고 늦어진 정오협상을 시작했다. 사 측은 전년도 합의사항 전체를 파기하고 재협상을 하자는 주장에서 한발 양보했고 노 측은 합의사항 전체를 복원시키라는 주장에서 문제가 된 두 개 항목을 재협상에서 다룰 수 있다는 신축적인 태도를 취했다. 양측의 대화는 순조롭게 시작되었다. 그러나 불씨는 엉뚱한 곳에 있었다. 농성장 출입통제가 문제였다. 진혁은 갇힌 몸으로는 더 이상의 대화가 불가능하다며 봉쇄병력의 철수를 강력히 요구했다. 사 측은 격렬한 가두시위를 대비한 것이라며 받아들이기 어렵다는 입장이었다. 양측의 팽팽한 주장은 본 협상을 가로막으며 시간만 삼키고 있었다. 결국 사 측은 흥분을 가라앉히기 위해 십 분간 휴식을 갖자고 제안했고 진혁은 아까부터 주머니 속에서 떨고 있는 전화기를 꺼내들었다.

"네, 장진혁입니다."

"여보! 큰일났어요."

"왜 그래, 또 무슨 일이야?"

"아버님이…… 아버님이 사라졌어요."

"아니 정신이 반쯤 나간 분이 어디로 사라졌단 말이야?"

"그러니까 걱정이죠. 어머님은 울고불고 난리났어요."

"지금 마지막 협상의 최대 고비야. 도저히 자리를 비울 수가 없어."

진혁은 벌겋게 상기된 얼굴로 협상장소를 향해 고개를 돌렸다. 단식의 후유증 때문인지 눈앞에서는 아버지의 일그러진 모습이 어른거렸고, 그는 더 이상 발걸음을 옮기지 못했다. 황급히 그를 부축한 사람은 옆에 있던 부위원장 이수영이었다.

"위원장님 가십시오. 우리가 이처럼 힘겨운 싸움을 하는 것은 가족들의 생존권 때문이기도 합니다. '눈앞에 보이는 부모를 박대

하는 자가 어찌 눈에 보이지도 않는 하나님을 섬기겠느냐' 라는 성경말씀이 생각납니다. 걱정 마십시오, 우리는 정해진 길을 갈 것입니다."

어머니는 얼마나 눈물을 흘렸는지 빨갛게 충혈된 두 눈이 부어 있었다. 경숙은 초조함을 감추지 못하고 떨리는 입을 열었다.

"금랑이가 나간다고 하길래 음료수라도 사올까 하고 병실을 비운 사이에 아버님이 사라졌어요."

"어머니는 있었잖아?"

"보조침대에서 잠이 드셨나 봐요. 소지품이 없어진 걸 보면 아주 나가신 게 틀림없어요."

"어머니, 찾아갈 만한 사람은 없습니까?"

"어디 터놓고 지낸 사람이 있어야지. 없어, 한 사람도 없어. 네 아버지란 사람은 누구하고도 가까이 지낸 적이 없었다. 심지어 부부사이인 나한테도 마음 한번 터놓지 않았다. 너희들은 시꺼멓게 타버린 내 속을 모를 것이다."

그때 우리는 만나지 않았어야 했다. 그날 밤의 만남이 잘못이었어. 내가 처음 그 양반을 만난 곳은 토끼봉 허리를 덮고 있는 산죽밭에서였다. 그때가 해방되기 한 해 전이었으니까 우린 열아홉 동갑내기로 혈기 왕성한 나이였지. 세계전쟁을 일으킨 일본정치가

얼마나 백성들을 볶아쳤던지 집 안에서 쓸 만한 물건들은 남아나
질 않았다. 곡식은 물론이고 놋숟가락 한 개도 남김없이 모조리
쓸어갔다. 그뿐만이 아니었어. 내선일체를 강조하며 이름을 모두
일본말로 바꿔놓고는 남녀 구분 없이 젊은이들을 끌어가기 시작
했다. 그들은 큰돈을 벌 수 있는 좋은 기회라며 떠벌리고 다녔지
만 그 말을 믿는 사람은 별로 없었다. 난 그때 민판동과는 좀 떨어
진 나들목에 살았는데, 청주로 향하는 소로길이 갈라지는 곳이라
청주나들이라고도 했지.

생계유지가 막막했던 그 시절에 살아남기 위한 유일한 수단은
복조리를 만드는 일뿐이었다. 토끼봉 밑에 붙어 있는 민판동이나
제법 떨어져 있던 나들목이나 복조리 생산이 가능한 사람들은 모
두 산죽밭으로 몰려들었지. 그러니까 감사의 대상은 그들의 주장
처럼 천황이 아니라 토끼봉인 셈이었다. 그 사람은 민판동에서도
가장 체격이 좋은 청년이었어. 그래서 사람들은 곰이라는 별명으
로 그를 불렀었지.

"곰이라구요!"

진혁과 경숙은 동시에 의아한 표정을 지었다.

"덩치가 큰데다 말수도 적으니 그렇게 불렀던 것이다. 그런데
그 곰이 이렇게 화근이 될 줄은 몰랐다."

진혁은 착잡했다. 어머니의 신세타령을 듣고 있을 여유가 없었

다. 그런데 자꾸 불거져나오는 어머니의 곰 얘기는 또 무슨 의미인가. 어머니마저 정신이 빠져나가고 있다는 말인가. 진혁은 무의식적으로 짜증 섞인 목소리가 튀어나왔다.

"어머니 정신 좀 차리세요!"

"의사가 그랬잖아, 곰 때문이라고 곰이 무서워서 생긴 병이라고."

어머니는 진짜 정신나간 사람처럼 말없이 계속 눈물만 흘렸다. 경숙은 초조하게 시계만 들여다보고 있었다.

"여보 막연하게 기다리기만 할 건가요. 무슨 방법을 찾아야지 불안해서 견딜 수가 없네요."

"나도 맘 편히 있는 것은 아니야. 농성장 일과 아버지의 일이 겹쳐서 머리가 터질 지경이라구. 하지만 뚜렷한 해법이 있어야지."

경숙은 초조함을 달래려고 침대와 주변정리를 시작했다. 바닥에 지저분한 것들을 휴지통에 버리고 개인 소지품들은 한쪽 구석으로 정돈했다. 침대 위에 널려 있는 것들은 차곡차곡 접었고 그 위에 베개를 올려놓았다. 그런데 베개 밑에는 담뱃갑에서 나온 은박지가 숨어 있었다.

"여보 이것 좀 보세요. 아버님 글씨 맞죠?"

글씨는 은박의 뒷면에 사인펜으로 쓰여져 있었다.

"맞아, 아버지의 비틀거리는 사인펜 글씨체가 틀림없어."

은박지 뒷면에는 의사선생 말대로 곰을 찾아서 떠난다는 앞과 뒤를 생략한 단 한 줄의 글귀만이 적혀 있었다. 경숙이 그것을 읽는 동안 병실에는 잠시 침묵이 흘렀다. 그리고 어머니는 다시 눈물을 글썽이며 힘없이 무너져내렸다. 진혁은 어머니를 일으키면서 해방 무렵의 얘기를 계속 들어보기로 했다. 왠지 아버지의 행방과 관련된 얘기가 숨어 있을 것만 같았다.

산죽을 채취하는 작업은 가을걷이가 마무리돼가는 시월부터 시작되었는데 그때가 되면 인근 주민들은 노소 구분 없이 토끼봉의 산죽밭으로 몰려들었다. 나도 열아홉 숫처녀의 몸으로 찐 고구마를 싸들고 아버지를 따라서 여러 차례 토끼봉을 오르내렸다.

수많은 사람들이 몰려들면서 채취작업은 아래쪽에서 위를 향해 진행되었는데 그해 새로 자란 산죽들이 아이들의 키를 넘어서 어른들의 가슴팍까지 올라오곤 했었다. 바람이라도 부는 날에는 산죽이 이리저리 몰리면서 그곳에서 일어나는 초록의 파도가 장관을 이루었지. 일단 작업이 시작되면 초록 물결은 위쪽으로 조금씩 올라갔고 점점 폭이 좁아지다가 작업이 끝날 때쯤이면 일 년 뒤를 기약하며 완전히 사라져갔다. 그런데 채취작업 막바지에 사고가 생겼어.

그날도 여느 때처럼 찐 고구마를 싸들고 아버지를 따라나섰는데 아침에 먹은 시래기죽이 잘못됐는지 배탈이 났던 게야. 산에서 뒷일을 봐야 하는데 그것이 큰 문제였다. 초록 물결이 바다처럼 일렁이던 때라면 아무 곳이나 상관없겠지만, 이미 깎아놓은 사람의 머리처럼 대부분의 산죽이 잘려나간 뒤였다. 어느 곳에도 열아홉 처녀의 몸 하나 숨길 곳이 없었다. 가장 위쪽에 일부가 남아 있긴 했지만 그곳에는 시퍼런 사내들이 벌떼처럼 붙어 있었다.

결국 아버지의 말대로 나는 바위산으로 올라갈 수밖에 없었다. 그리고 예상치 못한 일은 그곳에서 벌어지게 되었지. 내가 급히 볼일을 마치고 바위틈을 나섰을 때 삼각머리를 빳빳하게 세우며 뱀 한 마리가 나를 기다리고 있었다. 어찌나 놀랐던지 사지가 얼어붙는 것 같았다. 결국 돌아서지도 못하고 계속 뒷걸음질만 하다가 정신을 잃고 말았다.

내가 정신을 차리고 깨어났을 때는 이미 집으로 돌아와 있었다. 아버지는 걱정스런 얼굴로 나를 내려다보고 있었고, 그 옆에는 곰이라는 별명을 가진 청년이 자리를 하고 있더구나. 아버지의 말로는 서너 길 되는 언덕 아래로 굴러떨어져 정신을 잃고 있을 때 근처에서 작업 중이던 그 청년이 나를 처음 발견했고, 아버지와 함께 나를 들쳐업고 나들목까지 달려왔다고 했다.

어머니는 정말 정신이 나간 사람처럼 보였다. 이미 많은 세월이 흘러갔건만 아직도 남아 있는 것이 있는지 얼굴 표정은 수시로 변화를 보였다. 말라붙은 눈물자국을 손등으로 비비며 창밖의 먼 하늘을 응시하기도 했고, 허탈한 웃음을 짓기도 했다. 그리고 고통스런 모습을 보일 때에는 한동안 눈을 감은 채로 말을 이어가기도 했다.

나는 부끄럼을 많이 타는 나이여서 한동안 청년 앞에서 고개도 제대로 들지 못했다. 목숨을 구해 주었다는 고마움보다는 내 몸을 만진 것에 대한 부끄러움이 앞섰던 것이지. 하지만 인연의 끈은 참으로 질긴 것이었다. 한 번 두 번 고마움 때문에 만난 것이 계기가 되어 만나는 횟수만큼 보이지 않는 정도 쌓여져 갔다.

청년은 황소같이 큰 덩치와는 딴판으로 매우 순박하고 자상한 사람이었다. 만남이 더해질수록 호감이 가는 남자였지. 그는 군내의 소작농 단체에서 활동하고 있었는데 만날 때마다 그 얘기를 들려주었다. 얘기의 대부분은 지주회를 상대로 한 소작인들의 입장이었어. 소작료나 소작권 문제에 대한 얘기를 할 때면 유난히 목소리에 힘이 들어가곤 했었다.

요즘 젊은이들 말처럼 무슨 투사나 영웅 같은 그의 주장에 나는 여러 번 감동했고 그럴 때마다 조금씩 마음이 움직이게 되었다. 그 사람의 평상시 생활은 순박하고 미련스럽게만 보였지만, 소작에 관련된 얘기만 나오면 옳지 않은 것은 고쳐져야 한다며 불같이 뜨거운 열변을 계속 이어갔다. 그의 감동적인 모습은 언제나 내 마음을 송두리째 앗아가기에 충분했었다. 열아홉 처녀의 눈에 얼마나 멋있게 보였던지 시간이 지날수록 그에게로 향하는 마음은 점점 커졌고 주체할 수가 없었다. 결국 저녁마다 설레임으로 가득 찬 가슴을 끌어안고 남들의 눈을 피해 가며 장군바위 밑에서 그를 만나게 되었다. 캄캄한 밤길인데도 발걸음은 왜 그리도 가벼웠던지, 돌이켜 생각해 보면 그 시절이 나에겐 꿈같은 시간이었어. 세상 모든 것이 우리를 위해 있는 것 같았으니까.

그렇게 한 보름쯤 지났을까. 갑자기 그가 나타나질 않았어. 다음날도, 그 다음날도 마찬가지였다. 난 사흘 밤을 기다리다 아버지에게 모든 것을 털어놓았지. 그런데 아버지는 뜻밖의 얘기를 꺼내놓았다. 그 청년은 징용자 트럭에 실려갔다는 것이었어.

난 아버지의 야단을 맞으면서도 저녁마다 장군바위로 발걸음을 옮겼다. 그러나 그는 없었다. 난 밤마다 빌었다. 그 청년을 돌려달라고 하늘에 빌고 또 빌었다. 그렇게 십일월로 접어든 어느 날 결국 아버지는 나를 조용히 불렀다. 그리고 그토록 간절했던 내 마음에 찬물을 끼얹고 말았다.

"너 빨리 혼인해야겠다."

"아버지 갑자기 무슨 말이에요?"

"갑자기가 아니라 오래 전부터 생각했던 일이다. 주재소 순사

놈이 우리 집을 자꾸 훔쳐보는 것도 그렇고, 요즘 떠도는 소문들이 심상치 않아. 젊은 여자는 모조리 근로정신대로 끌어간다는 게야."

"그럼 어떡해요. 난 아버지 두고 집 떠나기 싫어요."

그때는 근로정신대가 뭔지도 몰랐다. 아버지는 잔뜩 겁먹고 있는 나에게 걱정 말라고 했다. 엄마 없이 자란 나를 절대로 그런 곳에 보낼 수는 없다고 했다. 그래서 나온 말이 바로 혼인이었다. 아버지는 혼인만이 유일한 방법이라며 서두르자고 했다. 그날 이후 아버지와 나에게는 살얼음판을 걷듯이 불안한 나날이 이어졌다. 그동안 저녁마다 청년의 무사귀환을 빌어왔는데 이제는 나를 용서해 달라며 흐느낄 수밖에 없었지.

그렇게 밤마다 장군바위에서 눈물을 흘리던 어느 날, 어두운 산길을 내려오는 내 앞을 가로막는 사람이 있었다. 난 눈을 의심했다. 어둠 속에서 장승처럼 서 있던 사람은 바로 징용에 끌려갔던 그 청년이었다. 우린 피끓는 열아홉 나이가 모든 것을 대신해주고 있을 뿐 약속이나 한 듯 아무런 말이 없었다.

환자가 없어졌다는 소식에 황급히 달려온 담당의사는 경숙과 이런 저런 얘기를 나누고 있었다.

"선생님은 어떻게 생각하세요. 정신을 잃었던 분이 이렇게 사라질 수도 있는가요?"

"너무 놀라지 마십시오. 흔한 것은 아니지만 가끔 있는 일입니다. 그리고 관절이나 근육에 무슨 병이 있는 것은 아니니까 기동하는 데는 별 문제가 없을 겁니다. 문제라면 환자의 목적지겠지요. 상황에 따라서 극단적인 방법을 선택할 수도 있기 때문입니다."

"그럼 경험으로 봤을 때 이런 경우의 환자는 보통 어디를 찾게 되나요?"

"글쎄요, 지금 같은 경우는 뭐라고 답변하기가 어렵습니다. 이분에 대한 정보가 전혀 없어서 짐작도 불가능한 상황입니다. 한 가지 분명한 것은 누구든지 자신의 병을 유발시킨 뿌리를 찾아간다는 것이지요."

"그 뿌리가 어디에 있으며 무엇인지 알 수가 없으니 답답할 뿐입니다. 그야말로 속수무책입니다."

진혁은 투덜거리며 병실을 나섰다. 이미 가슴속은 열기와 갈증으로 채워져 있었다. 그는 복도에 설치된 정수기에서 냉수를 연거푸 들이켰다. 뜨거웠던 가슴은 잠시 열기가 식는 듯했다. 잠시 후 진혁이 가슴속의 고통을 추스르며 다시 병실로 돌아올 때까지도 경숙은 의사의 말을 듣고 있었다.

"이건 혹시나 해서 드리는 말씀입니다. 지난번에 갑자기 사라진 노인 환자분이 있었는데 그분은 임진각에서 찾았습니다. 나중에 이유를 들어보니까 죽기 전에 고향 땅 밟아보는 것이 소원인데, 아직도 철 그물이 한반도 허리를 꽁꽁 묶어놓고 있으니 어쩔 수 없이 그리로 향하게 되었다고 하더군요."

"하지만 저희 아버님은 그분과는 다릅니다."

"물론 다르지요. 하지만 누구든지 어려운 처지에 놓이면 좋든 싫든 부모형제나 고향 땅을 한번쯤은 떠올리게 됩니다."

"그럼 혹시 민판동으로 가신 것은 아닐까요?"

경숙은 돌아서며 진혁에게 물었다.

"글쎄……."

진혁은 말꼬리를 흐렸고 그것을 이어간 것은 어머니였다.

"아니다, 그 양반은 그곳에 절대로 안 간다."

어머니는 그곳이 절대 금지구역인 것처럼 말했고 의사는 좋은 소식을 기다리겠다며 자기 방으로 돌아갔다. 벽에 붙은 시계는 2 라는 숫자 세 개를 나란히 그려놓고 있었다. 그것은 최종협상이 시작된 지도 벌써 두 시간이 흘러갔다는 의미였다. 협상의 진전은 없었다. 총무부장은 좀 전의 통화에서 노조의 요구를 비웃듯이 경찰병력은 증강되고 있으며 일부 노약자들은 쓰러져간다고 했다. 대의를 위해서 일부의 희생은 어쩔 수 없이 감수해야 할 몫이라고 했지만 가슴 한구석이 무너져내리는 고통은 어쩔 수 없었다.

경숙은 차라리 농성장으로 복귀하기를 바랐다. 아무런 대책 없이 시간만 허비하는 것보다는 촌각을 다투는 현장으로 돌아가 수많은 동지들의 고통을 조금이라도 덜어주는 것이 책임자로서 도리라고 했다. 진혁은 괴로웠다. 아버지는 어디로 갔단 말인가.

진혁은 긴 고민 끝에 결심을 굳혔다. 그리고 멍하니 하늘만 쳐다보고 있는 어머니에게 마음을 편히 가지라는 말로 인사를 대신했다. 그는 빠른 걸음으로 복도 끝에 있는 엘리베이터로 향했다. 열림 스위치를 누르고 문이 열리기를 기다리고 있을 때 주머니 속의 휴대폰이 다시 진동을 시작했다. 총무부장이었다.

"총무부장, 안 그래도 전화하려던 참이었어요. 지금 복귀하는 중입니다."

"위원장님 지금 오시면 안 됩니다. 오후 세 시부로 체포 영장이 발부됐습니다."

"협상이 진행 중인데 그게 무슨 소리요?"

"언제든지 집행할 수 있다는 거지요. 사 측에서도 저녁 여덟 시까지 타결되지 않으면 원만한 개막식을 위해서 어쩔 수 없다며 병력투입을 요청하기로 했답니다."

"그럼 나는 어쩐다……."

"일단 그곳에서 빨리 나오십시오. 그 건물 엘리베이터를 타고 지하 주차장에서 내리면 우리가 보낸 사람이 자동차를 전해 줄 겁니다. 그러면 가능한 빨리 서울을 벗어나십시오. 서둘러야 합니다."

진혁이 급하게 다시 병실로 들어서자 경숙은 놀라서 벌떡 일어섰다.

"돌아간다던 사람이 무슨 일이에요. 뭐 잊어버린 거라도 있어요?"

"방금 전에 체포 영장이 발부됐어. 협상이 타결되면 다행이지만 또다시 결렬된다면 언제 돌아올지 기약할 수 없는 상황이야. 아버지 일까지 겹쳐서 당신한테는 정말 미안해."

"그래서 행선지는 정했어요?"

"아니, 지하 주차장에서 사람이 기다리고 있으니 만나본 뒤에 생각해 봐야지. 자리가 잡히면 연락할게. 어머니 시간이 없어서 빨리 가봐야겠습니다."

아무 말 없이 지켜보던 어머니는 진혁이 문을 나서려고 하자 그를 불러세웠다.

"아범아, 어차피 서울을 떠날 거라면 민판동으로 들어가서 김장수라는 노인을 찾아 도움을 청해 보거라."

진혁은 서둘러 시내를 빠져나갔고 곧장 민판동을 향해 달렸다.

그가 속리산의 출입문이라고 할 수 있는 말티재의 정상에 올라섰을 때 시간은 이미 여섯 시 삼십 분이 되어 있었다. 자동차는 정상의 한편에 조성돼 있는 간이 주차장에 세워졌다. 바로 옆에는 대형 관광버스 한 대가 서 있었고 그 안에서 쏟아져나온 남녀 인파는 등나무 그늘막에서 뒤엉키며 흥청거리고 있었다. 진혁은 그들의 노랫소리를 뒤로하고 방금 전에 올라온 도로를 내려다보았다. 구불구불 숲 속에 몸을 숨긴 검은색 도로는 운전자들의 어려움보다는 오히려 부드러운 곡선미가 아름다워 보였다.

아버지도 구부러진 길에 대해 불만을 토로한 적이 있었다. 우리 집안은 혈통이 구불구불한 것 같다. 왜 모두들 쉽고 편한 길을 두고 구부러진 길로 달려드는지 알 수가 없어. 너의 조부도 그랬고 증조부도 그랬었다. 반골 기질이 아주 강한 분들이었지. 내 대에 와서 그것을 끊어보려고 했는데 결국은 네놈이 다시 이어가고 있지 않느냐. 사실 너의 증조부나 조부는 세상을 바꿔보려는 혁명가 기질을 타고난 분들이었다. 그런 분들에게 동학은 딱 맞는 의복이고 신발이었지. 너나 이 애비가 민판동 산속에서 태어난 것도 바로 그 때문이었다.

증조부께서는 처음부터 해월 선생이 이끄는 북접에서 활동하였는데, 동학농민전쟁이 일어나던 해에 공주전투에서 대패한 뒤로 일본군과 민보군들에게 쫓기는 신세가 되었다. 살아남은 농민군들은 대열이 흩어진 채로 산발적인 전투를 벌이면서 후퇴를 거듭하다가 결국은 옥천군 청산면 쪽으로 몰려들었고, 원남 장터를 거쳐 그해 겨울에는 보은읍 근처에 있는 북실이란 마을로 속속 재집결했다고 한다. 그래서 북접군의 마지막 전투인 북실대전투가 벌어지게 되었던 것이지.

총과 칼의 싸움이었으니 그 결과는 너무도 비참했다. 하룻밤 사이에 이천오백 명 이상의 농민군과 마을 주민들이 목숨을 잃었다고 하는데 그때 증조부를 비롯한 온 가족이 몰살당하고 조부 한 분만 간신히 목숨을 건졌다고 한다. 이 전투에서 살아남은 극소수의 북접군들은 일부 해월 선생을 따라갔고 일부는 사방으로 흩어졌는데 이때 조부도 같은 처지에 있던 조모를 데리고 민판동으로 숨어들었던 것이다.

진혁은 다시 도로를 내려다보았다. 검은 뱀처럼 길게 구부러진 도로를 타고 자동차들이 힘겹게 올라오고 있었다. 아버지는 의도적으로 반듯한 길만을 찾아다녔지만 돌이켜보면 저 아래 힘겹게 올라오고 있는 자동차들만큼이나 굴곡이 심한 인생을 살아야 했다. 왜 그래야 했을까. 진혁은 고개를 들어 서쪽 하늘을 바라보았다. 태양은 이미 한쪽 발을 서산에 대고 있었고 초여름의 가벼운 바람은 두 볼을 스치며 지나갔다.

내리막길은 경사가 완만한 일자로였다. 자동차는 잘 가꾸어진 가로수 터널을 지나 상가 밀집지역으로 들어섰다. 길가에는 관광 회사 버스들이 즐비하게 늘어서 있었고 수십 명씩 몰려다니는 행락 인파도 자주 눈에 띄었다. 어릴 적 기억을 끝까지 파고 들어가 보았지만 눈앞에 펼쳐진 풍경과는 단 한곳도 겹치는 부분이 없었다. 진혁은 아련한 기억 속에서 빠져나와 기념품 가게로 들어섰다.

"저 민판동을 가려면 어느 쪽으로 가야 되는지요?"

"뒤쪽에 개울이 하나 있어요. 그걸 따라서 끝까지 올라가면 됩니다."

손님인 줄 알았던 가게주인은 퉁명스럽게 한마디 내뱉고는 실망한 듯 휑하니 안으로 들어갔다. 진혁은 숙박업소가 모여 있는 지역을 벗어나 개울가를 따라 이어진 좁다란 도로를 달려갔다. 주변에는 민박집과 횟집이 마중하듯 서 있었고 멀리서 산봉우리 하나가 그를 내려다보고 있었다. 창밖으로 드문드문 이어지던 민가들은 논과 밭으로 바뀌면서 완전히 사라졌다. 진혁의 자동차는 누런 흙먼지를 일으키며 비포장도로를 계속 달렸다.

그가 굵은 꼬리처럼 붙어 있던 먼지무리를 잘라내고 민판동으로 들어섰을 때는 이미 어둠이 깔리기 직전이었다. 밖에서는 해가 한 뼘 정도 남아 있었지만 사방이 산으로 둘러싸인 골짜기 속에서는 이미 사라진 뒤였다. 마을은 이십여 가구가 오밀조밀 모여 있는 작은 규모였다. 대부분 돌담에 슬레이트 지붕이었는데 중앙에 오래된 기와집 한 채가 우뚝 솟아 있었다. 진혁은 쫓기고 있는 자신의 처지를 어떻게 설명해야 할까 고민하며 곧바로 기와집을 향해 올라갔다.

"실례합니다."

"누구시요?"

"저는 장진혁이란 사람인데요, 이 집 어르신을 만나뵈러 왔습니다."

"진혁이라면 장 씨 자제분이구먼. 부친을 찾아온 모양인데 이를 어쩌나."

"그럼 저희 아버님이 여기에……."

가족들을 그토록 애타게 만들어놓고 이곳에서 태연하게 지내고 있다니 아버지는 정말 알 수 없는 사람이었다. 진혁은 울화가 치밀면서도 한편으로는 그나마 안심이 되었다.

"고향 찾아온 것인데 뭘 그리 놀래요."

"아버님은 어디 계십니까?"

"우리 집 양반하고 무슨 얘기가 그렇게 많은지 방에서 꼼짝도 안 하다가 좀 전에 둘이서 나갔어요."

"어디로 갔는지는 모르시구요?"

"그야 난 모르지."

"어르신께서 돌아오시면 모든 것을 알 수 있겠군요. 그런데 전에도 이곳에 오신 적이 있었나요?"

"그 양반도 집에서는 통 말을 안 하는 모양이구먼. 우리 집 양반하고 어째 그리 똑같은지. 명절 때마다 매년 두 번은 꼭 내려왔어요."

"그럼 여기서 주무셨나요?"

"웬걸, 아무리 말려도 소용없었어요. 우리 집을 들리긴 했지만 먹고 자는 것은 토끼봉 산속에서 해결했어요. 그런데 어찌 된 일인지 대통령이 이북 갔다온 뒤로는 일절 발길을 끊더니 오늘은 연락도 없이 내려왔네요."

백발이 성성한 노부인은 진혁을 사랑채로 안내하고 저녁상을 차리겠다며 부엌으로 향했다. 방 안에는 대나무를 엮어서 만든 복조리가 크기별로 쌓여 있었고 그 때문인지 대나무의 독특한 향기가 가득 차 있었다.

"저녁상 들어가요."

노부인은 허리가 조금 구부러졌을 뿐 보기보다 정정했다. 부엌에서 차려진 소반을 사랑방 문 앞까지 들고 와 마루 위에 내려놓았다. 진혁은 고맙다는 인사를 하고 밥상을 재빨리 방 안으로 옮겨놓았다.

"도회지 사는 자식들이나 오면 한번씩 쓰는 방이라 지저분할 것인데……."

"괜찮습니다. 대나무 향기가 아주 좋습니다."

"그렇다면 다행이구, 시골에서 늙은이 둘이 살다 보니 찬이 변변치 않아요."

"별말씀을 다하십니다. 잘 먹겠습니다."

이제서야 빵과 우유가 모두 빠져나갔는지 뱃속은 아주 편안했다. 그리고 부담없는 산골음식이 빠른 속도로 빈속을 채워갔다. 하루 종일 붙어 있던 허기가 그동안의 긴장과 함께 사라지자 기다렸다는 듯이 졸음이 떼를 지어 몰려들었다.

며칠 동안 지칠 대로 지쳐서 파김치가 된 진혁의 몸을 깨운 것은 김 노인의 귀가였다.

"장 씨 자제분이 기다리고 있는데 어딜 갔다 이제 와요?"

"누가 왔다고?"

"장 씨는 어떡하고 혼자 와요. 아드님이 찾아왔는데."

"소웅이 자제가 왔다고. 그래 지금 어디 있는가?"

진혁은 잠들면서 벗어놓았던 점퍼를 다시 걸치고 방문을 열었다. 안채 앞에서 부인의 말을 듣고 있던 노인이 그 모습을 보고 방문 앞으로 다가왔다. 그는 재빨리 마루를 내려서며 공손하게 인사를 올렸다.

"인사드리겠습니다. 전 서울에서 내려온 장진혁이라고 합니다."

"자네가 서울친구 자제분이라구……. 먼 길을 찾아왔구먼."

"그런데 아버님은 어디 계십니까?"

"자네 부친은 떠났으니 방으로 들어오시게."

노인은 말없이 신발을 벗고 안방마루로 올라섰다. 진혁이 황당한 표정으로 멍하니 뒷모습만 바라보고 서 있자 그는 방문을 열다 말고 어여 올라오라며 다시 한번 손짓을 했다. 안방에도 사랑방과 마찬가지로 복조리가 군데군데 모여 있었다. 진혁은 자리에 앉자마자 다시 입을 열었다.

"아버님은 어디로 가셨습니까?"

"친구가 말을 안 하니 난들 알 수가 있나."

"그럼 혹시 무슨 말이라도 남긴 것은 없습니까?"

"안부를 묻는 것 외에 특별한 것은 없었고 한 가지 이상한 얘기를 하더구먼."

"그게 뭡니까?"

"앞으로는 이곳에 오지 않을 것이라고 했네. 그래서 내가 무슨 얘기냐고 물으니까 그냥 그렇게만 알고 있으라며 말꼬리를 흐리고 말았어."

노인은 깊은 생각에 빠진 듯한 표정으로 무언가를 혼자 중얼거렸다. 진혁은 이해할 수 없는 아버지가 야속하고 원망스러웠다. 하지만 그 얘기는 일단 접어두고 우선은 자신이 현재 도피 중이란 사실을 말하고자 했지만 선뜻 입이 열리지 않았다. 그것은 최종시한이 얼마 정도 남아 있다는 약간의 여유 때문이기도 했다. 진혁은 잠시 침묵을 깨고 다시 입을 열었다.

"이 복조리들은 어르신께서 직접 만드십니까?"

"그럼, 평생을 해온 일인걸. 자네는 산죽에 대해 잘 모를 걸세. 이것을 다른 말로 조리대라고도 하는데, 대개 추수가 끝나고 시월쯤 되면 그해 돋아난 줄기를 베어내게 되지."

"그러면 바로 복조리 엮는 작업이 시작되겠군요."

"아니지, 그게 또 간단치가 않아요. 우선 베어낸 줄기들을 큰 가마솥에 넣고 푹 삶아야 하고, 조리대가 충분히 삶아졌다 싶으면 건져내어 햇볕에다 하루를 말린 뒤에 껍질을 벗기게 되지. 그런 다음 네 가닥으로 쪼개서 다시 물속에 반나절은 불려야 조리를 엮을 수가 있다네."

"생각보다 복잡하군요. 그런데 수요는 많습니까?"

"웬걸, 요즘 누가 대조리를 사용하는가. 예전에는 플라스틱이나 나일론 같은 것도 없었고 정미소에서 돌을 가려내는 기술도 없었네. 모든 곡물을 이는 것은 대조리가 유일한 방법이었지. 사람들의 생활은 참담했지만 복조리의 황금시기는 바로 그때였어."

"그런데 어르신 집안은 대대로 이곳에서 살아오셨습니까?"

"그렇다네. 원래 이곳은 사람이 없었는데 조선초기 황 참판이란 분이 말년을 이곳에서 보낸 뒤로 하나 둘 모여들면서 민판골이라 불리게 되었고, 주민들이 계속 늘어나면서 지금의 민판동이 되었네."

이 노인은 아버지의 유일한 친구분인데 어째서 속마음을 털어놓지 못하고 그냥 떠나버린 것일까. 가족이나 부부간에 못할 말도 친구에게는 털어놓는 법인데, 진혁은 아무리 생각해도 아버지를 이해할 수가 없었다.

"어르신, 아버님과는 어릴 적부터 사이가 좋으셨습니까?"

"그럼, 소웅이, 덕구, 그리고 죽은 자네 백부 모두 죽마고우였어. 지금은 모두 흩어졌지만 그땐 형제나 다름없었네."

"덕구 씨라면?"

"맞네. 그때 덕구 부친은 구장을 보고 있었고 대지주는 아니어도 꽤 많은 땅을 가진 자작농이었지."

"백부께서는 덕구 씨 대신 징용에 나갔다고 하던데 사실입니까?"

"꼭 그렇다고만 할 수도 없지. 무슨 말을 어떻게 해야 할지 참 곤란하구먼."

"그렇다면 아버님은 왜 준호네 얘기만 나오면 펄펄 뛰는지 알 수가 없습니다."

"그건 그만한 사정이 있기 때문이지. 해방되기 한 해 전에 나와 덕구는 징용영장이 나와 있었고 한 살 아래인 자네 백부는 대상자에서 제외된 상태였네. 그런데 징용자 수송트럭을 인솔하고 왔던 주재소 순사는 덕구 대신 자네 백부를 데리고 갔어."

"아니 어떻게 그런 일이……. 아버님 말씀대로 준호 조부의 농간이었군요?"

"이 문제는 징용에 자원했다는 자네 백부가 다시 살아나지 않는 한 영원히 풀리지 않을 걸세."

"징용을 대신 나갈 수 있게 사정을 했다는 것은 아무래도 믿기가 어렵네요."

"그래서 자네 부친은 준호 조부에 대해 적개심을 갖기 시작했네. 한 시대가 만들어낸 가슴 아픈 얘기지."

만약 백부가 징용을 자원했다면 그 길을 선택한 이유가 있었을 것이다. 하지만 당사자는 이미 고인이 되었고 아버지는 증오심으로 무장한 채 아무런 말이 없다. 도대체 진실은 무엇이란 말인가.

"백부는 어떤 분이셨습니까?"

"자네 부친도 그랬지만 그 친구 역시 체격도 좋았고 머리도 총명했지. 우리들과 함께 소작인 단체에서 활동하고 있었는데, 특히 동척이나 친일지주의 횡포에 대해서는 적극적으로 싸웠네. 그 친구는 틈만 나면 악덕지주가 없는 세상을 만드는 것이 꿈이라고 했어. 그러자면 지식과 견문을 넓혀야 한다고 했는데 아마도 징용을 자원했다면 그 때문이 아니었을까 생각하네. 하지만 준호 조부의 주장은 우리들의 생각과 많이 달랐었네."

"어르신은 같이 징용에 나가셨는데 백부로부터 들은 말은 없었습니까?"

"모두들 내 입에서 무슨 말이든 나오기를 기대했지만 사실은 나도 특별히 아는 것이 없었네. 우리는 트럭에 오르면서 많은 사람들과 섞이게 되었고 더구나 일차 집결지에서 다른 차량으로 옮겨 탔기 때문에 개인적인 얘기를 나눌 여유가 없었던 것이지."

노인은 얘기를 하다 말고 아기 손바닥만한 복조리 한 쌍을 진혁에게 내밀었다.

"이거 갖고 가서 장식용으로 방에 걸어두면 괜찮을 걸세."

"감사합니다. 참 예쁘네요."

"요즘에는 찾는 사람이 없으니 만드는 사람도 거의 없어졌지. 저 아래 기념품 가게 몇 곳에서 어찌나 성화를 해대는지 나 혼자만 조금씩 만들고 있다네. 좀 전에도 자네 부친과 헤어진 뒤에 이장네 트럭을 얻어타고 기념품 가게에 다녀오는 길이었네."

노인은 무언가 골똘히 생각에 잠기더니 다시 입을 열었다.

"아무래도 이상하단 말이야. 그것이 왜 필요했을까."

"무엇이 말인가요?"

"자네 부친 말일세. 아까 헤어지면서 농기구 파는 가게를 묻더란 말이지. 삽이 한 자루 필요하다는 게야."

"……."

노인은 실눈을 뜨고 앉아 알아들을 수 없는 말을 혼자서 중얼거렸다. 그는 무엇 때문인지 한참 동안 깊은 생각에 잠겨 있다가 깜짝 놀라듯이 무릎을 치며 자리에서 일어섰다.

"내가 왜 그 생각을 못했을까. 내 생각이 맞는다면 자네 부친은 그곳에 있을걸세."

"그곳이 어디입니까?"

"자세한 것은 가면서 얘기하세. 지금 시간이 일곱 시가 훌쩍 넘었으니 서둘러야겠네."

노인은 부인의 만류에도 불구하고 커다란 손전등을 집어들더니 서둘러 방문을 나섰다. 마을 입구에는 이미 어둠이 깔리고 있었다. 어둠은 서서히 마을을 덮어버리고 노인의 빠른 걸음을 따라오는가 싶더니 어느새 두 사람을 앞질러 토끼봉을 통째로 지워버렸다. 두 사람은 마을을 벗어나 토끼봉과 주변암자로 향하는 갈림길에서 잠시 걸음을 멈추었다. 표지판에는 묘봉 정상 1.9km라는 글

귀가 희미하게 보였다.

"꼭대기까지는 오리길이네. 몇 시간은 족히 걸릴 게야."

"밤중에 그것도 험한 산길인데 괜찮을까요?"

"난 괜찮네. 자네나 단단히 준비하게."

노인은 손전등 불빛으로 연하게 깔려 있는 어둠을 헤치며 길을 인도했다. 평지길이 얼마간 이어진 뒤에 두 사람은 소나무 숲으로 들어섰다. 대부분 아름드리였는데 나무들마다 사선의 자국과 서너 개의 구멍을 갖고 있었다. 가끔 그들의 발자국 소리에 놀란 날짐승들이 날갯짓 소리를 낼 뿐 숲은 차분히 가라앉아 있었다.

진혁은 솔 향기에 빠져서 꿈을 꾸듯이 아버지를 생각해 보았다. 아버지는 정말 토끼봉 꼭대기에 있을까. 노인의 말로는 이곳에 내려올 때마다 머무르는 곳이 있다고 했다. 그런데 삽은 왜 필요했을까. 노인의 말대로 움막 때문에 필요했던 것일까. 무엇 하나 시원스레 풀리는 것이 없었다. 답답해진 가슴속의 열기가 서서히 머릿속을 채우기 시작했다.

그를 답답하게 하는 것은 또 있었다. 산줄기가 성벽처럼 둘러쳐진 상황에서 통화불능은 이해가 되는 일이었다. 그런데도 휴대폰은 번번이 애국가를 울렸다. 문제는 그 다음이었다. 진혁은 노인과 산속으로 들어서면서 처음으로 신호음을 들었다. 여덟 시가 다 된 시간이라 반가운 마음으로 폴더를 열었지만 수신불능만을 확인하고 닫아야 했다. 그 뒤로 두 번 더 신호음이 울렸지만 통화는 불가능했다. 그렇다면 신호음은 왜 울린단 말인가.

노인은 어둠에 묻혀 있는 소나무 숲을 거리낌 없이 올라갔다. 그의 모습은 어머니의 품 안으로 달려드는 아기처럼 편안했고 수십 년 살아온 마을길을 찾는 것처럼 손쉬워 보였다. 발걸음도 칠십 대 후반의 노인으로 보기에는 너무 가벼웠다. 진혁은 악을 쓰며 뒤따라갔지만 노인과의 간격은 좁혀지지 않았다. 결국 진혁은 걸음을 멈추고 노인을 불렀다.

"어르신 죄송하지만 제가 따라붙지를 못하겠습니다."

"어허, 아직 한창때인데 벌써부터 처지는가. 하긴 요즘 사람들 머리만 쓸려고 들지 어디 몸을 움직여야지."

"부끄럽습니다."

"조금만 더 올라가면 산죽밭이 나올 게야. 그곳에서 잠시 쉬었다 가세."

노인은 속도를 늦추었고 진혁은 땀으로 범벅이 된 채 무거운 발걸음을 옮겼다. 그는 큰 소나무 한 그루를 가리키며 진혁에게 물었다.

"자네 곰 발톱자국 같은 이 소나무 상처에 대해서 아시는가?"

"글쎄요, 사실은 아까부터 궁금했습니다."

"이건 일정 때 송진 채취를 위해 톱질한 흔적들일세."

"그럼 소나무마다 어김없이 나 있는 작은 구멍들은 무엇입니까?"

"그건 근래 들어 솔잎혹파리 방제약을 주사한 흔적이네. 일정때 톱질한 것이 피를 빼는 작업이었다면 그 구멍들은 수혈한 흔적이라고 할 수 있겠지. 송이버섯 값이 천정부지로 치솟는 바람에 이 소나무 숲 덕을 보는 사람들이 많네. 오래 전 어렵던 시절에는 산죽밭이 우리들의 먹을 것을 만들어주었고, 요즘 들어서는 솔밭의 덕을 톡톡히 보고 있으니 우리들에게 토끼봉은 언제나 어머니 같은 존재였네. 아무 조건 없이 가진 것을 다 내어주는 어머니 말일세."

산죽밭이 가까워지자 장송들 사이에는 한참 자라나고 있는 것들이 소복소복 마치 무덤처럼 모여 있었고 언제 스며들었는지 희미한 달빛이 그 위에 사뿐히 내려앉고 있었다. 진혁은 고개를 들어 하늘을 보았다. 달은 숲에 가려 보이지 않았다. 그는 달빛을 쫓아서 산죽밭으로 달려나갔다. 소나무나 참나무가 더러 있었지만 산죽은 넓은 띠를 형성하며 멀리까지 퍼져 있었다. 마치 새파란 보리밭과도 같았다. 어머니에게 들었던 것처럼 바람이라도 불면 물결처럼 출렁거릴 것 같았다. 소리 없이 내려앉는 달빛 때문인지 새롭게 피어나는 초록 빛깔이 더욱 선명했다.

"오늘이 며칠인가, 구름 한 점 없이 하현달이 혼자 떠오르고 있구먼. 그러고 보니 자네도 철부지 초승달 때 이곳을 떠났다가 이제 하현달이 다 되어 돌아온 셈일세."

"그럼 어르신은 무슨 달입니까?"

"나야 당연히 사라질 날만 기다리는 그믐달이지."

"제가 보기에는 아직도 보름달입니다."

"예끼 이 사람아, 그럼 자네는 아직도 철모르고 날뛰는 초승달인가. 아닐세 한평생 온갖 풍파를 다 겪고 이제 사라질 날만을 기다리는 그믐달일세. 나도 한때는 피끓는 초승달 시절이 있었지."

그때 소옹 형제와 덕구 그리고 나는 어른들의 걱정은 아랑곳없이 허구한날 일을 저지르고 다녔네. 우리들은 열 살이 넘어서자 논으로 밭으로 망아지처럼 몰려다니며 일을 저질렀지. 언제나 앞장선 사람은 덕구였고 뒤에서 말리는 사람은 자네 백부였네.

추석을 며칠 앞둔 어느 날이었어. 그날도 우리는 외진 밭으로 몰려가 고구마를 구워먹는데 때마침 덕구 아버지가 밭에 나왔다가 그 광경을 모두 지켜본 게야. 그날 우리는 아주 심하게 야단을 맞았지. 불 가지고 온 사람만 말하면 모두 용서해 준다고 했지만 누구도 덕구를 지목할 수는 없었다네. 결국 구장은 불 가져온 놈을 밝혀내기 전에는 집에 보내줄 수 없다며 잔뜩 겁을 주었지. 그래도 우리는 입을 열지 않았네. 그런데 자네 백부가 문제였어. 그 친구는 어릴 때부터 원칙주의자였거든, 그날도 덕구 재촉에 억지로 따라왔는데 더 이상 참을 수 없다며 모든 것을 사실대로 다 말해 버린 게야. 그 바람에 우리는 책임을 모면할 수 있었지만 덕구는 도살장으로 향하는 소처럼 끌려갔네. 얼마 후 죽도록 얻어맞은 덕구가 다시 나타났는데 다짜고짜 자네 백부를 밀치고는 독기 품은 눈으로 악을 쓰는 것이었어.

"이 고자 새끼야! 평생 고자질이나 해먹어라. 다신 너하고 안 놀아."

그날 두 사람은 서로 주먹질을 해가며 대판 싸움을 벌였지. 지금도 신기하게 생각되는 것은 그렇게 코피가 터지도록 싸웠어도 하룻밤 자고 나면 다 잊어버리고 금세 본래의 모습으로 돌아갔다는 것일세. 그만큼 우리들의 어린 시절은 순수했었다는 얘기겠지. 지금도 돌아갈 수 없는 그 시절이 가끔 생각나네.

노인은 자리에서 일어섰다. 산죽밭에선 은은한 달빛을 받으며 밤바람이 일기 시작했고 그는 말없이 담배를 입에 물고 라이터를 켰다. 몇 번인가 작은 바람들이 불을 꺼트리며 지나갔고 희미했던 달빛은 조금씩 밝아지고 있었다.

"자 이제 땀도 식었으니 일어나세."

노인은 다시 길을 재촉했다. 진혁은 숲 속의 밤 풍경에 어리둥절해하면서도 노인의 뒤를 열심히 따라갔다. 야간산행의 경험이 전혀 없는 입장인데도 두려움보다는 이상하리만큼 편안함을 느끼고 있다는 것이 스스로 생각해도 신기한 일이었다. 두 사람은 산죽밭 위에 있는 바위산으로 향했다. 길은 대부분 비좁은 바위틈이 아니면 동굴처럼 바위 밑으로 빠져나가야 하는 토끼봉 등산로 중에서 가장 험난한 코스였다. 노인은 가끔 살모사가 출몰하는 지역이니 조심하라고 했다. 진혁은 그 말을 듣는 순간 어머니의 얼굴이 떠올랐다.

"살모사라면 독사가 아닙니까?"

"그렇다네. 하지만 지금은 거의 사라지고 없네. 하긴 사라진 것들이 어디 그것뿐이겠는가. 내가 징용에 나갈 무렵만 해도 산속에는 갖가지 짐승들이 조화를 이루며 살고 있었지. 근자에 들어와 도망치는 호랑이 꼬리를 봤다거나 곰의 발자국을 봤다는 사람들이 더러 있지만 모두 잘못 본 게야."

"어르신은 징용에 끌려가서 무슨 일을 하셨습니까?"

"그 얘기를 하자면 지금도 가슴이 떨린다네. 우리일행은 일본 본토에 도착한 뒤에도 수많은 조선인 징용자들과 만났다가 헤어지길 반복하면서 북쪽으로 이동을 계속했네. 우리가 마지막으로 도착한 곳은 '홋카이도' 위에 있는, 지금은 '사할린'으로 불리는 '가라후토'였어."

"그곳은 일본의 최북단이 아닙니까?"

"지금은 아니지만 그 당시에는 대소전을 준비하는 일본군의 최북단 전진기지가 있는 곳이었네."

'가라후토', 그곳에서 우리들을 기다리고 있던 것은 영하 사십 도의 혹독한 추위와 무자비한 구타로 이어지는 하루 열네 시간의 중노동뿐이었지. 배급받는 콩 지게미와 보리밥도 턱없이 부족해서 대다수 조선인들이 영양실조로 뼈와 가죽만 남아 있었네. 한마디로 사람의 형상을 한 짐승들의 수용소였어.

우리들에게 주어진 일은 북쪽으로 향하는 철로공사였는데, 아침에 일어나 숙소 밖을 나서면 온몸이 화석처럼 굳어버린 느낌이었고, 눈물이 나오면 볼에 닿기도 전에 얼음조각으로 변했지. 눈보라가 치는 날에는 열 발자국 앞을 보기도 어려웠고 땅바닥은 돌덩이처럼 얼어붙어 뾰족한 곡괭이 날이 튕겨져나올 정도였다네.

노인은 목이 메이는지 잠시 말을 멈추었고 굵은 주름이 깊게 파인 눈가에는 이미 이슬이 맺혀 있었다. 그의 눈물 속에는 오십 년이 넘는 세월이 흐르고 있었다. 그리고 죽음보다 더했던 당시의 고통이 녹아 있었다. 진혁은 몰려드는 분노와 서러움에 치를 떨면서 주머니에서 손수건을 꺼내 그에게 내밀었다.

고맙네, 그때 생각만 하면 지금도 설움이 북받쳐 견딜 수가 없어. 모든 공정은 조선인들의 손으로 이루어졌네. 변변한 장비도 없이 맨손으로 산악철로를 부설하자니 부지기수로 늘어가는 것은 불쌍한 죽음들뿐이었지. 오죽하면 시체를 깔아놓고 그 위를 달리는 열차가 될 거라는 말까지 나돌았겠는가. 그들은 처음부터 조선인들을 사람으로 취급하지 않았어. 그저 말하는 기계쯤으로 생각했고 목숨이 다하면 한 줌의 재로 변해 흔적도 없이 사라져갔네. 그러던 어느 날 여느 때와 마찬가지로 사망자들을 싣고 나갔던 차량이 새로운 징용자들을 가득 싣고 돌아왔는데 그중에는 전혀 예상치 못했던 뜻밖의 사람이 하나 있었네. 그 사람은 바로 자네 백부였어.

"그래서 어떻게 되었습니까?"

"그날 밤 나는 친구의 숙소로 찾아갔지."

어느 숙소나 땀냄새에 찌들고 빈대나 이가 득시글거리는 것은 매한가지였어. 친구는 근처의 펄프공장에서 일본인 근로자들과 같이 일하고 있었다면서 새로운 소식을 하나 전해 주었지. 현재 일본이 미국과의 전쟁에서 계속 밀리고 있다면서 이대로 가면 일 년도 버티기 힘들 것이라고 하더군.

그날 우리 두 사람은 무슨 수를 쓰든 그때까지 목숨을 보존하자고 철석같이 약속을 했네. 그리고 전쟁이 끝나면 고향 땅으로 돌아가서 모든 사람이 다 같이 잘사는 세상을 만들어보기로 했지. 지금의 젊은이들은 이해하기 어려운 얘기일지도 모르지만, 그 당시의 젊은이들은 악질적인 친일파 대지주들의 착취에서 벗어나 일한 만큼 소득이 보장되는 세상을 꿈꾸었던 것이지. 그들 대부분이 하루 세 끼 입에 풀칠하기도 힘든 소작인 자식들이었으니까.

그런데 다음날 아침 불량선인 한 명이 소지품에서 나온 불온서적과 함께 경찰에 체포되었네. 그것이 그 친구의 마지막 모습이었어.

두 사람은 바위틈을 지나 암벽으로 이어진 길을 올라갔다. 완만한 경사인데도 등산객들을 위한 굵은 로프가 길게 늘어져 있었다. 밤이슬 때문이지 걸음을 옮길 때마다 암벽에 닿은 발은 아래쪽으로 밀려 내려갔다. 노인은 로프를 크게 이용하지 않으면서도 가벼운 발걸음을 옮겼지만, 진혁은 체중 때문인지 온몸을 로프에 의지하면서도 힘겹게 암벽을 넘어섰다.

정상으로 올라가는 길목에는 얼마간의 거리를 두고 산 밑에서는 보이지 않던 작은 바위산 하나가 모습을 드러냈다. 그리고 그 앞에는 소나무와 잡목들이 작은 숲을 이루며 바위산 사이를 완충지대처럼 메우고 있었다.

정상이 가까워진 탓인지 노인의 호흡도 거칠어지고 있었다.

"이제 저 앞에 보이는 작은 바위산만 넘어서면 정상일세. 나도 이제는 힘이 부치는구먼."

"그래도 저는 따라오기 바빴습니다."

"강단이었네. 자네 부친 일도 있지만 내 생을 마감하기 전에 꼭 한번 올라와 보고 싶었어."

"그런데 말입니다. 백부님은 체포된 뒤로 아무런 소식이 없었습니까?"

"살아남은 동료들 중에서 그 친구 소식을 듣거나 다시 만난 사람은 없었네. 나중에 돌아오는 배 안에서 체포된 조선인들에 대해 떠도는 소문을 들은 것이 전부일세. 어떤 이는 폐광 속에 모아놓고 생매장을 시켰다고도 하고, 어떤 이는 자경단의 죽창에 찔려 모두 죽었다고도 했네."

"그렇다면 혹시 저희 아버님도 징용에 나갔다가 돌아온 적이 있습니까?"

"그건 내가 집 떠난 뒤의 일이라 알 수는 없지만 충분히 있을 수 있는 일이었네. 왜냐하면 자네 부친은 쌍둥이였으니까."

아버지가 쌍둥이였다니! 지금까지 살면서 처음 듣는 얘기였다. 진혁은 쇠뭉치로 뒷머리를 얻어맞은 듯 어지럼증과 함께 모든 기억이 순식간에 날아가 버린 것 같았다. 그리고 아버지에 대한 강한 의문만이 머릿속을 이리저리 헤집고 다니며 그를 괴롭혔다. 진혁은 작은 바위산을 앞에 두고 걸음을 멈추었다. 노인도 걸음을 멈추고 그를 향해 돌아섰다.

"자네 어디 불편한가?"

"아닙니다. 갑자기 궁금한 것이 있어서요."

"얘기해 보게."

"저희 아버님은 해방 후에 어떻게 지내셨는지요?"

"자네 부친은 한동안 광인처럼 살았네. 날마다 덕구 아버지를 붙잡고 형을 살려내라며 난리를 쳤지. 그때의 모습은 정말로 살벌했었네."

"준호 조부의 주장은 변화가 있었습니까?"

"없었네. 시종 자네 백부가 자원했다는 말만 되풀이했지. 어느 날인가 자네 백부가 자원한 이유를 설명한 적은 한번 있었네."

"이유가 무엇이었습니까?"

"처음에는 돈벌이가 그 이유였다고 하네. 그런데 그분이 불가능한 일이라며 거절하자 한참을 버티고 있던 자네 백부가 진짜 이유를 말했다는 게야. 그건 바로 생식능력이 없다는 거였네."

"그건 또 무슨 얘기입니까?"

"사실 그때까지도 쉬쉬하는 가운데 은근히 떠도는 소문이 있었네."

지금은 어디서도 볼 수 없는 일이지만 그 시절에는 어린애가 똥을 누면 강아지를 불러 핥아먹게 했었지. 그 당시 어린아이가 있는 집이라면 어느 마을에서나 흔히 볼 수 있는 광경이었어. 어떤 집에서는 기저귀에 묻은 것까지 개를 불러서 해결하기도 했으니까. 그런데 하루는 자네 부친이 살던 집에서 귀를 째는 듯한 아이의 울음소리가 들렸다고 하네. 아이 하나가 두엄더미 앞에서 똥을 누다가 주저앉았는데 이웃집 개가 달려들어 씨주머니를 물어버렸다는 것이야. 그러니까 구장의 한마디는 그동안 큰놈이다 작은놈이다 하면서 보이지 않게 떠돌던 소문을 자네 백부와 함께 날려버린 셈이 되었지.

두 사람은 토끼굴이라 불리는 좁은 통로를 빠져나와 정상으로 올라섰다. 바위벽에 가려 있던 시야가 희미한 달빛을 등에 업고 사방으로 뻗어갔다. 남북으로 수많은 능선들이 어둠 속에 숨어 있었고 동서로는 여러 봉우리들이 각기 다른 모양으로 하늘을 향해 솟아 있었다. 진혁은 하현달의 은은한 빛을 받으며 멀리까지 늘어서 있는 희미한 능선들을 바라보았다. 무언가 알 수 없는 희열이 가슴 깊은 곳에서 느껴졌다.

달빛에 드러난 두 사람의 얼굴에는 땀방울이 비 오듯 흘러내렸다. 노인은 맨손으로 땀방울을 훔쳐내며 안도하는 긴 숨소리를 몇 차례 반복했다. 뱉어내는 숨소리가 얼마나 컸던지 돌아서서 산 아래를 둘러보던 진혁의 귀에까지 들렸다.

하지만 진혁의 몸은 왠지 모를 거부감에 휩싸이며 선뜻 발걸음이 움직이질 않았다. 정상까지 올라오는 과정에서 몸은 말할 수 없이 힘들었지만 그래도 마음은 편안했었다. 그런데 정상에 올라선 지금 이처럼 몰려드는 불안감은 어디서부터 오는 것인가. 몸이 굳어버린 듯 마음대로 통제가 안 되는 이런 불안하고 고통스러운 느낌 속에서 아버지는 평생을 살아온 것일까.

진혁의 어색한 표정을 읽었는지 노인은 잠시 기다리라며 정상의 서편으로 향했다. 진혁은 널찍한 바윗돌에 걸터앉아 아버지를 생각해 보았다. 반백년이 넘도록 물위를 떠도는 기름처럼 자신의 자리를 찾지 못하고 떠돌아야 했던 아버지, 그분은 분명 의사가 한 말을 듣고 이곳에 왔을 것이다. 그렇다면 당신의 한평생을 괴롭혀온 곰은 찾았을까.

"여보게 날세."
"아니 왜 혼자 오십니까?"
"이런 변이 있나. 흔적을 보면 올라온 것 같긴 한데……."
진혁은 노인을 따라나섰다. 멀지 않은 거리에 민판동을 내려다볼 수 있는 작은 풀밭이 하나 있었다. 풀밭의 한쪽 구석에는 빈 소주병과 먹다가 남긴 과자 부스러기가 뜯겨진 봉지 속에 그대로 있었고, 그 옆에는 십여 개쯤 되는 담배꽁초가 어지럽게 흩어져 있었다. 아버지는 또 어디로 갔단 말인가. 진혁은 미로게임의 끝부분에서 대책 없이 막혀버린 느낌이었다.

"너무 걱정하지 말게, 자네 부친한테 별일이야 있겠는가."

노인은 잠시 머뭇거리다가 굵은 소나무들 사이로 들어가더니 진혁을 향해 손짓을 했다.

"이쪽으로 좀 와보게."

"그곳에 또 무슨 흔적이 있습니까?"

"여기가 움막이 있던 자리인 것 같네."

"움막이라구요!"

진혁은 급하게 발걸음을 옮겼다. 그곳에는 움막을 철거하면서 나왔음직한 나무기둥과 잡다한 물건들이 농사용 검은 비닐에 덮여 있었다. 삽을 제외한 낫이나 톱 같은 것들도 있었는데 철거작업은 방금 전에 끝난 것처럼 보였다. 그렇다면 아버지는 산을 내려갔단 말인가.

"하산을 했다면 우리와 만났을 텐데, 혹시 다른 길은 없습니까?"

"올라온 길 외에는 없네. 굳이 따지자면 빨치산 이동로가 하나 있었는데 지금은 흔적도 없이 사라졌지."

"이곳에도 빨치산이 있었습니까?"

"머무른 기간이 짧아서 그렇지 활동은 대단했었네."

그들이 출몰한 것은 일사후퇴 후 초봄 무렵이었어. 속리산 줄기를 따라 이어진 구병산 자락에 본거지가 있었는데 인근지역은 물론이고 청주, 충주까지도 관공서를 기습 공격했지. 특히 청주 같은 경우는 도청을 비롯한 주요 관공서를 잠시지만 점령했던 적도 있었으니, 당시의 빨치산들이 얼마나 활개를 치고 다녔는지 미루어 짐작할 수 있지 않겠는가.

그들은 어둠이 깔린 밤에만 이동을 했어. 간혹 식량을 구하러 마을에 내려오게 되어도 나중에 두 배로 갚겠다는 영수증만 전해 주고는 재빨리 다시 산으로 올라갔다네. 그래서 그들을 직접 대면한 사람은 극소수에 불과했지. 아까 말한 길은 그 시절 빨치산들이 두세 달 이용했을 뿐 그 후론 누구도 그 길을 다니지 않았네.

진혁은 밤하늘을 쳐다보았다. 그믐을 앞둔 하현달이 슬픈 사연의 애절함을 감추려는 듯 얇은 구름 속으로 숨어들고 있었다. 저 달도 며칠 후면 그믐을 맞이할 것이고 결국은 다시 찾아올 보름달의 영광을 꿈꾸며 사라져갈 것이다. 인생의 그믐을 앞두고 있는 아버지는 어디에서 자신의 애절함을 숨기고 있는 것일까.

노인과 진혁은 말없이 하산을 서둘렀다. 진혁은 아버지를 이해하려고 무진 애를 썼지만 이미 걱정이 분노로 바뀌어 있었고, 노인은 공연히 헛고생만 시켰다는 자책감에 입을 닫았다. 두 사람이 작은 바위산과 큰 바위산 사이의 완충지대처럼 펼쳐 있는 숲길로 접어들었을 때, 진혁은 아무래도 미심쩍다는 표정을 지으며 노인의 발길을 붙잡았다.

"어르신, 관공서를 습격했던 빨치산들이 대부분 이곳을 거쳐갔다면 그들이 묵었던 곳이 있었을 텐데 은거지는 어떤 곳이었습니까?"

"주로 움막이었고 일부는 동굴 생활도 했었지. 하지만 토벌작전이 끝난 뒤에 모두 불타거나 파괴되었네."

"이 근처에도 있었습니까?"

"물론 이곳에도 있었지. 하지만 은거지들은 흔적도 없이 사라졌고 동굴은 모두 입구가 파괴되었네."

노인은 오랜 세월 인적이 끊어진 곳이라고 했지만 진혁은 발걸음을 재촉했다. 더 이상 기대할 곳이 없는 상황에서 무너진 동굴은 마지막 희망이었다. 두 사람은 등산로를 벗어나 작은 골짜기로 들어섰다. 울창한 잡목 숲을 헤치며 앞서 가던 노인이 갑자기 걸음을 멈추고 돌아섰다.

"자네 예상이 맞은 것 같네. 저쪽을 자세히 보게."

노인이 가리키는 곳에는 작은 빛이 있었다. 잡목들 사이로 희미하게 보이는 것이 동굴 안쪽에서 흘러나온 불빛이 틀림없었다. 두 사람은 걸음을 더욱 재촉했고 누가 먼저랄 것도 없이 입구로 들어섰다. 파괴 당시의 무너져내린 것으로 보이는 돌 무더기는 아직도 그대로 쌓여 있었다. 다만 누군가에 의해서 만들어진 것으로 보이는 사람이 간신히 드나들 수 있는 작은 구멍만이 하나 있을 뿐이었다. 밖에서 들여다본 동굴의 길이도 그리 길어 보이지는 않았다.

경사가 완만한 입구에는 석유램프 불빛을 받으며 삽 한 자루가 장승처럼 서 있었고, 동굴바닥의 높은 부분에는 마른 나뭇잎이 두껍게 깔려 있었다. 그러나 사람이 머물렀던 흔적은 아무것도 남아 있지 않았다. 진혁은 손전등을 들고 동굴 안쪽에 있는 옹달샘으로 가서 그동안의 긴장을 해소했다. 이제 남은 것은 기다림뿐이었다.

아버지는 소나무 숲에서 곰과 마주 보고 있었다. 잠시 후 곰은 날카로운 앞발을 쳐들고 아버지를 내리치기 시작했다. 아버지는 곰의 힘을 당해 내지 못하고 이리저리 굴러다녔다. 옷은 모두 찢겨졌고 온몸은 피투성이가 되었다. 아버지는 미친 사람처럼 비명을 질렀고 어머니의 뒷모습이 보였다. 곰은 눈물을 흘리며 돌아서더니 어둠 속으로 사라졌다. 곰이 자취를 감추자 어머니의 손에 일으켜진 아버지의 얼굴도 곰으로 변해 있었다. 아버지는 어머니의 손을 뿌리치고 나에게로 달려왔다. 난 두려워서 그 자리에 주저앉았다. 아버지는 피투성이가 된 손으로 내 어깨를 두드리기 시작했다.

"그만 일어나거라."

진혁의 눈앞에는 사람의 모습을 한 아버지가 서 있었다. 믿기지
않는 현실에 몇 번이고 눈을 떴다 감았지만 틀림없는 아버지였다.

"네가 올 것으로 짐작했다."

"어쨌든 무사하시니 다행입니다."

"장수 자네가 고생 많았네. 둘이서 갔다올 데가 있으니 여기서
좀 쉬고 있게나."

아버지는 삽을 들고 동굴을 나섰다. 그리고 내려온 길을 다시
오르기 시작했다. 진혁을 이끌고 아버지가 도착한 곳은 뜻밖에도
소주병과 담배꽁초가 널려 있던 풀밭이었다. 아버지는 민판동을
내려다보며 풀밭에 주저앉았다. 그리고 밤하늘을 쳐다보며 한풀
이하듯 혼자 중얼거렸다.

애비는 평생 동안 오늘을 기다려왔다. 이제서야 모든 것을 털어
버리고 편안히 생을 마감할 수 있을 것 같구나. 그러고 보면 의사
들도 참 용하지, 내 가슴속에서 지금까지 살아온 곰 한 마리를 어
찌 알았을까. 참으로 통한의 세월이었어. 형님과 나는 외형상으로
구분이 어려운 쌍둥이로 태어났다. 사람들은 우리가 어릴 때부터
큰 곰 작은 곰으로 불렀고 나중에는 그것이 대웅, 소웅이라는 이
름이 되었지.

"어머니와는 어떻게 만나셨나요?"

"형님이 덕구 대신 징용에 나간 뒤에 난 사흘이 멀다 하고 구장

댁으로 달려가 행패를 부렸지, 네 어머니는 그때 만났다."

　그날도 술에 취해 밤늦게 돌아오는 길이었는데 장군바위 밑에서 웬 여자가 반갑게 달려들더구나. 난 그날 취중에 실수를 하고 말았다. 그 사람이 형님과 만나던 여자였다는 사실을 알았을 때는 이미 모든 것을 돌이킬 수 없는 상황이었다. 너의 외조부는 딸을 정신대에 보낼 수 없다며 혼인을 서둘렀고 난 사실을 밝힐 여유가 없었다. 아니, 이제 와서 속 시원히 말하자면 밝히고 싶지 않았다. 이미 엎질러진 물이었고 사실을 밝힌다고 달라질 것은 아무것도 없었다.

　해방이 되자 모두들 징용에 나간 자식들이나 형제들을 애타게 기다렸지만 사실 난 형님을 기다릴 수가 없었다. 솔직히 말하면 형님은 일인들의 손에 죽었을 것으로 생각했다. 혹시 살아 있었다 해도 돌아오지 않기를 바랬다. 그러면서도 저녁만 되면 반복되는 불면증과 악몽에 밤새도록 시달려야만 했다.

　아버지는 김 노인에게 얻어온 담배를 피워물었다. 긴 한숨과 함께 몇 차례 연기를 허공에 뿜어내고는 진정이 되는지 다시 입을 열었다.

　일 년, 이 년 세월이 흐르면서 네 어머니와 난 두려움과 죄의식에서 조금씩 벗어났고 한동안 평범한 일상이 이어지는 듯했다. 그러나 그것도 오래가지는 못했다. 유월사변이 터지자 난 국군으로 수많은 전쟁터를 누비다가, 휴전협정이 조인될 무렵 등에 박힌 파편 제거수술을 받고 전선에서 물러나게 되었다. 그리고 그해 칠월 전선의 총소리는 완전히 멈추게 되었고 난 집에서 요양 중이었다.

전쟁이 끝나자 대규모 군병력이 지리산으로 투입되었지. 이른바 빨치산 토벌 대공세였다. 인민군이 다시 내려올 날만 기다리며 오갈 데 없이 갇혀버린 그들은 대다수 죽거나 포로가 되었다. 그리고 일부세력은 북을 향해 산을 타기 시작했는데 태백산맥으로 이어지는 이곳을 반드시 거쳐야만 했다.

잦은 기침소리에 진혁이 말렸지만 아버지는 다시 담배에 불을 붙였다. 표정은 처음보다 많이 굳어져 있었고 쉰 듯한 목소리에는 힘이 없었다. 희미한 하현달은 동쪽 하늘에서 벗어나 이제 두 사람의 머리 위에서 내려다보고 있었다. 그리고 아버지의 주름진 얼굴에는 희미한 달빛의 그림자가 무겁게 걸려 있었다.

기다리지 않았던 불청객은 결국 찾아오고 말았다. 그해 가을 등에 입었던 상처가 거의 아물어갈 무렵 행색이 초라한 사내 하나가 나를 찾아왔다. 난 위험을 무릅쓰고 사내를 따라 토끼봉으로 올라갔지. 그때도 그믐이 가까워진 하현달이 빛을 잃어가며 하늘에 걸려 있었다.

사내가 가리킨 곳에는 희미한 달빛을 받으며 짐승 같은 사람이 하나 누워 있었다. 머리와 수염은 언제 깎았는지 얼굴을 알아볼 수 없을 지경이었고 몸은 얼음장처럼 차갑더구나. 그 사람이 덮여진 머리카락 사이로 풀어진 눈을 떴을 때 나는 도저히 믿고 싶지 않은 현실 앞에서 내 눈을 의심했다. 짐승 같은 형상으로 내 눈앞에 있던 그 사람은 바로 대응 형님이었다.

그날 밤 형님은 처음이자 마지막으로 모든 것을 말해 주었다.

"준호 조부는 일경에 쫓기는 사회주의자 한 명을 피신시켜준 것뿐이다. 그리고 끝까지 약속을 지킨 분이다. 모두가 공평하게 잘 사는 세상을 만들어보고 싶었는데 우리는 실패했다. 이 땅에서 태어나 자식 하나 두지 못하고 이렇게 가야 한다는 것이 안타깝구나."

그 밤에 나는 눈물로 형님을 묻었다. 그리고 형님과 관련된 모든 기억은 내 가슴속에 묻혔다. 그날 이후 그 기억은 말 그대로 큰 곰이 되어 나를 끊임없이 괴롭혔다.

"저는 이해할 수 없습니다. 그런 상처 덩어리라면 왜 혼자 끌어안고 고통스럽게 살아오셨는지 정말 이해할 수가 없습니다. 가슴속의 모든 기억들을 속 시원히 털어내고 가족들과 고통을 나눌 수는 없었는지요."

"가족들을 생각했기에 그럴 수는 없었다. 언제나 세상은 곰을 거부하는 쪽으로만 흘러갔다. 가족들을 생각하고 특히 너의 장래를 위해서는 선택의 여지가 없었다. 실수로 국기를 밟아도 잡혀가는 세상이었으니 어쩔 도리가 없었다. 이제 세상은 많이 바뀌었다. 감추고 파묻어야 했던 우리들의 시대는 이제 그믐달처럼 사라질 것이야. 그리고 새로운 시대는 너희들에 의해서 열릴 것이다."

아버지는 삽을 들고 일어섰다. 그리고 바로 앞의 평평한 풀밭을 파내기 시작했다. 잠시 생각에 잠겼던 진혁은 아버지로부터 삽을 건네받았고 잡초만 무성한 풀밭을 파들어갔다. 그것은 실로 오 십여 년 만에 아버지의 가슴속을 파들어가는 작업이었다. 진혁이 삽질을 시작한 지 얼마 지나지 않아 심하게 부식되어 형체를 알아보기 어려운 소총의 금속부품 조각들이 몇 개 나왔고 거의 삭아서 흔적만이 남아 있는 천조각, 신발끈, 가죽띠 같은 백부의 유품들이 흙 속에 박혀 있었다.

"이 정도면 충분하니 잘 수습해 보거라."

아버지는 그만 됐다며 준비해 간 보자기에 유품들을 집어넣고 잘 묶었다.

"이것들은 수십 년 만에 땅속에서 나온 것이지만 사실은 내 가슴속에서 나온 것들이다. 이제 미전향 장기수들도 북으로 보내고 극히 일부지만 남북의 소통이 이루어지고 있으니 세상에 꺼내놔도 될 듯싶다. 좀 전에도 말했지만 이것들을 지난날 끄집어내지 못했던 것은 너를 위해서였다. 큰 곰이 내 가슴속을 뛰쳐나오고 이 유품들이 땅속에서 나왔다면 곧바로 네가 그 자리로 들어갔을 것이다. 이제 내가 할 일은 끝났다. 앞으로의 일은 너의 몫이다. 그리고 이제서야 말이지만 씨주머니를 물린 것은 백부가 아니라 바로 나였다."

아버지는 대답할 겨를도 없이 종이봉투 하나를 전해 주고 산을 내려가기 시작했다. 정상을 벗어난 뒷모습이 발목부터 서서히 사라지기 시작할 때쯤, 봉투 속에 숨어 있던 서류종이의 글씨가 새로운 달빛을 받으며 하나씩 드러났다.

「제5차 이산가족 방문단 북측 후보자 장대웅」

'카오스' 미학과 '문' 안팎의 의미 구조
— 이종태의 소설 세계 —

유한근

(문학평론가, 한성디지털대학교 교수)

한 사람의 삶이 그 사람을 둘러싸고 있는 사회와 결코 무관할 수 없다는 사실에 대해 소설은 자신 있게 말할 수 있을까? 사회의 폭력이 한 인간을 좌초하게 할 수 있을까? 라는 질문에 대해 타락한 양식인 소설이 타락한 사회 속에서 당당하게 대답할 수 있는가? 타락한 양식인 소설이 타락한 우리 사회에서 가지게 되는 그 위상은 무엇인가? 우리 인간의 안과 밖, 혹은 개인적 삶의 안과 밖은 어떤 유기적 구조 속에서 한 인간의 삶에 영향을 미치는가? 이런 우리의 질문에 소설은 과연 답할 수 있는가 라는 의혹에서부터 작가 이종태의 소설 읽기가 시작된다.

중편소설인 〈곰을 찾아서〉는 한일월드컵과 수도권 전철 노조 투쟁을 시대적인 배경으로 하여 현재의 스토리가 전개된다. 하지만 이 소설의 총체적인 시간대는 동학까지 거슬러 올라간다. 그것은 작가의 치밀한 계산에 의해서 설정된 것이다.

이 소설의 나레이터인 진혁의 아버지의 가슴속에 들어 있는 곰의 정체를 찾아가는 과정의 소설이 〈곰을 찾아서〉이다. 이 소설에서 '곰을 찾는 이유'에 대해 직접적으로 서술하고 있는 부분은 없지만 '곰'의 상징적 의미를 간과해서는 이 소설의 요체를 파악하기는 쉽지 않다. 공황장애가 있는 장진혁의 부친인 '아버지'가 찾는 '곰'은 '곰이라는 별명을 가진 청년'인 현 시대의 투사나 소영웅 찾기를 의미한다기보다는, 그 원형을 웅녀의 상징적 의미로 보아야 할 것이다. 곰을 숭배했던 민족으로서의 자긍 의식, 천지인 사상 혹은 홍익인간 사상을 환기하고 탐색해 나가는 것으로 이해해도 좋을 것이다. 이 소설의 메인 스토리 시간대가 현재이면서 동학 혁명까지 시간대가 소급되어 교직되는 것도 이 때문이다.

한편, 이 소설이 진혁의 근대 가족사 소설로서 혈연의 비밀 탐색으로 스토리를 끌어가고 있는 것은 작가가 가지고 있는 민족의 통합원리를 소설을 통해 모색해 보려는 의도가 다분하다. 남북의 문제를 전

면적으로 다루고 있지는 않지만 아버지의 가족사적인 비밀과 '곰'의 표상적 의미 탐색을 통해 민족의 정체성을 찾으려 한 것이 그것이다. 나는 오래 전 문학계에서 전개된 분단문학 담론을 기억한다. 그 담론의 현장에서 한민족의 동질성 회복을 위해서는 남북이데올로기를 접고, '혈연'이라는 소설적 모티프로 우리 민족의 통합원리가 제시되어야 하고 이런 작업은 지속적으로 이루어져야 함을 강조한 바 있다. 이런 담론의 맥락에서 이 소설은 이해될 수 있으며 이런 작업은 현시점에서도 유효하다.

지금, 우리 시대의 문제는 새로운 당면 과제는 아니다. 어느 시대에도 있어 왔고 어느 시대에도 그 문제를 풀어보려는 소설적 시도는 지속되어 왔다. 그것 중에 하나가 '성과 사랑'의 문제이다. 이 문제를 작가 이종태는 단편소설 〈아름다운 추락〉에서 택시기사인 '나'와 처 '장순', 그리고 '미스 박'을 통해 이러한 결론을 얻는다. "그래, 길은 하나만 있는 것이 아니야. 오르는 것을 포기하고 추락을 결심한 나는 칡넝쿨을 잡고 있던 두 손에서 남은 힘을 모조리 뽑아낸다. 몸의 추락을 시작한 순간 배꼽 밑에서는 휴화산이 폭발을 시작하면서 뜨거운 용암이 산처럼 솟아오른다. 그것은 아름다운 추락을 의미하는 오랜만에 찾아온 나의 재기(再起)였다. 추락은 순식간에 이루어졌고 모든 것이 원점으로 돌아왔다"가 그것이다. 이 소설에서 작가는 추락은 아름답다고 인식한다. 그 이유는 추락은 원점이며 재기를 의미하기 때문이다. '땅에 넘어진 자 땅을 짚고 일어설 수 있다'는 삶의 원리를 환기하고 있는 것이 그것이다.

소설 〈카오스를 꿈꾸며〉도 '성과 사랑' 모티프로 이해된다. 태초는 카오스의 세계였다. 질서가 부여되지 않은 혼돈의 세계가 '원점'이었고 원형적 모습이었다. 이러한 명제를 이 소설은 우리의 '달래 설화'를 원형으로 하여, 여와와 달기, 오누이의 이야기로 재구성한다. 인간의 원형은 '자웅동체'라는 카오스의 형태임을 강조하며 그것을 이야기로 아름답게 꾸민 소설이 〈카오스를 꿈꾸며〉이다. 하지만 이 소설이 지금, 우리에게 의미를 주고 있는 것은 "신에게 허용된 법이 인간에게는 왜 허용되지 않는가"라는 신에 대한 도전 의식이다. 카오스를 꿈꾸는 인간. "양성혼재의 원초적인 미분화 융합체로 회귀하려는 인간". 그 꿈의 실현으로 신과 같은 강력한 힘을 갖기 원하는 인간. 그래서 근친상간이라는 카오스를 내면 깊은 곳에 잠재워야 하는 인간. 그런 인간 본성의 원형을 이 소설은 환기해 준다. 그런 점에서 이 소설은 파격적이다. 현대 윤리에 도전하여 인간의 본성이 무엇인가를 보여주려 한다.

소설 〈칼리의 유혹〉에서 '칼리'는 "힌두교 삼대 주신 중 하나인 '시바'의 부인이면서 죽음을 관장하는 여신"이다. "괴기스럽고 엽기적인 여인"의 모습을 가진 이 여신과 업무상 해외 출장이 잦은 기업의 평범한 사원인 사내, 극중 '나'의 이야기가 무슨 관련을 갖고 있는

가. 이를 이해하는 것이 이 소설의 관건이다. '나'가 처음 칼리를 만난 것은 본사의 신제품 영업전략에 대한 최신 정보를 얻기 위해 싱가포르 세미나에 참석하던 여행길에서이다. 그리고 그 여행길에서 한 여인을 만난다. 그녀를 통해 '나'는 "끝은 또 다른 시작을 의미"한다는 것과 "천국과 지옥을 동시에 경험"한다. 그리고 힌두의 신에 대해 관심을 갖게 되고 그녀의 불가사의한 영혼의 힘에 이끌린다. "힌두교의 세계관은 생성과 소멸 다시 말해 삶과 죽음을 반복하는 윤회사상"이며 "따라서 '칼리'라는 여신은 죽음의 신인 동시에 또 다른 생성 즉 생명과 양육의 신"임을 알게 된다. 그리고 그녀가 십대 소년 두 명에게 죽음의 유혹을 가르쳐 함께 동반 자살한 사실을 신문을 통해 알게 된다. 이러한 이 소설의 메인 스토리를 통해 작가가 독자에게 전달하려 한 메시지는 소설 〈카오스를 꿈꾸며〉와 결코 무관하지 않다. 시작과 끝의 혼합, 생성과 소멸, 삶과 죽음의 공존 의식이 그것이다. 우리의 살아가는 방식이 곧 죽음의 방식인 것처럼 인간의 이분법적 사고가 얼마나 무의미한 것인가를 깨닫게 된다. 장자의 '혼돈'이라는 사람의 삶과 죽음의 이야기처럼 인간 개개인에게 있어서 혹은 사회의 정의라는 측면에 있어서, 그리고 인간 삶의 제 본질적인 문제에 있어서 무엇이 옳고 그른가, 무엇이 좋고 나쁜가의 논리적 또는 정서적 판단 근거가 얼마나 무의미한가를 깨닫게 해준다.

그렇다면, 두 편의 주목받는 소설 〈누가 문을 닫았는가〉와 〈날개 만들기〉는 어떻게 이해해야 할 것인가?

단편 〈누가 문을 닫았는가〉는 이렇게 시작된다. "검은색과 푸른색이 조화롭게 잘 섞여 있는 어둠 속이었다. 언제나 그랬듯이 두 색은 얽히고 설키어 마치 꽈배기처럼 서로 꼬여 있었다. 그리고 절망과 희망의 두 가지 모습으로 넓은 혓바닥을 출렁거리며 나에게로 접근해 왔다." 이렇게 시작되는 이 소설의 서두에서 검은색은 절망을, 푸른색은 희망을 표상한다. 그리고 극단적인 두 개의 개념의 혼합을 검은색으로 표현하며, 두 색의 조화로운(?) 혼합을 어둠으로 표현하고 있다. 카오스의 세계, 무명(無明)의 세계를 의미한다. 이 "서늘하고 공포스러운 어둠"과 "문밖의 밝은 세계"를 가르는 문, 출구 혹은 유일한 탈출구를 이 소설에서는 대형 철제문으로 표현란다. 그렇다면 문안의 어둠은 카오스, 무명(無明)의 세계를, 문밖의 세계는 명(明)의 세계, 질서의 세계, 깨달음의 세계를 의미한다. 이를 인정할 때, 그의 소설은 어둠, 카오스의 세계 속에서 그것들을 그리고 있는 것인가? 또는 카오스의 세계를 통해 깨달음의 세계를 전언하려고 하는가?

이 소설에서 주인공인 '나'는 지금 십오 평 아파트 안에 있다. 아파트의 출입문은 고장으로 열리지 않고 밖과의 통신 수단인 전화기는 없애버려 외부로부터 차단되어 있다. '나'는 외부로 나가기를 원한다. 절규도 하고 출입문에 발길질도 한다. 그러나 문은 견고하게 막고 서 있다. 잠긴 문을 열 수 있는 유일한 희망인 아이도 돌아오지 않는다. "외부 세계와 소통될 수 있는 공간은 베란다 이외에는 아무 곳도 없다. 그러나 이십 층은 나에게 너무 높다. 그런데도 큰놈은 그곳을 택했다. 그것은 선택의 문제가 아니라 일종의 생존본능이다." 여기에서 작가는 '나'의 생존 본능의 공간을 베란다로 설정한다. 밖으로 이어진 공간이지만 밖으로 결코 나갈 수 없는 공간을 생존본능의 공간이라 규정한다. '나'를 아파트 공간에 가둬 놓은 주범은 IMF다. 아파트의 문을 열 수 있는 아내도 아이와 외부의 힘에 의해 결국 "자신의 주변에 높은 담을 쌓기 시작했고 타인의 접근을 막는 견고한 대문을 설치"한다. 그녀의 문은 '나' 뿐만 아니라 아이에게도 열리지 않는다. 하지만 그녀의 낮과 밤은 혼란스럽다. 아침에는 햇살 같은 얼굴이 되고 저녁에는 차가운 뒷모습을 보인다. 그리고 아이와 '나'를 아파트 안에 가둬 놓는다. 드디어 문 두드리는 소리와 함께 문밖에 서 있는 사람은 '나'의 아내 인숙이다. "나는 혼란스러운 현실을 벗어나기 위해서 주방으로 간다. 그리고 조용히 서랍을 열고 시퍼런 칼날을 집어든다. 저녁마다 갈아두었던 칼날에서 한 줄기 푸른빛이 문을 향해 힘차게 날아간다. 쩍—하는 소리와 함께." 이 소설은 이와 같이 끝나고 있다. 이렇게 이 소설의 서브 스토리인 회상 부분을 빼고 간추려 읽으면, 이 소설에서 작가 이종태가 말하고자 한 메시지가 다소 쉽게 이해될 수 있다.

'문'은 하나의 공간에서 다른 공간으로 이동하는 통로다. 두 개의 공간이 어떤 의미를 지녔든 들어가고 나가는 유일한 통로다. 문이 닫히면 연결되는 두 개의 공간은 폐쇄성과 함께 독립성을 갖게 된다. 그리고 안과 밖이 생기게 된다. 어떤 사람은 안이 편할 수도 있고 어떤 이는 오히려 밖을 편하게 생각할 수도 있다. 이 의미는 안과 밖은 심리적으로 혹은 심정적으로 적대적인 위상으로 인식될 수 있다는 말이다. 앞서 말한 바 작가 이종태에게 있어서 안은 카오스의 세계이고 밖은 밝음의 세계로 주인공의 의식을 설정한다. 그러면서 이 소설에서는 두 공간의 통로인 문, 닫힌 문에 대한 강한 '살의'를 표현한다. 두 개의 세계를 이어주는 통로인 문에 대한 저항이나 살의는 삶에 좌초한 사람들의 대표적인 심리 현상이다. 외부의 폭력에 맞서다가 실패한 뒤, 안으로 숨어든 사람들의 반사적인 사고는 살의로 나타난다. 깨달음의 세계에서 카오스의 세계로 숨어든 사람의 심리상황을 이 소설 〈누가 문을 닫았는가〉는 그리고 있다. 그렇다면 누가 문을 닫았을까? 이런 의혹을 이 소설에서 작가는 독자의 몫으로 남겨 놓는다. '나'의 아내 인숙의 힘으로는 결코 닫을 수 없는 문. 그 문을 닫아 놓은 '누구'는 보이지 않는 외부의 폭력과 내면의 절망과도 같은 힘임을 작가는 암시할 뿐이다. 여기에서 '보이지 않는 외부의 폭력'은 신의 폭력, 즉 팔자(?)일 수도 있고, 경제, 사회 혹은 역사의 힘일 수도 있으며 그것들의 총체적인 힘일 수도 있을 것이다. 그리고 '내면의 절망적인 힘'은 소설 〈날개 만들기〉에서의 한 구절인 "나방으로의 부활을 꿈꾸며 죽은 듯 잠들어 있는 번데기"일 수도 있을 것이다.
나는 내면의 절망을 '힘'으로 표현했다. 그것은 앞서 언급한 "추락이
곧 재기"라는 의미와 관계 있다. 그리고 부조리 철학가인 에밀 시오
랑의 말 "사람들이 나이가 들수록 쇠퇴하는 것은 절망하는 힘이다"라
는 말과도 결코 무관하지 않다.

　이런 점에서 소설 〈날개 만들기〉는 위의 소설과 함께 주목되는 소
설이다. 이 소설의 이해의 핵(核)은 '뻐꾸기'와 '날개 만들기'이다.
이 소설에서의 '나'도 폐쇄된 공간인 집에 있는 사람이다. 이 소설에
서의 집 '안'은 "자기만의 둥지를 틀고 있는 공간" "불간섭주의와 무
제한의 자유 공간"을 의미하는 것일까? 이 소설에서의 '나'는 "홧김
에 세상을 가두어 버리기" 위해 문을 닫기도 하는 사람이다. 그리고
인터넷을 통해 세상과 만나는 사람이다. 그러나 '나'의 아버지는 전
국을 떠도는 밀렵꾼이었다. 유목민적인 기질이 있는 사람이다. 이에
반해 '나'의 어머니는 농경민적 기질의 여인이다. 그래서 "어머니는
돈 다발과 쓸개주머니를 집어 던졌다. 그리고 이것도 가져가라며 뻐
꾸기 박제도 방문을 향해 집어 던졌다. 난 그때 처음으로 날개 잃은
뻐꾸기를 보았다. 그 후 어머니는 부러진 날개를 붙여 보려고 무진
애를 썼지만 결국은 성공하지 못했다. 교통 사고로 세상을 떠나던 날
까지도 날개 만들기에 집착했지만 비참한 실패만을 남겼다". 이렇게
어머니는 뻐꾸기 날개 만들기에 실패한다. 그리고 '나'는 인터넷 채

팅을 통해 '때까치'라는 닉네임의 여자를 알게 되고 그녀를 '히키코 모리'라는 술집에서 만나게 된다. '히키코모리'는 "평범한 외부세계 와 단절하고 자기만의 방 속에 틀어박힌 상태…… 일본 젊은이들 사이에서 유행병처럼 퍼졌던 현상"을 의미하는 말이다. 그리고 나는 그 여자와 부담 없는 섹스를 하고 가볍게 헤어진다. "뻐꾸기는 단 한번 도 집을 짓지 않아. 단지 탁란(托卵)할 뿐이라고"라는 말을 남기고.

이 소설에서의 '뻐꾸기'는 아버지를 표상하는 유목민적 기질의 사 람을 의미한다. 평생 집을 짓지 않고 다른 곳에 알을 낳아 알을 부화 하게 하고 기르게 하는 뻐꾸기 같은 사람인 아버지. 그런 유목민적 기질을 어머니는 싫어하면서 갖고 싶어하나 실패한다. 자유를 얻고 싶어하나 어머니는 실패한다. 그러나 '나'가 만난 여자 '때까치'는 뻐꾸기 같은 여인으로 이해해도 좋을 것이다. 이 소설이 이 시대에 주목받을 수 있는 모티프가 여기에 있다.

현대는 어떤 측면에서 신유목민적인 시대라 지칭할 수 있다. 교통 의 발달로 세계 어느 곳이든 날아가 생업을 위한 떠돌이 삶을 자연스 럽게 영위할 수 있는 시대이다. 따라서 농경사회의 의식보다는 유목 사회의 의식을 현대인들은 그 속성으로 지니고 산다. 떠돌이적인 삶 을 부추기는 것 중 하나가 인터넷이다. 인터넷의 방은 유목민의 천막 과 다르지 않다. 이 소설의 주인공인 '나'의 방은 인터넷의 방이며 유 목민적인 방을 의미한다. 그런 점에서 소설 〈누가 문을 닫았는가〉에서의 방과는 변별성을 갖는다. 폐쇄된 방이지만 쉽게 열 수 있는 방이다. '완전무결한 불간섭주의와 무제한의 자유 공간' 이 현대의 방이다. 주인공 '나' 에게 있어서 문밖의 세상은 궁금한 세상이기도 하지만, 냄새나고 시끄러운 일들이 많은 공간으로 인식된다. 이에 반해 인터넷의 세상은 문밖의 세상과는 다르게 인식된다. '나' 에게 있어 유목민적인 삶을 영위할 수 있는 공간이기 때문이다.

이 에세이의 서두에서 나는 '한 사람의 삶이 그 사람을 둘러싸고 있는 사회와 결코 무관할 수 없다는 사실에 대해 소설은 자신 있게 말할 수 있을까' 를 의혹하며 작가 이종태 소설을 통해 소설과 사회의 역학 관계의 의미를 살펴보았다. 그리고 '타락한 양식인 소설이 타락한 사회 속에서 당당하게 대답할 수 있는 것' 이 무엇인가도 신화 원형과 꿈, 그리고 카오스의 미학적 탐색, 그리고 '문' 의 표상적 의미를 통해서 소설 읽기를 시도해 보았다. 특히, 공간의 안과 밖의 통로인 '문' 의 변별적인 의미를 통해서 우리 인간의 안과 밖, 혹은 개인적 삶의 안과 밖은 어떤 유기적 구조 속에서 한 인간의 삶에 어떻게 진행되는가도 살펴보았다.

이쯤에서 나는 이종태 소설의 가능 지평이 무엇인가를 짚어봐야 한다. 탄탄한 구조와 작가의 치밀한 소설 창작적 의도. 그리고 강한 메시지를 토대로 해서 그가 나아가야 할 새로운 세계를 제시하는 것은 쉬운 일은 아닐 것이다. 하지만 이종태 작가의 초기 작품 읽기를 통해서 열 수 있는 지평은 두 가지 측면일 것이다. 소설 〈날개 만들기〉에서의 신유목민적 기질을 가진 '때까치'와 같은 현대 여성을 통해 현대인의 삶을 표상적으로 그리는 소설과 중편소설 〈곰을 찾아서〉와 같은 신화를 원형으로 한 장편소설이 그것이다. 그런 점에서 나는 작가 이종태가 앞으로 쓰게 될 장편소설을 주목하게 된다.